J. J. PREYER

Rankenspiel

Kriminalroman

GMEINER SPANNUNG

Dieses Buch wurde vermittelt durch die
Christina Vikoler Literary Agency

*Ausgewählt von
Claudia Senghaas*

*Personen und Handlung sind frei erfunden.
Ähnlichkeiten mit lebenden oder toten Personen
sind rein zufällig und nicht beabsichtigt.*

Besuchen Sie uns im Internet:
www.gmeiner-verlag.de

Im Ehnried 5, 88605 Meßkirch
Telefon 07575/2095-0
info@gmeiner-verlag.de

1. Auflage 2016

Lektorat: Claudia Senghaas, Kirchardt
Herstellung: Mirjam Hecht
Umschlaggestaltung: U.O.R.G. Lutz Eberle, Stuttgart
unter Verwendung eines Fotos von: © maljalen – Fotolia.com
Druck: GGP Media GmbH, Pößneck
Printed in Germany
ISBN 978-3-8392-1930-0

Steht bei Raabs wo an der Thaya ein Haus,
Da gucken drei Mädel heraus.
Eine schwarz, die anderen zwei blond und braun
Und immer bei fröhlicher Laun'.
Zeitlich früh, kaum bringt die Sonn' den Tag,
Wird's munter schon im Taubenschlag.
Da kann man Kichern und Schwatzen hör'n,
Das tun die drei Mäderln so gern!

(Frei nach der Operette »Das Dreimäderlhaus«, aus dem auch die Kapitelüberschriften stammen.)

KAPITEL 1

O GOTT, IHR MACHT UNS ANGST UND BANG. WAS DA UNS NOCH DROHT!

Obwohl die Morgensonne die Küche der alten Mühle in strahlendes Licht tauchte, verriet Lia Sonnbergers gerunzelte Stirn Anspannung, wenn nicht gar Sorge.

»Ich habe kein gutes Gefühl«, wandte sie sich an ihre Freundinnen Pia und Maria. »Gar kein gutes Gefühl.«

»Was den Japanischen Staudenknöterich betrifft?«, erkundigte sich Pia Hermann, die immer genau wissen wollte, was gespielt wurde.

Immerhin war sie Chefinspektorin der österreichischen Polizei in Frühpension, während Frau Ingenieur Lia Sonnberger, die Gartenarchitektin, durch den häufigen Gebrauch von Cannabis oft etwas vage in ihren Aussagen blieb. Sie brauchte diese Droge, um mit den Depressionen zurande zu kommen, unter denen sie seit dem Tod ihres Mannes litt.

»Gar kein gutes Gefühl«, wiederholte die zarte, an einen sanften Kobold erinnernde Frau und biss in ihr dick mit Butter bestrichenes, mit Kümmel bestreutes und leicht gesalzenes Frühstücksbrot.

Während ihre Freundinnen Wurstbrote aßen, ernährte sich Lia Sonnberger vegetarisch, nicht vegan. So weit wollte sie nicht gehen. Wobei sie mehrmals im Monat sündigte, wie sie sich ausdrückte, und mit ihren Freundinnen Pia und Maria gebratenes Huhn oder gar einen knusprigen Schweinsbraten verzehrte. Grundsätzlich jedoch verzichtete sie aus Achtung vor den Tieren auf Fleisch.

»Der Staudenknöterich ist ein großes Problem«, bestätigte die Gartenarchitektin, »aber das ist nicht alles. Im Schlösschen und rundherum herrscht eine bedrückende Stimmung, die nichts Gutes erwarten lässt.«

»Oh Gott, du solltest mehr rauchen«, seufzte Maria Lamprechter, die Besitzerin der Gärtnerei Thayamühle, für die Pia und Lia arbeiteten. »Ich mag nicht, wenn du so depressiv bist.«

»Ich bin nicht depressiv«, widersprach Lia Sonnberger. »Mir persönlich geht es ausgezeichnet. Im April, wenn das Thayatal zum Leben erwacht, kann es mir nur gut gehen.«

»Das hast du schön gesagt, Lia«, sagte die ehemalige Polizistin mit vollem Mund. »Was also bereitet dir Sorge?«

»Die Stimmung bei den Winklers. Da braut sich etwas zusammen, das nicht gut gehen kann.«

»Gerade jetzt, wo du den Garten in Schuss bringst. Obwohl die Winklers nun schon seit Jahren dort wohnen.«

»Seit drei Jahren«, bestätigte Lia Sonnberger. »Gerade jetzt spüre ich das, und ich täusche mich selten mit …«

»… deinem Bauchgefühl«, ergänzte Maria Lamprechter.

»Dann schlage ich vor, wir begleiten dich heute an den Ort des künftigen Unheils«, versuchte Pia Hermann das Problem zu lösen. Sie hasste lange, fruchtlose Diskussionen. Schwierigkeiten waren dazu da, überwunden zu werden. »Außerdem«, fiel der Frau ein, »hast du Quentin, der dich besser beschützt, als wir es können.«

»Ich wäre trotzdem froh, wenn ihr mich heute begleiten könntet.«

»Ich gebe Johnny Bescheid. Er soll sich um den Verkauf kümmern«, zeigte sich Maria Lamprechter einsichtig und ordnete die Rembrandt-Tulpen in der Vase auf dem Tisch.

»Es wird ein herrlicher Tag«, sagte Pia Hermann, als sie vom Mühlengebäude zum Parkplatz gingen, auf dem der dreirädrige Kleintransporter stand, mit dem sie zum Schlösschen der Winklers fahren wollten. Mit Werkzeug und im Glashaus vorgezogenen Tulpen und Kaiserkronen, deren Zwiebeln, von denen ein strenger Geruch ausging, die Wühlmäuse fernhalten sollten. Denn der Fluss Thaya im österreichischen Waldviertel, an dem auch der Garten der Winklers lag, brachte nicht nur Segen in Form von Wasser und Humus, der sich nach den Hochwässern im zeitigen Frühjahr und im Hochsommer auf die Flächen in Ufernähe verteilte. Er führte auch alles mögliche Getier mit sich wie Schlangen und Mäuse und bot das allerbeste Klima für Zecken, vor denen man sich besonders in Acht nehmen musste. Viele von ihnen trugen das gefährliche FSME-Virus in sich, das zu bleibenden Schäden des Gehirns oder gar zum Tod führen konnte.

Zwei der drei Gärtnerinnen waren dagegen geimpft, nur Lia Sonnberger nicht. Sie war jeder Art von Impfung gegenüber kritisch eingestellt und behauptete, immun gegen Zeckenstiche zu sein. Obwohl sie Pias Schwiegersohn, der Landarzt Reinhard Ebendorfer, dringend davor gewarnt hatte, mit dem Feuer zu spielen. Er hatte mehrere Patienten, die durch die Frühsommer-Meningoenzephalitis schwer in Mitleidenschaft gezogen worden waren. Todesfälle hatte der tüchtige Mann durch seinen Einsatz vermeiden können.

»Wopps!«, rief Lia Sonnberger ihrem Hund

Quentin zu, und dieser sprang elegant auf die Ladefläche des Piaggio, die Lia daraufhin verschloss, nachdem sie noch den dreijährigen Rüden lobend getätschelt hatte.

Quentin war ein prächtiges Tier, das viele für einen Wolf hielten, und so falsch lagen sie vermutlich nicht.

»Ich glaube, wir sollten eine Fastenkur machen«, sagte die groß gewachsene Maria Lamprechter, nachdem sie als Letzte in der schmalen Führerkabine des motorisierten Dreirads Platz genommen hatte und die Tür zu ihrer Rechten nur mit Mühe schließen konnte.

»Der Piaggio ist ja auch nur für zwei Passagiere gedacht«, erklärte Lia Sonnberger.

»Also, wenn du nicht willst, dass ich mitkomme, brauchst du es nur zu sagen«, brummte Maria, die Chefin der Gärtnerei. »Es gibt im Betrieb genug zu tun.«

»Gott sei Dank«, sagte Pia Hermann, die Mollige der drei Gärtnerinnen. »Ich glaub, du hast es geschafft. Ich meine, geschäftlich.«

»Dank eurer Hilfe.«

»Und Gottes Hilfe«, ergänzte Pia. Sie war, ihrem Namen entsprechend, die einzige Religiöse der drei Witwen. »Und nun zurück zu deinen Ahnungen, Lia«, sagte die Ex-Polizistin, die, zwischen ihren Freundinnen eingeklemmt, in der Mitte saß.

»Ihr werdet es sehen und spüren«, gab sich Lia geheimnisvoll, während der Wagen einen nicht befestigten Feldweg entlangholperte.

An den aufgestauten Abschnitten des Flusses, der stellenweise noch im Frühnebel lag, standen oder saßen Fischer, die auf Karpfen, Schleien, Brachsen, Hechte, Zander und Welse hofften.

»Wir leben in einem Paradies!«, rief Pia Hermann, die sich mit ihrer kräftigen Stimme gut gegen das Rattern des Kleinlasters durchsetzen konnte.

»Solange das Wetter mitmacht«, schränkte Maria Lamprechter ein.

»Och«, widersprach Lia. »Ich mag das Thayatal auch im Winter, bei Regen und überhaupt.«

»Dennoch bin ich froh, dass die Sonne scheint«, beharrte Maria. »Wenn wir Glück haben, können wir ab Mitte Mai schwimmen gehen.« Als keine ihrer Begleiterinnen darauf reagierte, korrigierte sie sich: »Anfang Juni.«

»Ja, du. Ich gehe erst im Juli ins Wasser«, sagte Lia und schüttelte sich vor eingebildeter Kälte.

»Alles klar. Jede, wie sie will«, versuchte Pia Hermann das in ihren Augen und Ohren fruchtlose Gespräch zu beenden und wandte sich an Lia: »Wie weit bist du mit dem Winkler'schen Garten gekommen?«

»Ich habe ihn auf mich wirken lassen …«

»Also gar nicht. Du hast noch gar nichts gemacht.«

»Ich habe ihn auf mich wirken und ein inneres Bild entstehen lassen, Skizzen gezeichnet, mit denen Frau Winkler einverstanden war, von einigen Änderungswünschen abgesehen. Und da ist natürlich das Problem mit dem Staudenknöterich, der etwa ein Drittel des Geländes überwuchert hat.«

»Ich verstehe«, sagte die Chefin, während das motorisierte Dreirad über einen Felsen holperte.

»Nicht so schnell«, bat Pia Hermann. »Mir wird sonst übel.«

»Wir sind gleich da.«

Als sie um die letzte Kurve bogen, glitzerte die von einem Damm aufgestaute Thaya im Sonnenlicht so stark, dass die nicht mit dem Lenken des Fahrzeugs beschäftigten Damen ihre Augen mit der Hand beschatten mussten, um das Czibulka-Schlösschen zu erkennen, das gegen Ende des 19. Jahrhunderts von der mährischen Glasherstellerfamilie gleichen Namens errichtet worden war.

Das einstöckige, in Schönbrunner Gelb gehaltene Gebäude hatte zwei spitze Türmchen und eine imposante Steintreppe, die zum Haupteingang führte.

»Die Winklers haben es renoviert und wollen jetzt noch den Garten in Ordnung bringen«, erklärte Lia Sonnberger. »Aber das soll sie uns selbst erzählen.«

»Ruth Winkler.«

»Ruth Winkler«, bestätigte Lia. »Sie kümmert sich um Haus und Hof. Sozusagen.«

»Und warum mussten wir heute mitkommen?«, fragte Pia Hermann und gähnte.

»Ihr werdet es gleich sehen.«

»Da bin ich mir nicht so sicher. Hier ist es wunderschön. Fast so schön wie bei uns. Ich sehe nichts, das diesen Eindruck …«

Pia Hermann verstummte, als Lia Sonnberger den kleinen Lieferwagen so heftig abbremste, dass sie gegen das Armaturenbrett gepresst wurde und um Atem ringen musste.

»Was ist los? Bist du verrückt geworden?«

»Eine Schlange. Ich möchte sie nicht überfahren.«

Nun entstiegen die drei Frauen dem Gefährt und sahen das Monstrum einer Äskulapnatter, die, sich sonnend, quer über dem Schotterweg lag.

»Sitz und Platz!«, befahl Lia streng ihrem Hund, der auf die Straße gesprungen war, und Quentin legte sich nieder, nachdem er einmal geknurrt hatte.

»Darüber unterhalten wir uns später«, sagte sie zu ihm, dann ergriff sie einen vertrockneten Weidenast und stupste damit die an die zwei Meter lange, silbrig glänzende Natter im Schwanzbereich an.

Nun kam Bewegung in das Tier, das versuchte, in das Weidengestrüpp am Fluss zu entkommen. Um diesen Vorgang zu beschleunigen, berührte Lia die Schlange erneut mit dem Aststück. Das allerdings verärgerte die Schlange so sehr, dass sie in ihrer Bewegung innehielt, sich mit Kopf und vorderem Körperteil aufrichtete und böse zischte.

Lia Sonnberger wich ein Stück zurück, die Schlange beruhigte sich und glitt ins Unterholz.

Zur selben Zeit verfinsterte eine Wolke den Himmel, kalter Wind wehte von der Thaya her und Wolfshund Quentin knurrte noch einmal kräftig.

»Versteht ihr jetzt, wenn ich behaupte, dass es hier unheimlich ist?«, fragte nun Lia Sonnberger.

»Überhaupt nicht. Schlangen gibt es auch bei uns.«

»Und Wolken am Himmel«, fügte Pia Hermann hinzu und nahm wieder im Wagen Platz.

»Du läufst das letzte Stück«, befahl Lia Sonnberger dem Hund. »Du warst gar nicht lieb.«

Wieder brummte das Tier und trottete dem Wagen hinterher.

»Auch Quentin fühlt sich hier nicht wohl.«

»Okay. Du hast deinen Standpunkt klargemacht, wir sind mit dir gekommen und bilden uns ein eigenes Urteil.«

Als sie vor dem Eingang zum Garten am Fluss hielten, schien die Sonne wieder so hell wie zuvor, der Hund trank Wasser aus der Thaya, seine kleine, zarte Herrin begann, den Kleintransporter zu entladen. Maria Lamprechter, die Große, Mächtige, streckte sich und gähnte, während Pia Hermann ihr leicht ergrautes halblanges Haar ordnete. Sie war mit ihren 58 Jahren die älteste der drei Witwen.

»Ich hab etwas für den Hund«, erklang eine männliche Stimme vom Haus her, doch als Maria Lamprechter aufblickte, sah sie eine Frau in ihrem Alter, deren blond gefärbtes Haar nicht zu ihrem herben Typ passte, genauso wenig wie der Vorname Ruth, mit dem sie sich vorstellte.

Zu der athletisch wirkenden Frau hätten schwarzes Haar und der Vorname Margot gepasst oder Meinhild oder … oder ein verweiblichter männlicher Vorname wie Carola, Herma, Franziska. Nein, Mechthild wäre ideal, überlegte Lia Sonnberger, die meist ihrem Bauchgefühl vertraute, wie sie zu sagen pflegte, obwohl die zarte Frau keinen erkennbaren Bauch hatte.

Als Ruth Winkler Quentin »ein wunderschönes Tier« nannte, klang ihre Stimme bedeutend angenehmer in Lias Ohren.

»Wir hätten auch gerne so einen Hund«, sagte sie noch und wollte das Tier füttern.

Doch Lia protestierte: »Quentin bekommt nur von mir zu fressen. Wenn Sie mir bitte die Schüssel geben.«

»Unsinn«, sagte die Frau und schüttete das Fleisch vor Quentin auf den Boden. »Wo haben Sie ihn her, Frau Sonnberger?«, fragte sie dann.

»Das hätten Sie nicht tun sollen«, ärgerte sich Lia.

»Schon geschehen. Es ist nicht gesalzen. Unsere Fiala hat es frisch zubereitet.«

»Fiala?«, fragte Pia Hermann misstrauisch.

»Unsere tschechische Köchin. Fiala ist übrigens ihr Vorname. Bedeutet so viel wie Veilchen. Fiala Kuckakska.«

»Kuckuck und Veilchen«, schwärmte Maria Lamprechter. »Die würde ich gerne kennenlernen.«

»Das lässt sich machen«, sagte die Frau. »Ich wollte Sie ohnehin zum Mittagessen einladen. Allerdings erst um halb zwei. Hannah kommt nach eins von der Schule nach Hause.«

»Oh, Ihre Tochter geht noch in die Schule«, stellte Pia Hermann nach einem fragenden Blick auf die Frau fest, die sie auf etwa fünfzig Jahre schätzte.

»Sie ist Volksschullehrerin in Raabs. Aber zurück zu Ihrem Quentin. Von welchem Züchter haben Sie ihn?«

Das Gesicht der kleinen Gartenarchitektin nahm einen verträumten Ausdruck an, als sie erklärte, dass nicht sie den Hund gesucht hatte, sondern er sie.

»Ich war im Wald unterwegs, tief in Gedanken, kurz nach dem Tod meines Mannes, und auf einmal war Quentin an meiner Seite. Ein kleines Wollbündel, das offenbar ausgesetzt worden war.«

»Eine berührende Geschichte«, fand Ruth Winkler. »Aber wenig hilfreich für mich.«

»Eine Familie in Liebnitz züchtet Tschechoslowakische Wolfshunde«, kam Maria Lamprechter der Frau zu Hilfe. »Sie heißen Klima oder Klimscha oder so.«

»Alles klar. Ich werde mich darum kümmern«, sagte die Hausherrin. »Und nun zum Garten. Ja, ich bin einverstanden, wenn Reste des Staudenknöterichs stehenbleiben. Aber nicht am Fluss, sondern ganz hinten, vor dem Wald. Sie müssten eine Rhizomsperre errichten, damit er sich nicht wieder ausbreiten kann. Bei schweren Arbeiten kann Sie unser Mann für alles unterstützen. Sie lernen ihn ebenfalls beim Mittagessen kennen.«

»Sie sind also damit einverstanden«, fragte Lia Sonnberger, »dass wir zum Haus hin einen Gemüsegarten planen, vermischt mit den in einem Bauerngarten üblichen Blumen wie Tulpen, Kaiserkronen, Stockrosen, Sonnenblumen …«

»Sie müssen nicht ins Detail gehen«, unterbrach sie die Frau ungeduldig. »Ich bin damit einverstanden. Und zum Fluss hin sollen die Pflanzen des Thayatals wachsen und gedeihen.«

»Schneeglöckchen, Leberblumen, Seidelbast, Lungenkraut, Lärchensporn …«

»Und so weiter. Das überlasse ich ganz Ihnen.«

»Eine Blumenwiese mit allem, was dazugehört, wie Scharfer Hahnenfuß, Wiesen-Bocksbart und Johanniskraut, die violette Witwenblume, Echtes Labkraut, Rotklee, Wiesen-Labkraut, Schafgarbe und Wiesen-Storchschnabel«, ließ sich Lia nicht bremsen.

»Jaja, schon gut. Sie machen das schon. Die Frage ist nur, bis wann.«

»Ende Mai.«

»Mitte Mai. Es soll ja nicht ewig dauern. Unser Mann für alles, wie gesagt, wird Ihnen helfen.«

»Ihr Mann?«, erkundigte sich Lia Sonnberger.

Ruth Winkler lachte dröhnend. »Ein Scherz. Ein köstlicher Scherz. Mein Mann ist kein Mann für alles. Eigentlich fällt mir sehr wenig ein, wenn ich es genau bedenke, wofür er gut wäre. Ach ja, er finanziert den Garten. Man darf nicht ungerecht sein. Nein, ich meine Herrn Pinsker, der, wie gesagt, mit uns speisen wird. Jetzt aber lasse ich Sie allein. Ich habe zu tun. Und Sie auch.«

Als die Frau mit der leeren Tupperdose Richtung Schlösschen zurückeilte, blickten ihr Lia, Pia, Maria und Quentin sinnend nach.

»Eine Naturgewalt«, fand Maria Lamprechter schließlich Worte. »Ich mag solche Frauen nicht. Zu viel Zeit, zu viel Geld.«

»Zu viele männliche Hormone«, schloss sich Lia Sonnberger ihrer Kritik an.

»Mir imponiert es, wenn eine Frau weiß, was sie will«, fand Pia. »Und jetzt schauen wir uns den Garten an. Du machst die Führung, Lia.«

Die Gartenarchitektin fühlte sich nun ganz in ihrem Element. Sie war stolz auf ihre Ideen und froh über die Gelegenheit, diese ihren Freundinnen vorstellen zu können. Ihren Freundinnen, die nach dem Tod ihres Mannes zu ihrer Familie geworden waren. Zu ihrem Sohn Patrick hatte sie kaum mehr Kontakt.

Liebevoll betrachtete sie Maria Lamprechter, die Besitzerin der Gärtnerei Thayamühle, eine Witwe wie sie, die den Betrieb durch viel Arbeit und die Unterstützung ihrer Freundinnen hatte retten können. Eine große, schlanke, sonnengebräunte Frau mit grau werdendem blondem Haar.

Lia war es nicht gelungen, im eigenen Betrieb als Gartenarchitektin weiterzuarbeiten. Die Bank hatte die Kredite fällig gestellt und Lia damit zum Aufhören gezwungen. Die leidenschaftliche Gärtnerin hatte zum Glück bei Maria unterkommen können und arbeitete nun für sie, wie auch Pia Hermann, die als einzige der drei Witwen nicht in der alten Mühle an der Thaya wohnte. Die pensionierte Polizistin lebte in einer Fischerhütte an der Thaya, die ihrem verstorbenen Mann gehört hatte. Die tatkräftige, mollige Frau mit dem grau melierten halblangen Haar, die durch ihre kräftige Stimme auffiel, war mit ihren 58 Jahren Großmutter. Ihre mit dem Landarzt Reinhard Ebendorfer verheiratete Tochter hatte zwei kleine Mädchen.

Sie war froh, für Maria Lamprechter arbeiten zu können, um so von den düsteren Gedanken, die sie nach dem Tod ihres Mannes gequält hatten, abgelenkt zu werden.

»Hier also«, erklärte die Gartenarchitektin, »habe ich den Kräuter-, Gemüse- und Blumengarten geplant, mit einem Lattenzaun, um Rehe und Hasen fernzuhalten.«

»Das wird schön.«

»Sowieso. Man will ja den Auftraggebern imponieren. Heute setze ich die Tulpen und die Kaiserkronen. Und dann wird es höchste Zeit für den Zaun. Ich wollte Johnny bitten, mir zu helfen. Aber wenn sie hier einen Mann für alles haben, kann der das übernehmen.«

»Und jetzt schauen wir uns den Staudenknöterich an«, übernahm Maria Lamprechter die Initiative.

»Er trennt den Rest des Gartens vom Fluss«, erklärte Lia. »Und er treibt schon kräftig aus.«

»Du meinst die spargelähnlichen Triebe unter den abgestorbenen Pflanzen?«

»Sie sind genießbar. Eine an sich schöne Pflanze, mit ebenmäßigen Blättern und weißen Blüten. Die

Wurzeln können mehrere Meter weit in den Boden reichen. Und er kann mehrere Meter hoch werden.«

»Alles klar. Ich kann darauf verzichten«, stellte Pia Hermann fest. »Dem Zeug werden wir mit Gift zu Leibe rücken.«

»Doch nicht so nahe am Fluss!«, protestierte Lia.

»Was schlägst du vor?«

In diesem Moment heulte Quentin, der im Dickicht des Staudenknöterichs verschwunden war, laut auf, und Lia rief ihn zu sich.

»Mein Gott!«, rief sie. »Er ist in ein Zeckennest geraten. Sein Fell wimmelt nur so von Zecken. Dieser Garten hat etwas Negatives an sich. Ein Garten des Bösen. Ich habe es euch gesagt.«

KAPITEL 2

KEINE EHEFRAU JE ZANKT,
TUT DER MANN, WAS SIE VERLANGT!

»Beruhige dich, Lia! So etwas kann in dieser Gegend überall passieren. Die Zecken sind aus dem Winterschlaf erwacht und suchen nach Nahrung«, redete Maria Lamprechter in sanftem Ton auf ihre Freundin ein.

»Blut! Sie wollen Blut saugen«, klagte die sonst so ruhige Frau, die mit einem Mal wie ein aufgebrachter Kobold wirkte mit ihrem feuerroten Haar und den grünen Augen.

»Du beruhigst dich jetzt!«, entschied Maria Lamprechter. »Den Auftrag lassen wir uns nicht durch die Lappen gehen. Das spricht sich herum, und schwupps, gelten wir als unzuverlässig.«

»Durch die Lappen und schwupps«, brummte Lia Sonnberger, lächelte aber schon ein kleines bisschen.

»Du jagst jetzt den Hund ins Wasser, damit er die Zecken loswird, dann sehen wir weiter!«, entschied Pia Hermann. »Und noch etwas. Du hast auf die Rosen vergessen, als du mit Frau Winkler den künftigen Garten besprochen hast.«

»Habe ich nicht. Ich habe sie nur nicht erwähnt.«

»Alles klar. Hund ins Wasser!«

Lia Sonnberger suchte nach einem dürren Ast, fand diesen am Übergang zum Wald, wo die Sprossen des Staudenknöterichs besonders dicht aus der Erde drängten, und warf ihn in weitem Bogen in die Thaya.

Der dicht behaarte, graubraune Wolf mit der beinahe weißen Fellzeichnung um Schnauze und Hals, die Lia in ihrer Form an ein Herz erinnerte, gab einen Laut von sich, der wie Juchzen klang, hechtete in den Fluss und schwamm ein Stück weit hinaus, bis er das Holzstück zu fassen bekam.

»Und wir bringen uns jetzt in Sicherheit, sonst sind wir nass und voller Zecken«, warnte Lia, und die drei Frauen verschwanden kurzfristig im Lieferwagen.

Quentin jedoch entstieg den Fluten, schüttelte sich und wälzte sich schließlich in der Wiese der Böschung.

»Und jetzt hoffen wir, dass er einigermaßen zeckenfrei ist, ansonsten haben wir ein Problem«, sagte Lia Sonnberger.

»Ich fahre nach Raabs und hole zur Sicherheit etwas aus der Apotheke«, verkündete Pia Hermann.

»Du bist wie immer für Gift.«

»Stimmt. Und wenn du mir sagst, welche Rosen ich bringen soll …«

»Heute sind die Tulpen und die Kaiserkronen dran. Und dann müssen wir das Problem mit dem Knöterich lösen.«

»An welche Art Rosen hast du denn gedacht, Lia?«, erkundigte sich Maria Lamprechter.

»An den Gartenrändern, zu den Wiesen hin, Wildrosen und im Bauerngarten …«

»Bauernrosen?«

»So ist es. Und eine Rosenlaube mit Heckenrosen.«

»Gut. Dann steigt aus! Ich besorge einen Ungezieferspray für Quentin.«

Während Maria Lamprechter und Lia Sonnberger im Bauerngarten die Erde lockerten, die blühenden Tulpen und die orangen Kaiserkronen mithilfe eines Pflanzstabs in die Erde drückten, nagte Quentin mit seinem Wolfsgebiss an dem Ast, den er aus dem Wasser geholt hatte. Dabei hatte er immer mindestens eines seiner grünen Augen auf seine Herrin gerichtet, in der Hoffnung, dass sie ihm das Apportel streitig machen und wieder ins Wasser werfen würde.

Doch die beiden Frauen waren zu beschäftigt, sich mit ihm abzugeben. Und sie hatten auch nicht bemerkt, dass sich zwei Personen Richtung Garten bewegten: Frau Winkler und ein etwas kleinerer, nicht minder athletischer Mann in blauer Arbeitshose und T-Shirt, das seine sonnengebräunte Haut und die kräftigen Armmuskeln vorteilhaft hervorhob, wie zumindest Lia Sonnberger fand, die ihren Blick von dem etwa 45-Jährigen mit dem verwegenen Schnurrbärtchen ungern löste.

Was für ein Mann! Und in der Blüte seiner Jahre. Das heißt, er war etwa so alt wie sie, die langsam verblühte, wie sie fand. Aber bei Männern war das etwas anderes. Sie hielten sich länger als Frauen, bis es urplötzlich mit ihnen bergab ging, bis sie dickbäuchige, vergessliche, quengelnde Greise wurden. Aber davon war dieses Prachtexemplar weit entfernt.

»Ich bringe Ihnen etwas zu trinken. Es wird ziemlich warm heute«, erklang die tiefe Stimme der Hausherrin. »Und ich stelle Ihnen Herrn Pinsker vor.«

»Max Pinsker«, sagte der Mann mit überraschend sanfter Stimme und wischte die Rechte an seiner Hose ab, bevor er sie zum Gruß ausstreckte.

»Herr Pinsker«, erklärte Ruth Winkler mit Donnerstimme, »wird Sie bei allen schweren Arbeiten unterstützen.« Der Mann nickte stumm und lächelte freundlich. »In der Kühltasche haben wir alkoholfreies Bier, Hollersaft und Mineralwasser zum Verdünnen. Wenn Sie etwas anderes wünschen, müssen Sie es sagen.«

»Das ist perfekt«, bedankte sich Maria Lamprechter.

»Dann überlasse ich Sie Ihrem Schicksal. Ich werde im Haus gebraucht.«

Während Ruth Winkler in großen Schritten dem Schlösschen zustrebte, über dessen Kamin eine Rauchwolke schwebte, fragte Max Pinsker, auf welche Weise er sich nützlich machen könne.

»Ich habe«, erklärte Lia Sonnberger, »beim Habringer einen Lärchenzaun bestellt, um den Bauerngarten gegen Wild zu schützen. Sie werden die Pfosten und die Latten in den nächsten Tagen liefern.«

»Bis dahin könnten wir die Pflanzen mit einem Weidezaun schützen«, schlug der Mann vor. »Ich kann einen besorgen.«

»Das wäre wunderbar, Herr Pinsker«, meinte Lia.

»Max.«

»Herr Max.«

»Max.«

»Max.«

»Willst du den Auftrag noch immer zurücklegen?«, fragte Maria Lamprechter, nachdem sich der Mann entfernt hatte, um den Weidezaun zu organisieren.

»Och, die Sache entwickelt sich besser als gedacht«, erwiderte Lia Sonnberger, verschmitzt lächelnd.

»Alles klar. Herr Pinsker hat dich betört.«

»Max«, sagte Lia und fügte hinzu: »Ein Bild von einem Mann.«

»Er ist nicht übel«, bestätigte die Chefin. »Hast du Durst?«

»Damit warten wir auf Max. Wir decken noch die Erde um die Tulpen und die Kaiserkronen mit Fasermulch ab.«

»Der macht sich immer gut.«

»Und schützt die Erde vor dem Austrocknen.«

»Und verlangsamt das Wachstum des …«

»Erdhollers.«

»Giersch. Eine Plage wie der Staudenknöterich.«

»Du sagst es.«

»Die Tulpen und Kaiserkronen geben einen Vorgeschmack auf die künftige Pracht«, sagte die Besitzerin der Gärtnerei und wischte Schweiß von ihrer Stirn.

»Im Mai ist es so weit. Mit den roten, rosaroten und weißen Pfingstrosen.« Man sah Lia Sonnberger die Begeisterung an.

»Und den gelben, wenn du willst.«

»Gelbe Pfingstrosen?«, fragte Lia.

»Von der Krim. Sie kommen dort natürlich vor.«

»Natürlich.«

»Die Akeleien nicht zu vergessen. Und nach den Eismännern setzen wir die einjährigen Sommerblumen, die Zinnien, Schmuckkörbchen, die …«

»Und legen die Zwiebeln der Gladiolen und die Knollen der Dahlien in die Erde.«

Lia Sonnberger seufzte tief auf. »Schön haben wir es hier!«

Die beiden Frauen warteten mit der Erfrischung – mit den Getränken und den dick mit Schnittlauch bedeckten Topfen- beziehungsweise Butterbroten, bis Max Pinsker den geliehenen Weidezaun aufgestellt und an die Batterie angeschlossen hatte.

Sie mussten Quentin von dem tickenden Ding fernhalten, um ihn vor einem elektrischen Schock zu bewahren.

»Einmal schadet sicher nicht«, meinte Max. »Dann merkt er es sich.«

»Sie nehmen bestimmt ein Bier, auch wenn es nur ein alkoholfreies ist«, bemerkte Maria und wollte ihm eine Flasche reichen, doch der Mann lehnte dankend ab.

»Auch im alkoholfreien Bier gibt es Reste von Alkohol, und ich habe – hatte – Probleme mit Alkohol. Also bitte die Limonade.«

»Oh«, sagten Lia und Maria im Chor.

»Ich war in der Gastronomie beschäftigt«, erklärte der Mann. »Da ist die Versuchung groß, immer wieder einen Schluck zu trinken, besonders wenn viel los ist. Bis man den Job verliert, bis die Frau sich scheiden lässt. Bis man die Tochter nur mehr alle heiligen Zeiten sehen darf.«

»Oh«, wiederholte Lia. »Aber Sie haben es geschafft, davon loszukommen.«

»So kann man es nicht sagen. Es hat Rückschläge gegeben. Und es gibt Hoffnung.«

»Dann trinken wir auf diese Hoffnung, Max«, sagte Maria und probierte von dem Getränk, das beinahe so gut war wie echtes Bier.

»Der Job hier bei den Winklers hilft mir finanziell über die Runden«, fuhr ihr Helfer fort.

»Wie sind Sie hierhergekommen?«

»Sie hat annonciert.«

»Frau Winkler.«

»Genau die. Person für alles gesucht, auch für härtere Arbeiten.«

»Ah ja. Man muss Arbeitsplätze geschlechtsneutral anbieten«, fiel Maria ein und bot dem Mann auch ein Schnittlauchbrot an. »Es gibt davon mehr als genug.«

»Und wie gefällt es Ihnen, Max?«, erkundigte sich Lia.

»Ich habe Unterkunft und Essen und bekomme etwas Lohn. Im Augenblick kann ich es mir nicht erlauben, wählerisch zu sein«, lautete die wenig enthusiastische Antwort.

»Wo hakt es?«, fragte Maria Lamprechter, die

schon daran dachte, den anscheinend tüchtigen Mann abzuwerben.

»Es ist nicht alles Gold, was glänzt. Aber Sie werden das selbst sehen, wenn Sie eine Zeit lang hier arbeiten. Ich bin im Moment jedenfalls froh, hier sein zu können.«

Kurz nach zwölf kam Pia Hermann mit dem Zeckenspray für Quentin, um halb zwei begaben sich die drei Frauen zum Mittagessen.

»Ach, vergessen Sie das Gemüse!«, dröhnte die Stimme Ruth Winklers auf der mit einer Markise vor dem direkten Sonnenlicht geschützten Terrasse an der Rückseite des Schlösschens. »Wer so fleißig arbeitet wie Sie, braucht etwas Kräftiges.«

»Trotzdem hätte ich gerne etwas mehr Bratkartoffeln und nur ganz, ganz wenig vom …«, wagte Lia einen Vorstoß.

»… Rinderbraten. Fiala, geben Sie Frau Sonnberger ein tüchtiges Stück Fleisch! Es ist vom Bio-Weiderind, aus unserer Gegend. Ihr Hund frisst ja auch Fleisch, also müssen Sie nicht so zimperlich sein.«

»Ein kleines Stück«, wandte sich Lia nun hilfesuchend an die tschechische Köchin, die ihr ein winziges Stück Fleisch auf den Teller legte, mit einer extra großen Portion Bratkartoffeln und Kohlsprossen.

Dankbar nickte Lia der kleinen, drahtigen Sechzigjährigen zu, die rasch in der Küche verschwand.

»Wie war's heute in der Schule?«, erkundigte sich die Hausherrin bei ihrer Tochter, die ihr in ihrer Zartheit in keiner Weise ähnelte.

Hannah Winkler war ein verschüchtertes Geschöpf mit übergroßen dunkelbraunen Augen und beinahe weißer Haut, das Lia Sonnberger an Edvard Munchs Gemälde »Der Schrei« erinnerte. Sie konnte sich nicht vorstellen, dass sich dieses zurückhaltende Persönchen in einer Schulklasse durchsetzen konnte.

»Wie immer«, antwortete die junge Frau mit einer hohen, kaum wahrnehmbaren Stimme.

Hannah Winkler war Lia nicht sympathisch, vor allem, weil Max Pinsker sich für dieses etwa 22-jährige Mädchen zu interessieren schien. Jedenfalls schaute er sie immer wieder an. Lia fragte sich, was er nur in ihr sah, wo doch richtige Frauen am Tisch saßen.

»Hast du ihnen mehr Hausübung aufgegeben, wie die Frau Direktor es verlangt hat?«, ließ Ruth Winkler nicht locker. Als ihre Tochter nicht antwortete, wiederholte sie ihre Frage in gesteigerter Lautstärke.

»Ich habe Kopfweh«, sagte die Tochter, erhob sich vom Tisch und verschwand im Haus.

»Sie tut sich noch schwer im Beruf. So frisch von

der Pädagogischen Hochschule. Nicht einfach für ein zartes Wesen wie Hannah. Besonders die Türkenbuben. Sie wollen sich von einer Frau nichts sagen lassen. Da muss man konsequent sein, sich nicht unterkriegen lassen.«

»Ich sehe nach ihr. Sie hat kaum etwas gegessen«, sagte Max Pinsker.

»Sie bleiben, wo Sie sind! Ich habe Sie nicht als Kindermädchen engagiert«, fuhr Frau Winkler dazwischen, und der Mann gehorchte. »Und was planen Sie für den Nachmittag, meine Damen?«, wandte sie sich nun an Pia, Lia und Maria.

»Ich habe«, erklärte Pia Hermann, »Rosenkugeln mitgebracht. Mit denen markieren wir die Standorte der Rosen. Ganz nach Ihren Wünschen, Frau Winkler.«

»Da lasse ich Ihnen freie Hand. Mich interessiert das Endergebnis.«

Daraufhin legte sich Schweigen über die Tischgesellschaft. Und schweigend verzehrten die vier Frauen und der Mann die warmen Mohnkolatschen, die Fialas tschechische Herkunft auf das Köstlichste verrieten.

»Ich muss dann fahren«, meldete sich Maria Lamprechter schließlich zu Wort. »Ich kann Johnny nicht einen ganzen Tag lang allein lassen, besonders in der Hauptsaison, in der …«

»Ich komme mit«, unterbrach Pia Hermann ihre

Chefin. »Die Blumen im Gewächshaus müssen bewässert werden. Bei der Hitze.«

»Und wie soll ich nach Hause kommen?«, fragte Lia Sonnberger mit leicht verzagter Stimme.

»Ich hole dich ab. Passt fünf Uhr?«

»Wenn das Wetter hält, ja.«

»Es wird halten. Sonst suchst du hier im Haus Unterschlupf und rufst mich an.«

Die beiden Frauen flüchteten geradezu vom Tisch, und Lia Sonnberger eilte ihnen nach.

»Wartet! Ich brauch noch etwas aus dem Wagen.«

Das Etwas, das Lia Sonnberger in ihrem Werkzeugkasten verborgen hatte, war ihre E-Zigarette, die mit Cannabisöl befüllt war. Ganz offiziell, von Pia Hermanns Schwiegersohn Doktor Ebendorfer ärztlich verschrieben, gegen Depressionen.

Und deprimiert war Lia Sonnberger. Erstens, weil der erste Mann, der ihr nach dem Tod ihres Ferdinand gefallen hatte, nun Augen für eine viel Jüngere hatte … Und zweitens, weil sich das Gefühl drohenden Unheils in und um das Winkler'sche Schlösschen verstärkt hatte. Und drittens wollte sie nicht, was den Garten betraf, in blinden Aktionismus verfallen und der Landschaft etwas aufzwingen, sondern sich wieder in aller Ruhe auf das Vorhandene einlassen, es auf sich wirken lassen, es weiterentwickeln …

Sie bedauerte, dass der Staudenknöterich erst wenige Zentimeter hoch war. Sobald er seine eigentliche Wuchshöhe von zwei bis drei Metern erreicht hatte, würde er ein wunderbares Rückzugsgebiet bieten, um ihren Gedanken und Träumen nachhängen zu können.

Lia Sonnberger, gefolgt von ihrem Wolfshund Quentin, setzte sich ans Ufer der Thaya, die viel Wasser führte, weil es Anfang April lange Zeit geregnet hatte. Sie beobachtete das rostbraune, an manchen Stellen schäumende Wasser, das sich in Kreisen und Wirbeln rauschend und gurgelnd an ihr vorbeibewegte.

Mahlstrom. Lia Sonnberger dachte an einen Mahlstrom der Ereignisse, der sich unaufhörlich auf sie zu bewegte.

Sie sog am metallenen Mundstück ihrer Zigarette und spürte den süßen Dampf, der sie an Fialas Mehlspeise erinnerte, an ihrem Rachen. Ein versöhnlicher Geschmack. So versöhnlich wie Fiala. Die einzige harmlose Person in diesem Haus, die sie bisher getroffen hatte.

Die Mutter, die Tochter, der Mann für alles waren zu vergessen. Verwickelt in unklare Beziehungen zueinander. Verräter …

Doch war das wirklich so? Warum sollte sich ein Mensch nicht für mehrere andere Menschen interessieren können? Warum verlangte sie von Max

Pinsker Treue, obwohl er gar nicht …? Obwohl sie bisher nur ein paar Worte miteinander gesprochen hatten.

Sie durfte sich nicht wieder so eng an einen Mann binden wie an ihren Ferdinand. Jetzt fühlte sie sich im Stich gelassen.

Ferdinand hatte nach einem arbeitsreichen Tag geduscht und war nicht mehr aus dem Badezimmer gekommen. Sie hatte ihn leblos auf dem Fliesenboden gefunden. Dabei war er erst 43 Jahre alt gewesen, als es passiert war. Das Wasser der Dusche hatte noch gerauscht. Wie jetzt der Fluss.

Der Cannabisdampf hatte Lia müde gemacht. Sie sah sich nach einem geschützten Platz um und fand diesen an der Gneiswand, die an diesem heißen Tag Wärme abstrahlte, die ihrem Rücken guttat, als sie sich dagegenlehnte.

Quentin suchte sich ein Plätzchen im Schatten, drehte sich mehrere Male um die eigene Achse und ließ sich schließlich mit einem leisen Brummen auf den Boden fallen, um sich gleich darauf wieder zu erheben, weil ihm Waldameisen das Terrain streitig machten. Schließlich legte er sich dicht neben seine Herrin, sodass sein Fell ihre Beine berührte.

Lia schloss die Augen und ging in Gedanken die Gartenanlage Schritt für Schritt durch, vom Bauerngarten angefangen, über die Naturwiese, den Badeplatz am Fluss, der vom Staudenknöterich eingeengt und von einem Wald begrenzt wurde, bis zum Felsen, an dem sie ruhte.

In den Bildern, die in ihrer Fantasie entstanden, dominierte der Staudenknöterich, der obszön seine spargelähnlichen Sprossen aus der Erde schob und unaufhörlich wuchs, sich wand und drohend aufrichtete, wie die Äskulapnatter, die sie hatte retten können.

Die Stängel bewegten sich auf sie zu, umschmeichelten ihre Haut, seidig weich, zärtlich drängend.

Sie wusste nicht, ob sie Lust verhießen oder sie durchbohren, umschlingen, verschlingen würden.

Doch zur Flucht war es zu spät. Sie ließ sich auf das Spiel mit dem Staudenknöterich ein, der sie streichelte, an ihr rieb, sie reizte und …

Nein. Sie durfte nicht nachgeben. Das wäre Untreue ihrem Ferdinand gegenüber. Den sie ein einziges Mal betrogen hatte. Sie hatte es nie wieder getan. Bis jetzt.

In ihrer Fantasie griff Lia mit harten Händen in den Staudenknöterich und brach die knospenden Stängel, die sich um sie gewunden hatten. Sie war wieder frei, konnte atmen, sah Quentin an ihrer Seite, hörte Stimmen vom Haus her. Zwei dunkle Stimmen. Ruth Winkler, Max Pinsker.

»Wenn du mir das zerstörst, weiß ich nicht, was ich mache.«

»Ich verbiete mir die vertraute Anrede ein für alle Mal, Pinsker. Seien Sie nicht albern! Mir können Sie nicht drohen. *Sie* haben alles zu verlieren. Ich nichts. Gar nichts.«

KAPITEL 3

WER ZU VIEL SPIONIERT,
LEICHT SICH HAT BLAMIERT.

»Was machst du als Nächstes?«, erkundigte sich Maria Lamprechter bei ihrer Mitarbeiterin.

»Es lässt sich wohl nicht vermeiden, das Hauptproblem des Gartens zu lösen«, erwiderte Lia.

»Der Staudenknöterich. Hast du dir schon überlegt, wie du dabei vorgehen wirst?«

»Ich bin noch am Planen.«

»Planen, Planen! Man kann nicht ewig planen. Es geht nur mit einem starken Herbizid«, beteiligte sich nun auch Pia Hermann am Gespräch und zerdrückte eine Stechmücke an ihrem Oberarm.

Der einzige Nachteil, den die Terrasse am alten Mühlengebäude mit Blick auf die Thaya hatte, waren die Mücken.

»Man injiziert es in die Rhizome, und die Sache hat sich.«

»Ich würde«, schlug Maria, die Gärtnereibesitzerin, vor, »den Teil des Staudenknöterichs, den ich loswerden möchte, roden und die nachkommenden Triebe immer wieder mähen, bis die Pflanze aufgibt.«

»Und das hilft?«, zeigte sich Pia skeptisch.

»Es hat hier im Garten geholfen. Lia und ich haben den Staudenknöterich auf diese Weise gezähmt.«

Lia Sonnberger nickte zustimmend. Sagen konnte sie nichts, denn sie hatte soeben ein dick mit selbst gemachter Mayonnaise bestrichenes Brot in den Mund geschoben.

»Wir haben uns vom Hillinger zwei Ziegen ausgeliehen«, sagte sie nach einer Pause.

»Und die haben das Zeug gefressen?«, zeigte sich Pia Hermann skeptisch.

»Zum Teil. Ziegen sind naschhaft, wollen jedoch auch anderes.«

»Ich stelle fest«, versuchte Pia, die ehemalige Polizistin, Ordnung in das Gespräch zu bringen, »der Staudenknöterich im Schaugarten ist auf ein erträgliches Maß zurückgedrängt worden. Die Frage nun ist, wie das gelungen ist. Die Ziegen haben dazu beigetragen. So viel ist klar.«

»Johnny hat ihn mit einer Folie bedeckt und damit erstickt«, erklärte die Gärtnerin.

»Trotz meines Protests. Auch das schadet dem Getier und Gewürm im Boden.«

»Wenn man Krieg führt, gibt es Opfer«, gab sich Pia Hermann energisch. »Ich habe Roundup in die Wurzeln injiziert.«

»Beim Fischerhaus.«

»So ist es. Der Japanische Staudenknöterich passt nicht in diese Gegend. Eine invasive, gierige Pflanze, die heimische Pflanzen verdrängt, wenn man sie lässt.«

»Ich geh dann«, klang eine männliche Stimme vom Mühlengebäude her.

»Setz dich einen Augenblick zu uns, Johnny!«, lud ihn die Chefin ein.

Der hünenhaft große Mann, der mit seinen schlaksigen Bewegungen, dem vollen hellblonden Haar und dem entwaffnenden Lächeln an einen großgewachsenen Jungen erinnerte, blieb stehen und entschuldigte sich.

»Ich muss leider gehen. Eine Verabredung. Ich habe das Gewächshaus gegossen und komme morgen erst um zehn. Wenn's recht ist.«

»Es ist recht, Johnny«, sagte Maria Lamprechter und bedankte sich bei dem Zweiundzwanzigjährigen, dass er länger geblieben war.

»Er hat eine Freundin«, flüsterte sie, nachdem der Mann gegangen war.

»Das war schon oft der Fall«, meinte die Ex-Polizistin. »Er hat offenbar Bindungsängste.«

»Kein Wunder bei seiner Familie«, sagte Lia und erinnerte sich daran, was sie über Johnnys Vergangenheit gehört hatte.

Er war als kleiner Junge von seiner Mutter verlassen, einfach in der Wohnung zurückgelassen worden, während sie nach Tirol gegangen war, um dort in der Gastronomie zu arbeiten. Die Großmutter fand ihn fast verdurstet und zog ihn groß, gegen den Widerstand ihres Mannes, den sie hinauswarf, als er das Kind misshandelte.

Ja, und bei seiner Großmutter lebte Johnny noch immer. Und war unter ihrer sorgenden Hand in seinem freundlichen Wesen Kind geblieben.

»Er ist das Beste, was mir nach dem Tod meines Mannes passieren konnte«, verteidigte ihn Maria Lamprechter. »Von euch beiden einmal abgesehen. Ohne ihn wären die Gärtnerei und ich verloren gewesen.«

»Ja, weil die anderen gekündigt haben. Niemand hat dir zugetraut, die Gärtnerei weiterzuführen.«

»Reden wir über etwas anderes«, schlug Maria Lamprechter vor, die sich nicht gerne an das schwierige Jahr nach dem Tod ihres Mannes erinnerte. »Was haltet ihr davon, eine Flasche Freixenet zu öffnen?«

»Viel.«

»Sehr viel.«

»Das Problem ist noch nicht gelöst«, erinnerte Maria ihre Freundinnen nach dem ersten Schluck Sekt.

»Welches Problem? Der Cava ist kühl und schmeckt köstlich. Wo soll es da noch Probleme geben?«

»Der Staudenknöterich. Was machst du damit, Lia?«

»Wisst ihr was, ihr beiden Schönen«, sagte diese. »Ich unterteile morgen die Fläche am Fluss in drei Abschnitte. Und jede von uns bekommt die Chance, den Staudenknöterich auf ihre Weise zu bekämpfen. Dann werden wir sehen, wer recht hat.«

»Ein sehr weiser Vorschlag«, fand die Chefin, die froh war, dass Lia Sonnberger weiter im Garten der Winklers arbeiten wollte. Trotz ihrer Bedenken.

»Was haltet ihr von ihr?«, fragte nun Pia.

»Von der Tochter oder der Mutter?«

»Der Mutter. Ruth Winkler.«

»Eine schwere Frage«, fand Lia.

»Sie steht im Ruf, sehr tüchtig zu sein«, stellte Maria Lamprechter fest.

»Sie hat die alte Czibulka aufopferungsvoll gepflegt. Neun Jahre lang. Heißt es.«

»Heißt es. Mit der Absicht, das Schlösschen zu erben.«

»Was ja gelungen ist.«

»Sie ist zu tüchtig«, stellte Lia Sonnberger fest.

Nach dem Morgenspaziergang mit Quentin fuhr Lia zum Garten der Winklers und schnitt mit einer Sichel Begrenzungen in das Dickicht des Staudenknöterichs. Jede von ihnen sollte eine Chance bekommen, das Unkraut auf ihre individuelle Weise zu bekämpfen. Wobei ihr die von ihr vorgeschlagene Methode mit den Ziegen nun doch etwas umständlich vorkam. Sie müsste dazu einen weiteren Weidezaun organisieren, die Ziegen hierhertransportieren, sie auch mit anderer Nahrung versorgen … Nein. Sie würde ihren Teil roden und dann täglich mähen. Mit der Sense.

Vom Schlösschen her waren aufgebrachte Stimmen zu vernehmen. Die dunkle Stimme von Ruth Winkler, die hellere, überraschend kräftige Stimme ihrer Tochter.

»Ich kann nicht zurück in die Schule. Du hast mich zum Gespött meiner Kollegen gemacht.«

»Unsinn. Das bildest du dir nur ein.«

»Du hast angerufen und ihnen gesagt, dass ich … dass ich …«

»Wenn du willst, dass es der Rest der Welt erfährt, dann schrei weiter.«

»Ich schreie nicht.«

»Doch. Und jetzt gehst du ins Haus und beruhigst dich!«

»Ich bin kein kleines Kind mehr.«

»Du bist und bleibst mein Kind.«

Lia schüttelte den Kopf. Man durfte sich so etwas nicht gefallen lassen. Das Einfachste wäre, wegzugehen. Die Tochter müsste sich aufraffen, das Haus zu verlassen. Wie Lias Sohn es getan hatte. Sehr zu ihrem Missfallen. Besonders nach dem Tod des Mannes.

Voll Missmut dachte sie an Patrick, der zum Bundesheer gegangen war, obwohl ihr das gar nicht recht gewesen war. Er war doch ein so sanfter Junge gewesen, der so gar nichts Kriegerisches an sich gehabt hatte.

Aber sie hatte es akzeptiert. Vor allem, weil ihr nichts anderes übrig geblieben war. Sie hatte gelernt, sich nicht einzumischen.

Auch bei den Winklers schienen der Mann und der Sohn eigene Wege zu gehen. Sie hatte keinen der beiden je hier gesehen.

Warum wohl war die Tochter zum Opfer geworden? Zum Opfer einer übermächtigen Mutter, die … Ja, die sich in das Leben anderer drängte wie der Staudenknöterich in den Garten, der dort, wo er sich ausgebreitet hatte, nichts anderes gedeihen ließ. Ruth Winkler, der Staudenknöterich des Czibulka-Schlösschens, dem Pia mit Gift zu Leibe rücken würde, während Maria und sie sanftere Methoden anwenden würden. Das Resultat war das gleiche. Man musste die Pflanze bändigen.

Gut. All das ging sie nichts an. Sie war keine Familientherapeutin, sondern einzig und allein für den Garten zuständig.

Lia schärfte ihre Sense mit dem Wetzstein und ließ das Blatt in die Sprossen gleiten, wobei sie die noch weichen Pflanzen über dem Boden kappte. Obwohl … Lia musste absetzen. Sie kam sich vor wie eine Mörderin, die pralles Leben auslöschte.

Die Sprossen, die voll im Saft standen, schienen zu schreien, als es ihnen an den Leib ging.

Irgendwo hatte sie gelesen, dass man aus dem Staudenknöterich ein Anti-Aging-Mittel gewinnen konnte, und sie strich sich den Saft, der aus den gefällten Sprossen quoll, auf den Rücken der linken Hand. Das aus dem Knöterich gewonnene Resveratrol versprach langes Leben, glatte Haut und …

»Ah, das sind Sie, Max. Grüß Gott!«, sagte sie, als sie erkannte, zu wem der Schatten gehörte, der plötzlich auf die bereits gemähte Fläche fiel.

»Alles in Ordnung bei Ihnen?«

»Ich beschäftige mich mit dem Staudenknöterich. Meine Freundinnen und ich wollen ihn mit verschiedenen Mitteln zähmen. Das heißt, Pia will ihn vernichten.«

»Würde ich auch tun«, sagte der Mann. »Wenn Sie ihn mähen, kommt er nach kurzer Zeit wieder.«

»Man muss hartnäckig sein. Irgendwann gibt er auf.«

»Glaub ich nicht«, zweifelte Max. »Ich soll Sie zum Essen bitten, wieder um halb zwei.«

»Um Himmels willen. Was ist denn das?«, rief

Lia Sonnberger, als sie eine Staubwolke auf das Schlösschen zukommen sah.

»Jetzt wird es spannend«, erklärte der Mann und lächelte dabei. »Der Sohn. Offenbar alarmiert von Hannah.«

»Ah ja«, zeigte sich Lia wenig interessiert, als sie den Namen der jungen Frau hörte, und wollte weitermähen.

»Pst. Sonst versäumen wir etwas. Simon hat die Winklerin schon öfter aus dem Gleichgewicht gebracht.«

»Und das Mädchen tut Ihnen gar nicht leid?«

»Sie muss lernen, sich gegen die Mutter durchzusetzen, sonst geht sie unter. Oh ja, ich habe Mitleid mit ihr, aber das muss sie allein schaffen.«

»Und Sie selbst? Ich konnte gestern nicht umhin, Ihre Meinungsverschiedenheit mit Frau Winkler mitzuverfolgen.«

»Wir waren laut genug.«

»Eben.«

»Ich hab sie gebeten, das Klavier benutzen zu können. Ich muss üben. Für eine Theateraufführung, und sie ziert sich.«

Vom Haus her drangen die dunkle Stimme von Ruth Winkler und die hohe Stimme eines aufgeregten jungen Mannes.

»Du hast Hannah lächerlich gemacht mit deinen verrückten Anrufen.«

»Verrückt. Das wagst *du* zu sagen, gerade du, Simon.«

»Ich bin nicht verrückt. Das willst du allen einreden. Die ganze Welt, die dich umgibt, ist in deinen Augen verrückt. Nur du bist der gesunde Fels in der Brandung.«

»Kommen Sie!«, forderte Max Pinsker Lia auf. »Das müssen wir aus der Nähe verfolgen.«

»Einen Teufel werde ich«, sagte Lia, und ihre grünen Augen funkelten böse.

»Dann geh ich allein.«

»Tun Sie, was Sie nicht lassen können, Sie Voyeur!«

»Besser als jedes Fernsehprogramm.«

Und dieser Mann hatte ihr gefallen! Was für ein infantiles Wesen in diesem prächtigen Körper steckte! Max Pinsker war dumm. Möglicherweise hatte der übermäßige Alkoholgenuss sein Gehirn in Mitleidenschaft gezogen.

Sich für ein so junges Mädchen zu interessieren! Und sie dann noch im Stich zu lassen, anderen Männern den Kampf mit dem Drachen zu überlassen und sie dabei zu beobachten. Was für ein jämmerlicher Feigling!

Und das mit dem Klavierspiel war eine Lüge. Klavier üben für eine Theateraufführung! Lia war doch nicht blöd, so etwas zu glauben!

Andererseits ging sie das absolut nichts an. Pinsker war für sie gestorben.

Lia schärfte noch einmal das Sensenblatt, dann setzte sie die Mäharbeit umso heftiger fort.

»Du wirst deine schmutzige Beziehung beenden, sonst bringe ich das alles an die Öffentlichkeit«, dröhnte die Stimme Ruth Winklers durch den Garten.

»Das machst du nicht.«

»Doch. Da kannst du Gift darauf nehmen. Was, du hebst die Hand gegen deine eigene Mutter? Untersteh dich, Simon!«

Dann wurde es ganz still. Zu still. Fand Lia.

»Das habe ich nicht gewollt«, sagte der Sohn schließlich. »Soll ich einen Arzt holen?«

»Auf keinen Fall. Ich komme schon zurecht. Geh jetzt!«

»Sie hat sich verletzt, als sie dem drohenden Sohn ausweichen wollte«, berichtete Pinsker im Stil eines Sensationsreporters. »Alles voll Blut.«

»Wir müssen uns um sie kümmern«, entschied Lia und setzte sich in Bewegung.

Mit viel zu großen Schritten für eine so kleine Person. Pinsker und Quentin folgten ihr.

Tatsächlich. Ruth Winkler saß auf den Steinplatten, die um das Schlösschen herumführten, an die Hauswand gelehnt, bleich, mit einer Wunde am Hinterkopf, ihr helles Haar voll Blut.

»Wie geht es Ihnen, Frau Winkler?«, erkundigte sich Lia.

»Och, ein kleines Missgeschick. Ich bin wieder einmal gegen diese blöde Laterne gestoßen. Sie müssen sie etwas höher setzen, Max.«

»Wird gemacht, Frau Winkler.«

»Sie kommen doch wieder zum Mittagessen, Frau Sonnberger? Fiala macht heute Fleischpalatschinken. Und die sind besonders köstlich.«

»Ich komme sehr gerne, bitte jedoch um Marmeladenfüllung.«

»Max. Sie laufen rasch in die Küche und sagen das Fiala, bevor es zu spät ist.«

»Ihre Wunde muss versorgt werden«, sagte Lia nach dem Abgang des Mannes. »Ich verständige Doktor Ebendorfer.«

»Auf gar keinen Fall. Ein dummes Missgeschick. Ich kann mir selbst helfen«, protestierte Ruth Winkler.

»Davon bin ich überzeugt. Dennoch muss das kontrolliert werden.«

»Ich halte nichts von Doktor Ebendorfer.«

»Dann muss ich die Rettung rufen.«

»Wenn Sie sich meinen Wünschen widersetzen, können wir nicht weiter zusammenarbeiten«, drohte Ruth Winkler.

»Darüber unterhalten wir uns nach Ihrer medizinischen Versorgung«, beharrte Lia und drückte die Nummer des Arztes in ihr Handy.

»Er kommt in einer halben Stunde aus der Praxis«, teilte Lia der noch immer an der Hauswand sitzenden Hausherrin mit, die mehrmals tief Atem holte. »Ich begleite Sie inzwischen ins Haus. Können Sie aufstehen?«

»Geben Sie mir Zeit! Es wird schon wieder. Ich wäre gerne einen Augenblick allein«, sagte die Frau, die auf Lia wie eine gefällte Eiche wirkte.

»Ich bleibe in der Nähe. Wenn Sie etwas brauchen, rufen Sie.«

»Ich brauche nichts.«

»Sie hatten Streit mit Ihrem Sohn«, stellte Lia fest.

»Nein«, erwiderte Ruth Winkler knapp und versuchte aufzustehen, doch es gelang nicht. »Rufen Sie doch die Rettung und bestellen Sie Ebendorfer ab«, bat sie schließlich mit ungewöhnlich sanfter Stimme.

Lia, die fand, dies sei ein Schritt in die richtige Richtung, befolgte den Wunsch der Frau, die kurz vor zwölf Uhr Mittag von Sanitätern abgeholt wurde.

Von der Köchin versuchte Lia zu erfahren, wie sie den Mann von Frau Winkler erreichen konnte.

»Bitte gedulden. Tochter kommen zu Mittagessen. Sie wissen Telefonnummer«, sagte Fiala, freundlich lächelnd.

Sie hatte offenbar gelernt, sich nicht in Familienangelegenheiten einzumischen.

Auch Reinhard Ebendorfer hatte erleichtert geklungen, als Lia ihn gebeten hatte, doch nicht zu kommen. Er musste die Frau kennen. Schließlich war er der einzige praktische Arzt in und um Raabs. Vielleicht wusste Pia Hermann Näheres, immerhin war der junge Herr Doktor ihr Schwiegersohn.

Lia Sonnberger schüttelte nun den Kopf über sich selbst. Jetzt ließ sie sich auch schon auf den Klatsch und Tratsch ein, der diese Familie umgab.

Das Mittagessen verlief, als ob nichts geschehen wäre, sogar etwas heiterer als sonst, obwohl oder weil ein Platz leer war.

»Simon hat mir versichert«, berichtete die Tochter, »nicht handgreiflich geworden zu sein.«

»Ihre Mutter hat das bestätigt«, stellte Lia fest. »Sie hat gesagt, sie wäre ihm ausgewichen und da ist es passiert.«

»Ich besuche sie am Nachmittag.«

»Und Ihr Vater?«

»Er ist sehr beschäftigt.«

»Ich versetze die Laterne«, sagte nun Max Pinsker.

»Lass das, Max!«, zeigte sich Hannah Winkler ungewöhnlich energisch. »Wir sind alle nicht so groß wie sie, und sie weiß jetzt von der Gefahr. Du könntest mich nach Waidhofen fahren. Aber erst um vier. Ich muss noch Hefte verbessern.«

Oh, oh, dachte Lia. Die Katze war aus dem Haus, und die Mäuse überlegten sich, wie sie das feiern könnten.

Die sonst so umtriebige Frau schien niemandem zu fehlen.

Wie der Staudenknöterich an der Stelle, die sie bereits gemäht hatte, niemandem fehlte.

Obwohl. Bei genauerem Hinsehen hatte Lia neue Triebe entdeckt, die wieder ihre spargelähnlichen Köpfe durch das Erdreich schoben.

Hatte Pia doch recht, dass man dieses Zeug nur mit drastischen Mitteln loswurde?

Und wenn das auf den Knöterich zutraf, was bedeutete es für Ruth Winkler, deren Wesen deutliche Ähnlichkeiten aufwies?

KAPITEL 4

UND ICH MÖCHT' FREUNDE,
WIE IHR SEID,
FÜR MEINE LEBENSZEIT.

Im Garten mähte Lia Sonnberger geduldig die neuen Triebe des Staudenknöterichs.

»Kann ich Ihnen helfen?«, erklang Max Pinskers Stimme.

»Ich dachte, Sie bringen die Tochter nach Waidhofen«, erwiderte Lia.

»Das übernimmt Simon. Schlechtes Gewissen, denke ich.«

»Wenn das so ist«, meinte Lia, »wäre ich froh, wenn Sie das Schnittgut auf einen Haufen werfen könnten.«

»Ich hole Gummihandschuhe, falls das Zeug Allergien auslöst.«

»Nicht nötig, Herr Pinsker. Der Staudenknöterich ist ein Jungbrunnen für Leib und …«

»Für die Seele nicht. Warum so förmlich? Ich bin, wie gesagt, der Max.«

»Für Leib und Haut, Herr Pinsker.«

»Ah ja. Das haben wir beide nicht nötig«, brummte der Mann, lächelte und holte eine Schubkarre, in die er die tropfenden Sprosse schaufelte.

»Man könnte sie auch essen. Ähnlich einem Rhabarberkompott«, fügte Lia hinzu.

»Man kann nicht alles haben im Leben«, meinte Max Pinsker.

Wieder fühlte sich Lia dem Mann nahe. Er erinnerte sie an ihren verstorbenen Ferdinand. Auch der hatte Humor gehabt, bis zuletzt, buchstäblich bis zu seiner letzten Stunde.

Er hatte noch gefragt, ob sie ihn unter die Dusche begleiten wolle, und ihr zugezwinkert.

Sie hatte lachend abgelehnt und ihn auf später vertröstet. Und dann …

In der Erinnerung an diesen fürchterlichsten Augenblick ihres Lebens, schloss Lia Sonnberger die Augen und atmete tief aus und ein.

Von da an war es in ihrem Leben abwärts gegangen. Die Bank stellte die Kredite für die Firma und das Haus fällig. Sie hatte Glück, in Maria Lamprechters Gärtnerei unterzukommen, die ein ähnliches Schicksal hatte wie sie. Seither arbeitete sie für Maria, wohnte in der Thayamühle und … und beachtete nach drei Jahren zum ersten Mal einen Mann.

Als sie ihre Augen öffnete, blickte sie in die Dackelaugen von Max Pinsker. Treue, tiefe, braune

Augen. Ganz anders als die von Quentin. Diese waren grün, wie ihre eigenen. Hexenaugen.

Auch Ferdinand hatte braune Augen gehabt.

»Sie haben an etwas Trauriges gedacht«, sagte Max Pinsker.

Lia nickte stumm. »Mich bewegt dieser Garten.«

»Sie haben sich an etwas erinnert«, stellte der Mann fest.

»Ja. Ich habe an etwas … an jemanden gedacht.«

»Das hat der Garten ausgelöst.«

Als Lia nicht antwortete, fragte der Mann, ob er sie allein lassen solle. Allein mit ihren Erinnerungen.

»Du kannst gerne bleiben, Max«, sagte sie und wunderte sich über sich selbst. »Dieser Garten und die Menschen, die mit ihm in Verbindung stehen, üben von Anfang an eine starke Wirkung auf mich aus. Sie bringen mein Inneres zum Schwingen.«

Pinsker bedankte sich für das Du-Wort, das ihm Lia so nebenbei angeboten hatte, dann konstatierte er: »Aber es ist nicht alles positiv hier. Nicht wahr?«

»Nein. Ich kann mir nicht vorstellen, dass es so bleibt, wie es ist.« Lia dachte an den Moment, bevor ihr Mann das Badezimmer betreten hatte. »Etwas ist los hier, etwas stimmt ganz und gar nicht, und … ja, es wird etwas geschehen, das alles verändern wird.«

»Erdbeeren. Frische Erdbeeren mit Schlag«, ertönte Fialas Stimme vom Weg her. »Frau Winkler haben angerufen, aus dem Spital, haben mich gebeten, für Erfrischung zu sorgen.«

»Wie geht es ihr?«

»Kopf genäht. Kommen bald wieder.«

Und tatsächlich. Am Freitag, beim Mittagessen im Schlösschen, war alles wie immer. Es gab Karpfen mit Erdäpfelsalat, Ruth Winkler trug zwar ein weißes Häubchen auf dem Kopf, ansonsten war sie unverändert.

»Sie haben die Laterne noch nicht versetzt, Max«, erinnerte sie den Mann an ihren Auftrag.

»Wird umgehend erledigt.«

»Wenn es zu regnen aufgehört hat.« Dann wandte sie sich an Lia Sonnberger. »Sie waren sehr fleißig. Man kann schon ahnen, was aus dem Garten wird.«

»Am Montag mache ich weiter. Dann lösen wir das Problem mit dem Staudenknöterich.«

»Alles klar. Ich freue mich darauf.«

»Papa hat gesagt, er kommt heute«, meldete sich die Tochter zu Wort. Mit dünner, ängstlicher Stimme.

»Ich weiß«, sagte Frau Winkler. »Wir haben telefoniert. Mein Gott, was für ein Aufsehen alle machen wegen meines Missgeschicks.«

»Es tut mir leid«, sagte die Tochter noch.

»Es muss dir nicht leidtun, Hannah. Ich bin ein erwachsener Mensch und für meine Bewegungen selbst verantwortlich. Und damit hat es sich. Kein Wort mehr zu diesem Thema.«

Für den Abend hatte Pia Hermann die Freundinnen in ihr Fischerhäuschen eingeladen, das sie zu einem zwar engen, aber durchaus attraktiven Zuhause ausgebaut hatte. Das Haus in Raabs, das sie von ihren Eltern übernommen hatte, hatte sie ihrer Tochter Gabriela überlassen, die es mit ihrem Ehemann und den zwei Kindern bewohnte.

Schwiegersohn Reinhard Ebendorfer hatte seine Arztpraxis im Erdgeschoss, in dem früher eine Gemischtwarenhandlung untergebracht war.

Und Pia wohnte in der Fischerhütte ihres verstorbenen Mannes, obwohl sie in die Mansarden des Hauses am Raabser Hauptplatz hätte übersiedeln können. Eine Zeit lang hatte sie mit diesem Gedanken gespielt, aus Angst vor der Einsamkeit nach ihrer Frühpensionierung als Chefinspektorin der Grenzpolizeiinspektion Drosendorf. Wegen Burn-outs, wie ihr Schwiegersohn diagnostiziert hatte.

In Wahrheit hatte sie nach dem Tod ihres Mannes nicht mehr als Polizistin arbeiten wollen. Ein Job ohne jeden Charme, im Gegensatz zum Gartenbau. Ohne Maria und Lia wäre sie verloren gewesen.

»Nehmen wir das Boot?«, erkundigte sich Lia Sonnberger bei ihrer Chefin.

»Die Motorzille«, schlug diese vor. »Ansonsten müssen wir heimrudern.«

Auf der Hinfahrt, flussabwärts, zu Pias Häuschen, ließen sie sich ohne Einsatz des Motors treiben. Quentin saß vor dem mit einem Tuch abgedeckten Korb, in dem sich Tortenstücke aus dem Café der Gärtnerei befanden, blickte jedoch scheinheilig ins Wasser.

»Der Regen ist schuld, dass heute so viel übrig geblieben ist«, erklärte Maria Lamprechter.

»Gut, dass es aufgehört hat. Morgen könnte ein brauchbarer Tag werden.«

»Wir haben genug im Tiefkühlschrank. Ich werde es nach der Rückkehr herausnehmen.«

»Wir könnten Fiala gut gebrauchen im Café«, sinnierte Maria Lamprechter und tauchte zum Steuern der Zille ein Ruder ins Wasser, während Pia die rechte Seite übernahm. Quentin saß als Galionsfigur am Bug, seine Herrin knapp hinter ihm, um ihn davon abzuhalten, am Korb mit den Mehlspeisen zu schnuppern oder ins Wasser zu springen, wenn er Wildenten oder gar Gänse sah.

»Willst du sie abwerben?«, fragte Lia und fügte hinzu: »Auch Max wäre eine Bereicherung.«

»Oh, oh, oh!«, meinte Maria Lamprechter, hielt sich aber zurück, mehr zu sagen.

»Deine Ohs sind unangebracht«, protestierte Lia. »Ich meine es rein dienstlich. Wir könnten einen kräftigen Mann gebrauchen. Neben Johnny, versteht sich.«

»Rein dienstlich«, stellte Maria fest.

»Er hat ohnehin nur Augen für die Winkler-Tochter. Ich bin ihm zu alt«, erklärte Lia.

»So sind sie, die Männer.«

Pia Hermanns umgebautes Fischerhaus hatte große Fenster und Schiebetüren, durch die man zum Fluss sah. Draußen konnten die drei Gärtnerinnen nicht sitzen. Weniger wegen der Mücken, sondern wegen der Kälte dieses Abends. Der Regen hatte die Wärme der letzten Tage vertrieben, und direkt am Fluss war es etwas windig.

»Ich habe uns Bärlauchcremesuppe mit Croutons und Gemüselaibchen mit Bratkartoffeln gemacht«, erklärte Pia, die in der anschließenden Küche hantierte. »Und morgen Mittag kommt ihr wieder, da gibt es die Reste.«

»Falls etwas übrig bleibt«, sagte Lia mit gedämpfter Stimme.

Als sich Pias Handy meldete, entschuldigte sie sich mit den Worten: »Ich hätte es ausschalten sollen.«

Während sie telefonierte, übernahm Maria das Rösten der Brotstücke für die Suppe.

»Was für ein köstlicher Duft«, lobte Pia, als sie sich den Freundinnen anschloss.

»Wer will dich am Samstagabend?«, erkundigte sich Lia.

»Reinhard. Er hat sich erkundigt, wie es mir geht.«

»Ein reizender Schwiegersohn, muss man sagen.«

»Och, da bin ich mir nicht so sicher«, meinte Pia. »Sie wollen morgen Nachmittag kommen, mit den Kindern. Nach dem Mittagessen, wie er betont hat. Da blieb mir nichts anderes übrig, als sie auch zum Mittagessen einzuladen.«

»Ich verstehe«, sagte Lia Sonnberger. »Das heißt, wir sind ausgeladen. Die Reste unseres Abendmahls werden von anderen verzehrt.«

»Natürlich nicht. Ihr kommt auch. Allerdings gibt es keine Reste und ich muss etwas mit Fleisch machen.«

»Fisch. Ich schlage vor, es gibt Fisch, und wir helfen dir.«

»Ich angle gleich in der Früh«, versprach Maria. »Und wenn nichts beißt, fahre ich zum Erhartinger.«

»Alles klar«, meinte Pia und verfeinerte die Bärlauchsuppe mit einem Schluck Portwein.

Bevor sie zu essen begannen, kümmerte sich die Gastgeberin noch um Quentin, indem sie ihm etwas ungewürztes Faschiertes in eine Schüssel gab.

»Bei uns war heute ein Ehepaar, das von deinem Schaugarten begeistert war, Lia«, erklärte die Chefin, während sie die Bärlauchcremesuppe löffelte.

»Das freut mich.«

»Und mich auch. Sie wollen etwas Ähnliches bei ihrem Haus in Kollmitzgraben. Eine Wiener Familie, die die Wochenenden hier verbringt.«

»Das heißt …«

»Das heißt, dass ich dich bitte, mit ihnen Kontakt aufzunehmen. Er hat mir seine Visitenkarte gegeben«, erklärte Maria Lamprechter und reichte diese ihrer Mitarbeiterin.

»Doktor Thomas Brückner. Brückner Verlag.«

»Brückner Verlag?«, überlegte Pia. »Der ist mir schon untergekommen.«

»Natürlich. Oh Gott!«

»Was ist, Lia?«

»Ein Verlag, bei dem die Autoren zahlen müssen. Gerda hat dort ihre Gedichte veröffentlicht.«

»Gerda Weghuber.«

»So ist es.«

»Dass wir keine normalen Kunden haben können!«, seufzte Lia und bedankte sich für die Suppe, die sie absolut köstlich gefunden hatte.

»Ist wieder etwas passiert bei den Winklers?«, erkundigte sich die Ex-Polizistin.

»Madame trägt ein weißes Käppchen, ansonsten ist alles, wie es war.«

»Und wie es bleiben wird«, ergänzte Maria.

»Das bezweifle ich«, widersprach Lia. »Da braut sich etwas zusammen.«

»Apropos brauen«, versuchte Pia das Gespräch auf ein anderes Thema zu bringen. »Ich habe uns Waldmeisterbowle gemacht.«

»Jetzt schon?«, zweifelte Lia. »Der blüht doch noch gar nicht.«

»Eingefroren, aufgetaut, mit Champagner gekrönt. Wollt ihr Ketchup zu den Gemüselaibchen?«

»Unbedingt«, sagte Lia, während Maria dankend ablehnte.

»Auch selbst gemacht«, erklärte die Polizistin und fragte dann, ob Quentin noch etwas Faschiertes haben dürfe. »Er schaut so gierig.«

»Ja bitte. Allerdings schaut Quentin immer gierig. Ich gebe ihm etwas Wasser.«

»Nimm die abgeschlagene Schüssel oben links!«

»Das heißt, ich muss das Projekt Winkler rasch zu einem Abschluss bringen«, sagte Lia Sonnberger, während sie Schlagobers von ihrem Obsttortenstück löffelte.

»Du kannst es nicht erwarten, von dort wegzukommen«, stellte Pia Hermann fest.

»Der Garten macht große Fortschritte.«

»Das stimmt.«

»Ich habe meinen Teil des Staudenknöterichs gemäht.«

»Ah ja, der Staudenknöterich«, erinnerte sich Pia Hermann. »Würdet ihr vermuten, dass hier unten je Staudenknöterich gewachsen ist?«, fragte sie und zeigte in die Dunkelheit, die sich vor dem Fischerhaus breitgemacht hatte.

»Wir wissen es. Schließlich hast du wochenlang über nichts anderes geredet.«

»Bis ich ihm mit Injektionen zu Leibe gerückt bin.«

»Und das willst du auch im Winkler'schen Garten machen?«

»So lautet unsere Abmachung. Hier ist kein Würmchen zu Schaden gekommen. Das Gift bleibt in der Pflanze. Und denk nur an die Unkrautbekämpfung auf den Äckern. Da wird breitflächig Gift versprüht.«

»Wisst ihr, was mich beschäftigt?«, fragte Lia Sonnberger.

»Außer dem Staudenknöterich?«

Lia nickte so ernst, dass ihre Freundinnen aufmerksam wurden.

»Winkler ist kein besonders seltener Name.«

»Aber auch nicht sehr häufig. Ich kenne eigentlich nur unsere Winklers.«

»Eben.«

»Was beschäftigt dich, Lia?«

»Ein Emil Winkler hat nach dem Tod meines Mannes die Kredite fällig gestellt und mich ruiniert.«

»Oh!«, sagte Maria Lamprechter, und Pia fügte ein weiteres »Oh« hinzu.

»Und Ruth Winklers Mann arbeitet als Banker in Sankt Pölten.«

»Vielleicht stammt daher das negative Gefühl, das dich in den letzten Tagen befallen hat«, überlegte Pia.

»Ich werde versuchen, ihn zu sehen. Vielleicht morgen.«

»Lass dir Zeit! Und überleg, was du mit deinem Wissen tust, wenn es zutrifft. Du kannst ihn ja nicht umbringen.«

»Nein. Natürlich nicht. Obwohl die Überlegung durchaus ihren Reiz hat.«

»Eine ungute Familie. Die Frau nervt, die Tochter ist ein Niemand, ein Nichts, ein …«

»Botschaft verstanden.«

»Der Sohn bedroht die Mutter«, fuhr Lia fort. »Der Vater ist ein Bankenhai.«

»Falls deine Vermutung zutrifft.«

»Könnten wir das Thema wechseln?«, schlug Pia Hermann vor.

Lia Sonnberger konnte es nicht lassen. Sie fuhr am Sonntagvormittag zum Schlösschen der Winklers, um nach dem Garten zu sehen und herauszufinden, ob sie Herrn Winkler kannte.

Sie inspizierte das gemähte Stück und sah, dass der Staudenknöterich noch immer nicht aufgegeben hatte. Frische rote Triebe schoben sich aus dem feuchten Erdreich.

Und ganz hinten stand etwas. Ein Topf mit einer Pflanze. Frau Winkler wollte offenbar diese Pflanze im Garten haben. In einer Plastikfolie, die um den schwarzen Kunststofftopf gebunden war, lag ein Blatt Papier, auf das sie etwas geschrieben hatte.

Als Lia näher kam, sah sie, dass es sich um eine sogenannte Verpiss-dich-Pflanze handelte, die man setzte, um Katzen vom Gemüse fernzuhalten, um zu verhindern, dass sie zum Beispiel Gemüsebeete als ihr Klo benutzten.

Die aus Ostafrika stammende Pflanze mit den behaarten, leicht fleischigen Blättern blühte violett und roch, wenn man die Blätter zwischen den Fingern zerrieb, nach Menthol. Angeblich war es dieser Duft, der Hunde und Katzen, die ihn schon von Ferne wahrnahmen, so störte, dass sie sich von dieser Blume fernhielten.

Okay, wenn es ihr Wunsch ist, werde ich das Ding ins Gemüsebeet setzen, überlegte Lia. Allerdings hätte sie das auch selbst tun können. Immerhin ist es ihr Garten.

Als Lia las, was auf dem Zettel in Computerschrift stand, ließ sie den Topf vor Überraschung fallen.

»Verschwinde, du blöder Gartentrampel, sonst bereust du es«, stand da in Blockbuchstaben, mit drei Rufzeichen versehen.

Das stammte eindeutig nicht von Ruth Winkler. Schließlich war sie die Auftraggeberin und könnte Lia jederzeit mitteilen, dass ihre Dienste nicht mehr benötigt wurden.

Die freundliche Fiala kam auch nicht infrage. Sie hätte auch keinen Grund, Lia zu drohen. Und sie hätte, des Deutschen nicht besonders kundig, Rechtschreibfehler gemacht.

Blieb nur Max Pinsker. Sie würde ihn zur Rede stellen, konnte sich allerdings nicht vorstellen, was den Mann zu dieser Unfreundlichkeit bewegen konnte. Sie schüttelte den Kopf, entnahm dem Blumenstock den Drohbrief und bewegte sich Richtung Haus, von dessen Terrasse sie Stimmen hörte.

Ja, es handelte sich eindeutig um jenen Magister Emil Winkler, der schuld daran war, dass sie den Betrieb schließen hatte müssen, den ihr Mann und sie mit großer Mühe aufgebaut hatten. Sie kannte diesen arroganten Tonfall.

Und was der Mann nun sagte, war auch nicht besser. Er bedrohte jemanden.

»Du benimmst dich jetzt ausnahmsweise normal. Und wenn du das nicht kannst, weißt du, wo du hinkommst. Und zwar für immer.«

KAPITEL 5

UND ICH FIGURIER'
ALS GOUVERNANTCHEN
ODER ELEFANTCHEN HIER.

Lia hatte nicht gesehen, wem die Drohung Emil Winklers gegolten hatte. Er konnte aber nur Frau Winkler oder die Tochter gemeint haben. Oder den Sohn? War der Sohn auf Besuch gekommen?

Sie dachte noch beim Mittagsmahl in Pia Hermanns Fischerhaus an die merkwürdigen Ereignisse des Vormittags.

Bei Forellen und Petersilienerdäpfeln überlegte Lia, ob sie Pias Schwiegersohn nach den Winklers fragen sollte. Er war der einzige Arzt in der Gegend und musste etwas über die Familie wissen.

Er würde sich auf ärztliche Verschwiegenheit berufen, aber versuchen wollte sie es. Doktor Reinhard Ebendorfer war ein außerordentlich freundlicher Mann, der viel lächelte und dabei strahlende Zähne zeigte, die Lia an eine Perlenkette denken ließ. Auch die beiden Töchter im Alter von sieben und acht Jahren waren helle, muntere Geschöpfe mit perfekten Tischmanieren, während Gabriela Ebendorfer, Pias Tochter, etwas verhärmt wirkte. Sie schaute ihrer Mutter überhaupt nicht ähnlich, war groß und mager und schweigsam.

Die Gelegenheit, mit Doktor Ebendorfer ins Gespräch zu kommen, ergab sich erst beim Eiskaffee, den Pia als Nachspeise auf dem Couchtisch an den bequemen Polstersesseln servierte.

Die Kinder durften mit Eistüten ins Freie, wohin sie auch Wolfshund Quentin begleitete.

»Ich gestalte den Garten für Familie Winkler«, begann Lia Sonnberger das Gespräch mit dem Mann. »Und dabei kann man nicht umhin, manches Geschehen mitzuverfolgen. Auch Geschehen, das zu denken gibt.«

Während sie das sagte, blickte sie in die blauen Augen des Arztes und überlegte, wie ein derart attraktiver Mann eine so farblose Frau heiraten konnte, riss sich aber von diesen Gedanken los. Das war der Frühling. Im Augenblick schien ihr jeder Mann zu gefallen.

»Mein Gott, die Winklers«, sagte Doktor Ebendorfer. »Eine Schar Hühner, beherrscht von einem weiblichen Gockel. Ja, es gibt auch Machos unter den Frauen.«

»Sie kennen also die Familie näher.«

»Von früher. Von Krankenbesuchen. Ruth Winkler war offenbar mit mir nicht zufrieden und lässt ihre Familie von jemand anderem betreuen. Mehr kann ich dazu nicht sagen.«

»Und welchen Eindruck hatten Sie von der Familie, abgesehen von der Mutter?«

»Man kann in diesem Fall nicht von der Mutter absehen«, sagte Reinhard Ebendorfer.

Doch Lia gab nicht auf, versuchte, mehr von dem Arzt zu erfahren, indem sie nach der Tochter fragte. »Mit der ist doch irgendetwas nicht in Ordnung. Die ist doch …«

»Retardiert. Zurückgeblieben in der Entwicklung. Und dabei leidet sie. Dieses Leiden an sich selbst und der Mutter zwingt sie immer wieder in Krankenstände. Mehr darf ich allerdings nicht verraten.«

»Und der Sohn? Ich habe ihn sehr wütend erlebt.«

»Er hat sich abnabeln können. Er lebt, soviel ich weiß, von den Eltern getrennt.«

»Und der Mann?«

»Den kenne ich zu wenig. Er war nie krank, oder er besucht Ärzte in Sankt Pölten, wo er arbeitet.«

»Ich bin beunruhigt, was die Zukunft dieser Menschen betrifft«, vertraute sich Lia Sonnberger dem Arzt an, und dieser nickte mehrmals schweigend.

»Frau Winkler«, sagte er schließlich, »müsste lernen, die Grenzen anderer Menschen zu respektieren, nicht in deren Leben einzudringen. Sie gibt sich als Puppenspielerin und degradiert damit andere zu Marionetten.«

»Das ist ein treffendes Bild«, fand Lia Sonnberger. »Mir selbst ist der Vergleich mit dem Staudenknöterich eingefallen. Aber Sie werden diese Pflanze nicht kennen.«

»Und ob. Wir haben sie auch im Garten. Sie wissen bestimmt ein Mittel, ihn zu bekämpfen.«

»Ihre Schwiegermutter, Maria und ich experimentieren zurzeit mit unterschiedlichen Methoden …«

»Sie berichten mir dann hoffentlich vom Ergebnis. Eine Frage noch: Ihr Hund ist doch kindersicher? Clara und Lisbeth spielen etwas gar heftig mit ihm.«

»Quentin ist äußerst freundlich zu Kindern.«

»Mich mag er nicht. Und er wirkt wie ein Wolf.«

»Romulus und Remus wurden von einer Wölfin aufgezogen.«

»Nein, im Ernst.«

»Quentin ist gut erzogen.«

Wieder lächelte der Mann unwiderstehlich, dann erhob er sich mit den Worten: »Aber unsere Kinder nicht. Ich gehe mal nachschauen.«

Obwohl ihr nicht danach war, suchte Lia nun Kontakt zur Frau des Arztes, die schweigend ihren Eiskaffee löffelte. Sie kannte Gabriela Ebendorfer von der Praxis her, in der die Frau als Arzthelferin tätig war. Das heißt, sie saß im Vorzimmer, empfing die Patienten, überprüfte ihre E-Cards und nahm Telefonanrufe entgegen.

Sie war so ganz anders als ihre Mutter. So ernst, so dunkel, so …

Die Frau wirkte traurig.

»Ihr Mann hat mir erzählt, dass auch Sie mit dem Staudenknöterich zu kämpfen haben«, versuchte Lia den Einstieg über den Garten.

»Ja. Allerdings ist er selbst daran schuld. Er hat ihn gepflanzt, weil er einen Urwald für die Mädchen schaffen wollte. Für die Kinder tut er alles.«

Die Frage lag nahe, ob er die Frau vernachlässigte. Doch Lia stellte sie nicht. Sie würde bei Gelegenheit Pia danach fragen.

»Ich bekämpfe den Staudenknöterich im Garten der Winklers.«

»Ja?«, lautete die knappe Reaktion der Frau.

»Ihre Mutter will energisch dagegen vorgehen. Mit Gift. Während Maria und ich sanftere Methoden wählen.«

»Ah ja.«

»Was halten Sie von den Winklers?«

»Ich kenne sie kaum. Sie gehören nicht mehr zu unserem Patientenstamm, sind abgewandert.«

»Sie beschäftigen mich. Ich bekomme manches mit, das mich beunruhigt.«

»Ich verstehe. Die Mutter ist eine starke Frau. Indem sie keinem Beruf nachgeht, hat sie viel Zeit. Sie engagiert sich im Pfarrgemeinderat, bei Feuerwehrfesten … Es ist unmöglich, der Dame zu entrinnen. Sie ist an allem und jedem interessiert«, gab sich Pias Tochter nun ungewohnt gesprächig. Als sie auch noch den Hauch eines schelmischen Lächelns zeigte, war die Ähnlichkeit mit ihrer Mutter deutlich zu erkennen. »Eine ungeheuer betriebsame Frau, aber letztlich gutwillig, würde ich meinen. Obwohl ich sie nicht in unserer Familie haben wollte.«

Nun lächelte auch Lia.

»Mich beschäftigt ganz etwas anderes«, fuhr Pias Tochter fort. »Und ich hoffe, Sie können mir dabei helfen.«

»Gerne.«

»Wir überwintern den Oleander in der Garage, und das hat ihm heuer geschadet. Die beiden Stauden schauen gar nicht gut aus. Braune Blätter, Schildläuse …«

»Gegen Schildläuse gibt es natürliche Mittel. Seifenlauge, vorsichtig angewendet, ist eine der Möglichkeiten.«

»Reinhard will sie zurückschneiden.«

»Oh, das ist heikel. Aber dazu befragen wir am besten Maria. Ich bin nicht die Fachfrau.«

Während sich Gabriela Ebendorfer und Maria

Lamprechter über den richtigen Schnitt des Oleanders unterhielten, verließ Lia das Wohnzimmer, um im Garten nach Quentin zu sehen.

Sie hatte allzu lang nichts von ihm gehört, war jedoch beruhigt, als sie ihn beim friedlichen Spiel mit den beiden Mädchen sah. Reinhard Ebendorfer betrachtete das Treiben aus einigem Abstand.

Am Montagmorgen konnte man nicht sagen, ob die Sonne scheinen oder ob es regnen würde. Der Himmel jedenfalls war bedeckt und es wehte ein frischer Wind.

Lia begutachtete die vom Staudenknöterich befreite Fläche und sah, dass sie erneut mähen musste. Aus den Rhizomen waren wieder Sprossen gewachsen. Pia und Maria kümmerten sich um ihre Abschnitte und entschieden sich ebenfalls, die bereits stehenden Pflanzen zu mähen.

Maria Lamprechter murmelte etwas von Nachhaltigkeit, als sie mit Lias Hilfe eine schwere Rolle Unkrautfolie zum Staudenknöterich transportierte. Zum Glück tauchte Max Pinsker im richtigen Moment auf, um den Damen behilflich zu sein. Eine gute Gelegenheit, dem Mann auf den Zahn zu fühlen, was die Verpiss-dich-Pflanze und die Drohung betraf. Lia zog den zusammengefalteten Zettel aus der Tasche ihres Gärtnerinnenoveralls und zeigte sie dem Mann.

»Und dazu hat man mir eine Verpiss-dich-Pflanze hingestellt«, sagte sie in vorwurfsvollem Ton.

»Also ich war es nicht«, reagierte der Mann sofort. »Ich bin sehr froh, dass du da bist.«

»Aber du ahnst, von wem das stammen könnte.«

»Es gibt nicht allzu viele Möglichkeiten. Aber dazu schweige ich lieber«, gab sich der Mann verschlossen. »Du darfst das nicht ernst nehmen.«

»Einen wunderschönen guten Morgen, die Damen«, donnerte die Stimme Ruth Winklers vom Gartenweg her. »Was für eine Freude, gleich drei von Ihnen im Einsatz zu sehen. Die Sache macht sich, der Garten nimmt Form an. Kommen Sie doch auf einen Schluck Kaffee! Fiala hat Polsterzipfe gemacht. Die dürfen Sie sich nicht entgehen lassen.«

»Wir sind von der Arbeit schmutzig, und für die Terrasse ist es heute zu kalt«, entschuldigte sich Maria.

»Dann bringe ich euch das Gebäck. Es ist noch warm. Und eine Thermosflasche mit Kaffee.«

»Was sind Polsterzipfe?«, erkundigte sich Lia, nachdem Frau Winkler ins Schlösschen zurückgeeilt war.

»Hasenöhrln«, erklärte Pia. »In Schmalz herausgebackener Teig.«

»Schürfeln«, freute sich nun Lia, die diese Mehlspeise von ihrer Großmutter her kannte.

»Weil wir so gemütlich beieinanderstehen«, sagte Ruth Winkler, als die drei Gärtnerinnen Kaffee und Polsterzipfe genossen. »Der Bauerngarten ist schon ideal. Das Ufer wird langsam, wie ich sehe. Was mir noch fehlt, ist ein Weg vom Haus her, den man auch bei Regen benutzen kann.«

»Dafür sind Granitplatten vorgesehen«, erklärte Lia, »die noch diese Woche geliefert werden.« Dann fügte sie in leicht vorwurfsvollem Ton hinzu: »Wie auf dem Plan ausgeführt, wie besprochen.«

»Ach, entschuldigen Sie. Ich hab einfach zu viel um die Ohren. Die Familie, der Pfarrgemeinderat, die Patenschaft für den FC Raabs, das heißt für das Vereinspony und jetzt auch noch das Muttertagskonzert im Mai.« Als das Mobiltelefon der Frau läutete, entschuldigte sie sich und entfernte sich ein Stück weit, redete dabei aber so laut, dass die Gärtnerinnen und ihr Helfer jedes Wort mitbekamen.

»Ja, Frau Direktor. Das ist lieb von Ihnen, dass Sie mich verständigen. Ich fahre gleich los und kümmere mich um sie. Sie war schon das ganze Wochenende etwas beeinträchtigt. Vielleicht ihre Allergie. Nein, Arzt ist nicht nötig. Das mache ich schon. Bin schon auf dem Weg.«

»Es geht offenbar um die Tochter«, vermutete Pia Hermann.

»Sie ist seit ein paar Tagen völlig aus dem Gleichgewicht«, erklärte Max Pinsker. »Eine mehr als unglückliche Entscheidung, sie Volksschullehrerin werden zu lassen. Sie kann sich nicht durchsetzen. Für Hannah wäre eine Bibliothek das Richtige, oder …«

Als der Mann sich selbst unterbrach, setzte Maria seinen begonnenen Satz fort: »Oder Gärtnerin. Wobei auch wir uns durchsetzen müssen, zum Beispiel gegen den Staudenknöterich.«

»Alles klar. Mir ist bewusst geworden, dass ich Unsinn rede«, entschuldigte sich der Mann. »Sie ist ein armes Mädchen, das Hilfe benötigt. Früher hatte sie den Bruder, aber der hält sich vom Haus fern.«

»Meist«, schränkte Lia Sonnberger ein.

»Er kommt nur, wenn Hannah um Hilfe ruft, wenn sie total verzweifelt ist.«

»Und Sie? Sie helfen ihr nicht?«, zeigte sich Pia Hermann erstaunt.

»Ich rede mit ihr. Sie vertraut mir.«

»Ich denke, da ist etwas mehr«, stellte Maria Lamprechter fest.

»Nicht von meiner Seite. Ich bin die Klagemauer.«

»Warum beschränken Sie sich auf diese Funktion?«, fragte Pia Hermann.

»Wird das ein Kreuzverhör?«

»Wenn Sie nicht darüber reden wollen, lassen wir es«, sagte die Ex-Polizistin.

»Mein Gott, wieso sollte da mehr sein? Sie ist nicht mein Typ. Brauchen Sie mich noch? Ich bring das Geschirr zurück ins Haus und versetze die Lampe an der Terrasse, damit nicht wieder etwas passiert. Rufen Sie mich, wenn meine Hilfe nötig ist!«

»Pinsker, Pinsker. Da war etwas mit einem Pinsker«, überlegte Pia Hermann, nachdem der Mann sich entfernt hatte. »Ich werde mich bei meinen ehemaligen Kollegen erkundigen.«

»Er hatte Probleme mit Alkohol«, erinnerte sich Lia Sonnberger.

»Nein, es ging um etwas anderes«, sagte die Ex-Polizistin und schüttelte den Kopf.

»An die Arbeit, Pia! Wir müssen am Nachmittag Johnny ablösen. Er muss die Balkonblumen ausliefern.«

»Und was ist mit den Eismännern?«

»Wir warnen die Kunden. Aber wenn sie darauf bestehen …«

»Ich glaube, es kommt kein Frost mehr. Dafür ist es schon zu lange warm«, meinte Pia Hermann und verabreichte den Wurzeln des Staudenknöterichs die erste Giftinjektion mit einer Spritze ihres Schwiegersohns.

Gegen halb zwölf verabschiedeten sich Pia und Maria von ihrer Freundin, die von Frau Winkler zum Mittagessen ins Haus gebeten worden war.

Am Tisch saß auch Hannah Winkler, bleich, zitternd, kaum fähig, den Löffel mit der Grießnockerlsuppe zum Mund zu führen.

»Hast du deine Tabletten genommen?«, fragte Ruth Winkler streng. »Kein Wunder, dass es dir schlecht geht, wenn du keine Disziplin zeigst.«

»Sie machen mich schwindlig.«

»Okay. Und in welchem Zustand bist du jetzt? Ja, wenn man sich nicht um alles selbst kümmert. Du kommst jetzt mit mir ins Badezimmer. Das werden wir gleich haben.«

Hannah Winkler blickte hilfesuchend zu Max Pinsker, doch dieser reagierte nicht. Er hielt seinen Kopf gesenkt und blickte auf die großzügig mit Schnittlauch bestreute Suppe.

»Sie wird ihr jetzt ein Medikament gegen ihren Willen aufzwingen«, sagte Lia Sonnberger, die überlegte einzugreifen, der jungen Frau zu helfen.

»Sie braucht die Tabletten«, sagte Pinsker schließlich.

»Woran leidet sie?«, fragte Lia, die es nicht glauben konnte, dass der Mann für Ruth Winkler Partei ergriff.

»Sie hat Phasen, in denen sie alles zu positiv sieht, meint, sie könne alles schaffen, in denen sie viel zu viel Geld ausgibt, bis sie dann in tiefe Depression verfällt.«

»Manisch-depressiv.«

»Bipolare Störung. Ja. Deshalb wohnt sie noch zu Hause.«

»Das heißt …«

»Dass sie nach einer manischen Phase nun in Depression verfallen ist. Weil sie im Hoch der Gefühle die Tabletten nicht genommen hat.«

»Aber man kann ihr doch das Medikament nicht mit Gewalt verabreichen.«

»Was ist die Alternative?«

»Also, ich versteh dich nicht, Max. Ich dachte, du wärst auf ihrer Seite.«

»Ich versteh mich manches Mal selbst nicht«, sagte der Mann und löffelte den Suppenteller leer.

Lia Sonnberger nahm sich vor, nie wieder einer Einladung in dieses schreckliche Haus zu folgen. Sie fühlte sich elend und wollte hinaus ins Freie.

»Man beißt nicht die Hand, die einen füttert«, hörte sie Max noch sagen, als sie aufstand und das Speisezimmer verließ.

Es reichte.

Als sie sich Richtung Garten bewegte, hörte sie das Keuchen eines Menschen hinter sich, eines Menschen, der ihr nachlief.

»Gnädige Frau, gnädige Frau«, hörte sie eine weibliche Stimme und erkannte, dass es sich um Fiala handelte, die kleine Köchin mit den roten Wangen. »Kommen zu mir in Küche. Dort können in Ruhe essen. Haben gefüllte Paprika gemacht, wirklich gut geworden, und dann Eis. Eis mit Schlag und Limonencreme. Bitte kommen! Und Entschuldigung, dass im Haus alles durcheinand'.«

»Aber da können doch Sie nichts dafür, Frau …«

»Fiala. Ich Fiala. Fiala Kuckakska.«

»Und ich bin die Lia.«

»Hallo, Lia«, sagte die Frau und reichte ihr die Hand.

Lia begleitete die Köchin in die geräumige, sehr modern ausgestattete Küche, in der jedoch auch ein alter, mit Holz zu beheizender Herd stand, in dem tatsächlich Feuer brannte.

Auf den Platten standen ein Topf mit den in Tomatensauce simmernden gefüllten Paprikaschoten und einer mit Reis.

»Zwei oder drei?«, fragte die Köchin, als sie mit einer Kelle die Paprika herausschöpfte.

»Einer wäre ideal.«

»Drei mit Gemüse gefüllt. Sie essen müssen, Lia. Sind viel zu zart für harte Arbeit in Garten.«

»Also zwei, bitte.«

Nun kam Ruth Winkler in die Küche, sah Lia Sonnberger und lachte: »Sie haben die Seiten gewechselt. Ja, bei Fiala ist es gemütlich. Ich entschuldige mich für den Aufruhr beim Essen. Hannah hat Probleme in der Schule, und da muss ich ihr helfen.«

»Wie viele Paprika, gnädige Frau?«

»Einen für Hannah, drei für Max, zwei für mich. Ah, wie das duftet. Und viel Reis für alle. Um die Getränke kümmere ich mich selbst. Sie haben sich wieder einmal selbst übertroffen, Fiala.«

»Danke, gnädige Frau.«

»Gut, dann kann ich mich jetzt um Hannahs Teller kümmern.«

Mit Staunen beobachtete Lia, wie Frau Winkler einer der Schubladen ein Messer mit breiter Klinge entnahm, damit auf einem Schneidebrett Tabletten zerdrückte und das Pulver in die Tomatensauce auf einem der Teller mischte.

»Sie hat sich geweigert, die Stimmungsaufheller zu nehmen, obwohl sie für sie lebensnotwendig sind«, erklärte sie. »Und ich kann sie ihr nicht gegen ihren Willen einflößen. Was machen Sie mit Ihrem Hund, wenn er ein Medikament verweigert?«

»Also, ich möchte Quentin nicht mit einem Menschen vergleichen …«

»Die Probleme sind die gleichen …«

»Ich vermische die zerdrückten Tabletten mit Leberstreichwurst.«

»Ah ja. Gut, für heute muss es die Tomatensauce tun. Sie muss aus diesem Tief geholt werden. Irgendetwas hat sie völlig aus dem Gleichgewicht gebracht. In den euphorischen Phasen glaubt sie immer, sie wäre geheilt und könnte auf die Medikamente verzichten.«

Mein Gott, dachte Lia. Die Frau war nicht auszuhalten. Man konnte ihr nicht entkommen. Sie musste sich bemühen, den Auftrag im Schlösschen möglichst rasch zu einem Ende zu bringen und dann das neue Projekt zu beginnen, die Arbeit am Garten der Familie Brückner.

»Wissen Sie, was ich mir für den Garten noch wünsche?«

Du lieber Himmel, nein, die Frau hatte jeden Tag neue Ideen! Die Erledigung dieses Auftrags würde nie zu einem Ende kommen!

»Ich bin am Wochenende durch die Felder gewandert und habe die wunderbaren Ackerkräuter bewundert, besonders bei den Kartoffeln, aber auch beim Getreide. Die Wildstiefmütterchen, die Kornraden. Ließe sich da etwas machen?«

»Natürlich. Dazu müsste ich unbehandeltes Getreide aussäen und dann geduldig warten …«

»Geduld ist nicht meine Sache.«

»Dann müssen wir darauf verzichten.«

»Ich werde mich bemühen, geduldig zu sein. Ich habe ein Buch, in dem das dargestellt ist. Ich zeige es Ihnen nach dem Essen.«

»Brauchen etwas zur Beruhigung«, sagte Fiala, die offenbar Lias unglückliches Gesicht bemerkt hatte. »Selbst gemachtes Nussschnapserl.«

Die Köchin nahm zwei Gläser und befüllte sie

mit der dunkelbraunen Flüssigkeit, dann leerte sie ihr Stamperl auf einen Schluck.

»Haben dringend gebraucht«, sagte sie noch.

»Oh, das tut gut«, lobte Lia den Schnaps, als Ruth Winkler mit einem Bildband wiederkehrte.

»Auf Hag und Rain« nannte sich das Buch mit wunderbaren Fotos von Wildpflanzen.

»Sie können es mitnehmen, zum Studium«, sagte die Frau, knallte das Buch auf den Tisch und war wieder weg.

»Ihr Schnaps ist köstlich«, wandte sich Lia nun an die Köchin, die neben ihr am Küchentisch saß.

»Mit Gewürznelken, Ingwer, Sternanis, Kümmel, Vanille, Zimt, Waldmeister und Orangenschalen«, erklärte die Frau und lächelte, dann jedoch wurde sie sehr ernst und sie sagte plötzlich: »Ich habe Angst.«

»Oh«, zeigte sich Lia überrascht. »Erzählen Sie, Fiala!«

KAPITEL 6

WIR DREH'N UNS SCHON UM,
DENN DAS ZUSCHAU'N IST DUMM.

Und Fiala Kuckakska, die Haushaltshilfe der Winklers, begann zu erzählen. Von ihrer Kindheit in Moravské Budějovice in Mähren, der Flucht über die Grenze im Alter von 23 Jahren, den Jahren als Haushälterin bei Erna Czibulka bis zu deren Tod.

»Das heißt, Ruth Winkler hat die alte Frau nicht allein gepflegt«, stellte Lia Sonnberger fest.

»Ich ihr geholfen und sie mich übernommen«, sagte die etwa Sechzigjährige. »Ich nicht kranken- und pensionsversichert gewesen, Herr Winkler das alles geregelt. Ich sehr froh darum.«

»Aber Sie haben Angst, Fiala.«

»Vor den Veränderungen im Haus. Alles anders geworden. Verrückt geworden.«

»Die Tochter.«

Fiala nickte und fügte dann dazu: »Mutter auch Problem. So viele Feinde. So dumm, so viele Feinde.«

Mehr jedoch war der Frau nicht zu entlocken.

»Ich dürfen nicht über Herrschaft reden«, flüsterte sie.

»Alles klar«, sagte Lia. »Auch ich spüre drohendes Unheil.«

»Drohendes Unheil«, wiederholte Fiala. »Schlimmes Ende. Aber jetzt Nachtisch. Und Fleisch und Wasser für armes Hunderl. Hungrig und schnaufen. Armes, armes Hunderl.«

Zurück im Garten, nahm sich Lia vor, diesen Auftrag zügig abzuschließen, sich auf keine weiteren Vorschläge von Frau Winkler mehr einzulassen. Sie tippte die Nummer des Sägewerks Habringer in ihr Handy, um sie an die Lieferung des Lärchenzauns für den Bauerngarten zu erinnern.

Beim Befestigen der Steher musste ihr Johnny helfen. Max Pinsker hatte sie beim Mittagessen enttäuscht.

Am Nachmittag stellte Lia ein Gerüst aus Metall auf, an dem die roten und rosaroten Heckenrosen eine Laube formen sollten.

Die Löcher rund um die sechs Anker ließ Lia offen. Diese mussten mit Beton ausgegossen werden, um festen Sitz zu garantieren.

Dann füllte sie einen Bottich mit Wasser aus dem Fluss und tauchte die Rosenstauden in das Wasser, sodass sie ganz bedeckt waren.

Beim Graben der Pflanzlöcher wurde ihr so heiß, dass sie die Jacke über ihrem Overall ausziehen musste, obwohl Wolken die Sonne verdeckten. Auch Quentin begann zu graben, aber nur, um sich in das kühle Erdreich legen zu können. Da er das unter den alten Fliederstauden machte, störte es nicht weiter, und Lia ließ ihn gewähren.

Gegen drei kam Max Pinsker mit Zitronenlimonade vorbei.

»Sie schlafen, endlich ist Ruhe im Haus«, sagte er.

Lia bedankte sich, leerte das Glas und ließ sich nachschenken.

»Wer schläft?«, fragte sie dann.

»Die beiden Frauen. Die eine wegen der Pillen, die andere aus Erschöpfung«, erklärte er. »Ein Narrenhaus sondergleichen. Und du brauchst Beton«, wechselte Pinsker das Thema, indem er die Löcher an den Ankern der Rosenlaube begutachtete.

»Ja, aber das kann ein Mitarbeiter der Gärtnerei übernehmen.«

»Dafür bin ich da. Und verständige mich, wenn es etwas zu graben gibt. So schwere Arbeit ist nichts für eine so zarte Frau wie dich.«

»Also, wenn du den Beton übernimmst …«

»Wird gemacht. Ich werfe die Mischmaschine an.«

»Oh, oh, oh, im Hause tut sich wieder etwas«, verkündete Pinsker, der mit einer Scheibtruhe voll Beton-Schottergemisch und einer Schaufel zurück in den Rosengarten kam. Als Lia wenig Interesse zeigte, fuhr er fort: »Der Czibulka-Enkel möchte wenigstens einige Erinnerungsstücke an die Eltern und die Großeltern. Und jetzt streiten sie. Sie will nichts hergeben.«

»Das heißt, dass ihm die Großmutter nichts hinterlassen hat«, versuchte Lia Ordnung in das Chaos zu bringen, von dem Max Pinsker erzählte.

»Ich kenne die Geschichten nur von Fiala«, gab der Mann zu, »und die schimpft nicht über die Herrschaften. Jedenfalls haben sie die Alte dazu gebracht, ihnen alles zu überschreiben. Nun möchte der Enkel auch etwas. Und das führt zu Streit.«

»Mein Gott! Ich bin froh, wenn ich hier wegkomme«, stöhnte Lia und begann, die Wurzeln der Rosen zu stutzen.

»Du wirst mir fehlen«, sagte Max und berührte Lia sanft an den Oberarmen.

Das hätte er besser bleiben lassen, denn im nächsten Augenblick stand Quentin zähnefletschend vor ihm.

»Er ist eifersüchtig«, erklärte sie dem erschrockenen Mann.

»Er hat auch allen Grund dafür«, sagte dieser. »Ich mag dich sehr.«

Das war fast eine Liebeserklärung, fand Lia und lächelte den Mann freundlich an. Er war doch nicht so übel, wie sie ihn beim Mittagessen empfunden hatte.

Immerhin waren die beiden Frauen im Schlösschen seelisch tatsächlich etwas aus dem Gleichgewicht, also war es gar nicht so unklug von Max, sich aus dem Geschehen herauszuhalten.

Gegen halb fünf lobte Ruth Winkler den Fortschritt im Garten. Sie wirkte ruhig und ausgeglichen, von leichten Zuckungen um die Augen abgesehen, die Lia bisher nicht aufgefallen waren.

»Meine Tochter möchte noch etwas mit Ihnen besprechen, Frau Sonnberger«, sagte sie. »Unter vier Augen. Sie, Max, kommen mit mir!«

Daraufhin entfernten sich die beiden, und die Tochter bewegte sich widerstrebend auf Lia Sonnberger zu, aufmerksam beobachtet von Wolfshund Quentin von den Fliederstauden her, die schon Knospen angesetzt hatten.

»Ich soll mich entschuldigen«, sagte die junge Frau.

»So, wofür denn?«, fragte Lia.

»Mutter will es.«

»Aha. Aber ich weiß nicht, wofür Sie sich entschuldigen, Frau Winkler.«

»Für die dumme Sache mit dem Zettel.«

»Und der Pflanze?«

Die junge Frau nickte und blickte verlegen zu Boden. Sie wirkte auf Lia wie ein kleines Mädchen.

»Entschuldigung angenommen«, sagte Lia und reichte der Lehrerin die Hand.

Als Hannah Winkler sich entfernen wollte, fragte Lia, ob sie mit ihr reden wolle. Über den Grund, warum sie den Zettel geschrieben habe und überhaupt.

Die junge Lehrerin schüttelte stumm den Kopf, und Lia sah Tränen in ihren Augen, also drängte sie nicht weiter und wandte sich dem Gießen der frisch gesetzten Rosen zu.

Ein gärtnerisch sehr erfolgreicher Tag, an dem sie viel erreicht hatte, und für morgen war die Lieferung des Holzes für den Zaun angekündigt, allerdings auch Regenwetter.

Nun, man würde sehen. Für jetzt wenigstens plante sie Entspannung.

Sie hatte schon allzu lange nicht richtig losgelassen. Das hieß, mithilfe ihrer E-Zigarette und dem von Doktor Ebendorfer verschriebenen Cannabis-Öl. Sie wollte sich diesem Genuss an einer besonders schönen Stelle am Fluss hingeben und beschloss, ein Stück weit zu fahren, bis sie an die Engstelle der Thaya gelangte, wo sich diese über Jahrhunderte, wie Lia vermutete, einen Weg durch das Gestein geschürft hatte.

Auf einem von diesen von der Sonne erwärmten Felsen, aus deren Ritzen kleine Föhren wuchsen, ließ sie sich nieder, genoss das angenehm warme Gefühl an ihrem geschundenen Gärtnerinnen-Rücken und setzte die Zigarette in Gang.

Zuerst geschah gar nichts, außer dass das Rauschen des Flusses leiser wurde, verklang, dann bemerkte Lia einen betörenden Duft, der das süßliche Aroma des Cannabisöls überdeckte, auslöschte. Es roch wie Flieder und Fisch, nur dass hier kein Flieder wuchs.

Lia sah sich um und bemerkte, dass der Geruch von den unzähligen weißen Blüten eines Traubenkirschenbaums kam, der hinter den Felsen wuchs.

Obwohl sie nicht wirklich wusste, ob ihr dieser Geruch angenehm war, ließ sie sich darauf ein, blieb auf dem Felsen und atmete tief ein und aus.

Sie wusste noch immer nicht, was sie von dem Geständnis der Winkler-Tochter halten sollte.

Warum hatte die Mutter von der Drohung und der Verpiss-dich-Pflanze gewusst? Warum hatte sie die Tochter aufgefordert, sich zu entschuldigen? Warum wollte Hannah Winkler, dass Lia verschwand?

Es musste mit Max Pinsker zusammenhängen, der der jungen Frau offenbar gefiel, obwohl er viel zu alt für sie war.

Eine 22-Jährige, die für den einzigen erreichbaren Mann in ihrer Nähe schwärmte. Eine seelisch kranke junge Frau ohne Hoffnung, von der Mutter gelenkt.

Lia würde ihr den begehrten Mann nicht streitig machen, auch wenn ihr Max Pinsker gefiel. Äußerlich. Was sie von seinem Charakter halten sollte, wusste sie nicht. Max war hilfsbereit, aber ohne Mumm, auch eine verletzte Seele. Wie Ruth Winkler, die ebenfalls nicht unverwundbar war.

Der Mann und der Sohn – die beiden Männer der Familie – hielten sich im Hintergrund. Über sie wusste Lia gar nichts. Außer dass ihr Emil Winkler in seiner arroganten Art zutiefst zuwider war. Er war schuld an ihrem finanziellen Debakel, das letztlich positive Folgen gehabt hatte. Ohne den Niedergang ihres Betriebs und den Verlust des Hauses wäre sie nicht zu Pia und Maria gekommen, und diese waren sehr wohl eine Bereicherung ihres Lebens.

Vielleicht musste sich auch bei den Winklers einiges verändern, bevor es zu einem Neuanfang kam.

Einiges verändern. Lia schloss die Augen und versuchte, sich Ruth Winkler und die Menschen um sie herum in einem Jahr vorzustellen, doch das Bild blieb vage, schwarz.

Nein, es erhellte sich durch sanftes Kerzenlicht, das sich verstärkte, bis es taghell wurde. Eine weiße Sonne glühte vom Himmel, breitete sich aus, erfasste alles, brachte alles zum Glühen, bis die Hitze und das Licht unerträglich wurden.

Rasch legte Lia die E-Zigarette beiseite. Man musste vorsichtig sein, wenn der Hanf negative Bilder erzeugte.

Am liebsten wäre sie in den Fluss gesprungen, um all das Negative, das an ihr haftete, seit sie an diesem Garten arbeitete, abzuwaschen. Doch dafür war es eindeutig zu kalt.

Sie ließ sich allerdings von dem Felsen gleiten, zu einer Stelle, an der sie das Wasser erreichen konnte, und benetzte dort ihre Stirn damit.

Der Geruch des Traubenkirschenbaums und der Cannabisrauch hatten sich offenbar nicht miteinander vertragen, die kühlende Flüssigkeit in ihrem Gesicht und an den Händen tat gut.

Lia entledigte sich ihrer Schuhe und Socken und hielt die Füße in das Wasser. So lange, bis sie schmerzten. Dann verließ sie den Ort.

Auf der Weiterfahrt öffnete sie beide Fenster des Lieferwagens, sodass Durchzug entstand. Allmählich wich das Gefühl der Beklemmung von ihr.

Ein Gefühl, das mit Ruth Winkler zu tun gehabt hatte. Die Frau war schwer zu ertragen. Dabei war sie um Freundlichkeit bemüht, hatte sogar die Tochter dazu gebracht, sich zu entschuldigen.

Nein, das Problem war, dass Lia Sonnberger die

Gefahr spürte, in der sich die Frau befand. Etwas entwickelte sich, das nicht aufzuhalten war.

Lia war bewusst, dass sie mit Ruth Winkler reden, sie warnen musste.

Es gab Zeiten im Leben, in denen man nicht schweigen, nicht abwarten durfte, in denen Mut gefragt war. Denn Mut erforderte es, das Gespräch mit Frau Winkler zu suchen, ganz besonders, wenn man vorhatte, ehrlich zu sein.

Sollte sie umdrehen und noch heute mit ihr reden? Nein, das war keine gute Idee. Sie wollte völlig nüchtern sein, wenn sie dieses Gespräch führte.

In dieser Nacht wachte Lia mehrmals auf. Das Rauschen des Flusses, das sie sonst beruhigte, weckte sie immer wieder, bis sie ihr Zimmer im Dachgeschoss der alten Mühle verließ und in das erste Stockwerk, die Küche, ging, wo sie dem Kühlschrank Gin und Tonic entnahm, eine Scheibe Zitrone in ein Glas schnitt, Eiswürfel hinzufügte, das geheimnisvolle blaue Schimmern der Flüssigkeit bewunderte, das durch das im Tonic Water enthaltene Chinin entstand, und das Glas leerte.

»Du kannst auch nicht schlafen«, sagte Maria Lamprechter, die, in einen voluminösen Schlafmantel gehüllt, die Küche betrat. »Was für eine unangenehme Nacht«, fügte sie hinzu und verlangte auch nach einem Gin-Tonic.

»Ich glaube, ich sollte nicht mehr rauchen«, erklärte Lia. »Der Hanf verstärkt manches Mal negative Gefühle.«

»Ich versteh überhaupt nicht, warum Ebendorfer dir dieses Zeug verschreibt«, wunderte sich Maria.

»Ich habe ihn darum gebeten. Wegen der Depressionen.«

»Die durch das Haschisch verstärkt werden.«

»Erst in den letzten Tagen, erst, seitdem ich bei den Winklers arbeite.«

»Lass die Hände davon!«

»Du hast recht. Ich werde auf Gin-Tonic übergehen. Noch ein Gläschen?«

»Kein Gläschen, ein anständiges Glas.«

»Ich werde mich ab morgen um Professionalität bemühen, mir mein eigenes Essen, eigene Getränke mitnehmen, die Kühltasche füllen, meine Arbeit erledigen und mich nicht in die Angelegenheiten dieser verrückten Familie verwickeln lassen«, entschied Lia.

»Sehr vernünftig.«

»Und du? Auch du hast nicht schlafen können. Was bewegt dich?«

»Ich denke über die Gärtnerei nach.«

»Gibt es Probleme?«

»Es geht besser, immer besser. Wir brauchen personelle Verstärkung.«

»Das klingt nicht schlecht.«

»Nein. Aber es beschäftigt mich. Die Frage ist, wie das gut eingespielte Team mit einem Neuen harmoniert.«

»Du denkst an einen Mann.«

»Johnny braucht Unterstützung.«

»Ich rede mit Max Pinsker. Er wäre ideal.«

»Bist du dir so sicher?«

»Ich werde ihn weiter beobachten.«

Als Lia am nächsten Morgen in den Winkler'schen Garten zurückkehrte, roch es eindeutig nach Benzin. Die Fläche mit dem geschnittenen Staudenknöterich war breitflächig mit Benzin übergossen und angezündet worden.

»Was für eine Verrücktheit!«, fand Lia und überlegte, ob sie die Arbeit beenden sollte, als Ruth Winkler in Hochstimmung auf sie zu eilte.

»Sie werden sich wundern, welche Heinzelmännchen in der Nacht für Sie tätig waren!«, rief sie schon von Weitem.

»Frau Winkler«, sagte Lia, als die Frau bei ihr angelangt war, »wir müssen uns unterhalten.«

KAPITEL 7

JETZT IS DOCH KA SÜND', ALSO KÜSS MICH GESCHWIND'!

»Was halten Sie davon, die Rhizome mit Feuer zu bekämpfen?«, fragte Ruth Winkler und blickte Lia erwartungsvoll in die Augen, in viel zu geringer Distanz zu ihrem Gesicht, sodass Lia den Atem der Frau spürte. »Ich habe das an einem kleinen Stück ausprobiert. Mit Benzin.«

»Ich halte gar nichts davon, weil die Hitze des Brandes zu viel zerstört«, bemühte sich Lia um die Offenheit, die sie sich für das Gespräch mit der Frau vorgenommen hatte. »Ich habe heute Nacht nachgedacht«, wechselte sie das Thema, »weil ich mir Sorgen mache.«

»Sorgen, meine Liebe. Sie müssen sich doch keine Sorgen machen. In Ihrem wunderbaren Beruf. Und Ihr Hund. Ich kann es kaum erwarten, selbst einen zu besitzen. Mein Gott, wie er schaut, Ihr Quentin. Ein wunderbares Tier.«.

»Ich mache mir Sorgen, was Sie betrifft, Frau Winkler«, ließ sich Lia nicht ablenken. »Seitdem ich hier arbeite, bin ich Zeuge so mancher Szene geworden, in der Menschen aus Ihrer Umgebung Aggressionen gezeigt haben, Aggressionen gegen Sie.«

»Och, wo gibt es das nicht? Es ist wie beim Wetter. Die Sonne kann nicht immer scheinen.«

»Und ich glaube«, fuhr Lia unbeirrt fort, »dass sich die Situation zuspitzt. Sie sollten sich etwas zurücknehmen, sich nicht dermaßen stark in das Leben anderer Menschen einmischen, sich nicht so exponieren.«

Lia, die eine heftige Reaktion der Frau erwartete, wurde von deren nun folgenden Worten überrascht.

»Sie haben recht, völlig recht, Frau Sonnberger. Doch fordert eine außergewöhnliche Situation außergewöhnliches Handeln.«

»Wie die Brandrodung des Staudenknöterichs?«

»Zum Beispiel.«

»Ihnen ist aber schon bewusst, dass wir von der Gärtnerei dieses Problem im Griff haben, dass jede von uns sich bemüht hat, das Wachstum dieser Pflanze einzudämmen.«

»Bemüht, ja. Was zählt, ist das Ergebnis.«

»Es geht um das Überschreiten von Grenzen, Frau Winkler«, wagte sich Lia einen Schritt weiter. »Sie überschreiten Grenzen anderer Menschen. Und das erzeugt Ärger, Wut. Und ist gefährlich.«

»Für wen?«

»In erster Linie für Sie. Um es ganz deutlich zu sagen: Ich führe Ihren Auftrag nur zu Ende, wenn Sie mich in Ruhe arbeiten lassen. Wünsche und Anregungen sind willkommen. Unangekündigter Aktionismus ist ärgerlich und nicht akzeptabel.«

»Ein klares Wort«, sagte die Frau, und Lia Sonnberger erwartete nun eine Kündigung der Zusammenarbeit, doch diese erfolgte nicht. »Ich ziehe mich dann zurück und lasse Sie schalten und walten. Sie haben es ja bisher gut gemacht. Und noch etwas. Eigentlich machen Sie selbst nichts anderes als das, was Sie mir vorwerfen. Sie dringen in mein Leben ein, Frau Sonnberger. Sie warnen mich vor drohendem Unheil, obwohl mein Geschick und das meiner Familie absolut nichts mit Ihnen zu tun hat.«

»Das hat etwas für sich. Ich werde darüber nachdenken«, sagte Lia.

»Ich auch. Sie kommen doch zum Mittagessen?«

»Nein danke«, wehrte Lia ab. »Ich versorge mich selbst.«

»Alles klar. Jetzt sind Sie beleidigt. Ach, da fällt mir etwas ein, zur Aufheiterung. Stehen zwei Frauen im Friedhof. Entleert die eine die Gießkanne über dem Grab ihres Mannes, sagt die andere: ›Du hast es gut. Für meinen muss ich noch kochen‹.«

Lia betrachtete verblüfft die blonde Frau, die nun dröhnend lachte. Hatte sie es mit einer Verrückten zu tun? Nahm Ruth Winkler Drogen? Ihr Verhalten war, gelinde gesagt, nicht normal. Obwohl … Obwohl der Witz nicht schlecht war.

Zu ihrer eigenen Überraschung musste nun auch Lia lachen, Ruth Winkler berührte sie am linken Oberarm und sagte noch: »Sehen Sie, Frau Sonnberger. Man muss nicht alles so ernst nehmen«, bevor sie sich Richtung Schlösschen entfernte.

Lia Sonnberger fand an diesem Vormittag wenig Zeit, über das Gespräch mit Frau Winkler nachzudenken, denn das Sägewerk lieferte den Zaun für den Bauerngarten.

Max Pinsker befestigte die Lärchensteher auf den Bolzeneinschraubankern, während Lia die Querpfosten und die einzelnen Latten sortierte und auslegte.

»Schönes Holz«, lobte Max Pinsker. »Das hält eine Ewigkeit.«

»Hast du gestern Frau Winkler beim Abbrennen des Staudenknöterichs geholfen?«, wollte Lia wissen.

»Nein. Ich war gestern Abend in Gars. Theaterprobe. Sie hat mich übrigens gebeten, dich zu überreden, doch zum Mittagessen zu kommen. Fiala macht heute Gulasch. Und das kann sie besonders gut.«

Doch Lia lehnte ab. »Ich versorge mich aus der Kühltasche.«

»Aber du brauchst etwas Warmes. Ich werde dir wenigstens Suppe bringen.«

»Mir ist warm genug.«

»Es ist föhnig. Am Nachmittag soll es ein Gewitter geben.«

»Also beeilen wir uns.«

Das Mittagessen fiel an diesem Tag aus. Max Pinsker wurde von Fiala ins Haus gerufen.

»Schnell. Frau sagen, sehr schnell. Sehr aufgeregt. Tochter verschwunden.«

Lia, die zwar wissen wollte, was passiert war, blieb im Garten und schraubte erste Latten an die Längspfosten. Sie würde schon erfahren, was es mit dieser seltsamen Nachricht auf sich hatte, doch in Haus und Garten blieb es still, bis gegen halb drei heftiger Wind aufkam.

Lia konnte gerade noch das Werkzeug im Lieferwagen unterbringen, als erste schwere Regentropfen auf dessen Blechdach und gegen die Scheiben prasselten. Blitze zuckten, Donner rollte, und Lia nahm sich endlich Zeit, die Kühltasche zu öffnen und ihr Schafskäse zu entnehmen.

Sie fand es schade, dass sie darauf verzichten

musste, aus dem Gemüsegarten Schnittlauch zu holen. Dafür war das Gewitter zu heftig.

Aber sie hatte Salz und Pfeffer, Brot aus Waldviertler Roggen und Butter. Dazu trank sie kühle Buttermilch.

Morgen würde sie den Zaun fertigstellen, dann würde sie aufräumen und den Auftrag Auftrag sein lassen. Sie wollte hier nicht mehr arbeiten.

Im Führerhaus des motorisierten Dreirads war es gemütlich. Lia beobachtete durch die Windschutzscheibe das Anschwellen des Flusses Thaya. Sie wollte gerade das linke Seitenfenster einen Spalt breit öffnen, als jemand an der rechten Tür hantierte.

Sie fasste Quentin, der zu knurren begonnen hatte, am Halsband.

»Wir haben sie gefunden«, sagte Max Pinsker, dem nasses Haar in die Stirn hing.

»Hannah, die Tochter?«

»Die Schule hat Frau Winkler verständigt. Sie war nicht zur Arbeit gekommen, obwohl sie in der Früh hier weggefahren war.«

»Ein Unfall?«, fragte Lia.

Pinsker schüttelte den Kopf. »Der Sohn hat sie zu Doktor Ebendorfer gebracht, und der hat sie in die Nervenabteilung nach Gmünd eingewiesen. Die Depressionen.«

»Ein vernünftiger Schritt.«

»Nicht in den Augen von Frau Winkler. Sie tobt und will sie sofort hierher zurückbringen. Schließlich weiß sie besser als jeder Arzt, was für ihre Tochter gut ist. Und von Ebendorfer hält sie überhaupt nichts. Sie hat gedroht, den Mann fertigzumachen.«

»Er wird es überstehen. Und deine Meinung dazu, Max? Du hast mir bisher nur erzählt, was die Frau will, was der Sohn getan hat …«

»Meine Meinung zählt in diesem Fall nicht.«

»Für mich schon.«

»Ich möchte, wenn möglich, weg von hier«, sagte der Mann und biss dabei mit den unteren Zähnen gegen die Oberlippe.

»Dann mach es doch! Maria sucht einen tüchtigen Mitarbeiter. Und dass du tüchtig bist, hast du bewiesen.«

»Ich denke darüber nach. Frau Winkler hat mir in sehr schwieriger Situation geholfen, und ich möchte sie nun meinerseits nicht im Stich lassen.«

»Alles klar«, sagte Lia und nahm sich vor, Pinsker keinen Vorschlag mehr zu machen, was eine Veränderung seiner Situation betraf, als er sich zu ihr herüberneigte und ihr einen Kuss auf die rechte Wange drückte.

Lia wollte sich von ihm abwenden, eventuell aus dem Wagen springen, doch als er sagte: »Tut mir leid. Ich wollte dir zeigen, dass ich dich mag«, erwiderte sie den Kuss, indem sie ihre Lippen gegen seine linke Wange drückte und dabei seine Bartstoppeln spürte.

»Ein schwesterlicher Kuss«, erklärte sie rasch und hielt den Mann, dessen Handy zu läuten begann, mit beiden Händen auf Distanz.

»Das ist Frau Winkler«, sagte Pinsker, als er auf das Display seines Mobiltelefons blickte und die Empfangstaste drückte.

Lia Sonnberger war der Frau geradezu dankbar, dass sie anrief. Sie hätte dem Mann keinen Kuss geben dürfen. Und das mit der Schwester war natürlich Unsinn. Entweder oder.

Im Moment hatte sie sich für das Oder entschieden. Und das bedeutete den Rückzug aus einer viel zu weit gediehenen, brisanten Situation.

Erstens war sie nach dem Tod ihres Ferdinands noch für keinen Mann bereit, und zweitens wusste sie noch immer nicht, was sie von Max Pinsker halten sollte, der sofort rannte, wenn Ruth Winkler pfiff.

Ärger als Quentin, der sich unter ihren Beinen auf Kupplung, Gas und Bremshebel niedergelassen hatte und noch immer knurrte. Quentin war es nicht recht, wenn jemand seiner Herrin zu nahe kam.

Einen Moment dachte sie nach, ob der Hund eine Reinkarnation ihres Ferdinands sein könnte, schüttelte dann aber den Kopf. Welch seltsame Gedanken! Obwohl … Sie war kurz nach dem Tod ihres Mannes auf den winzig kleinen Hund gestoßen, als sie durch den Grenzwald gestreift war, tief in Gedanken.

Quentin war ihr nachgelaufen. Er hatte offenbar seine Mutter verloren. Lia hatte ihn adoptiert und fragte sich seither, wie viel Wolf in dem prächtigen Tier steckte.

»Ich muss sie zu ihrer Tochter bringen«, entschuldigte sich Pinsker.

Als er gegangen war, entschloss sie sich, trotz Regens ins Freie zu gehen, mit einem Schirm. Im Wagen war die Luft stickig geworden.

Mit Quentin marschierte sie zum Fluss, wo der Hund gierig trank. Auch ihm war im Lieferwagen heiß geworden.

Kein Wunder, dass man diese Transportmittel Laster nannte, dachte Lia und lachte. Was für ein lasterhaftes Weibsstück sie doch war. Einen Mann zu küssen!

Wobei es gar nicht so unangenehm gewesen war. Sie hatte beinahe vergessen gehabt, dass eine Männerwange nicht glatt war, dass es reizvoll war, Bartstoppeln und einen Schnurrbart zu spüren. Und überhaupt.

Auf dem Rückweg inspizierte Lia die Stelle im Staudenknöterich, die Ruth Winkler in

Brand gesetzt hatte. Dabei bemerkte sie, dass die Unkrautfolie, die Maria ausgelegt hatte, beinahe vollständig geschmolzen war. Es roch unangenehm süßlich. Ansonsten hatte der Regen die ärgsten Spuren getilgt. Es sah beinahe so aus wie vorher, nur dass nun die weit ins Gelände reichenden Wurzeln des Staudenknöterichs offenlagen, den Adern am Handrücken gleich.

Ein letztes Aufbäumen der Frau, so schien es Lia, bevor ihr endgültig alles entglitt. Eine Palastrevolution von Sohn und Tochter, der Mann nie zu Hause. Mit Fiala, Pinsker und ihr als Statisten.

Ruth Winkler war gezwungen, die Tochter nach Hause zu bringen, um damit ihre Herrschaft zu festigen, wenn das noch möglich war.

Auch dem Garten hatte sie zeigen wollen, wer hier etwas zu sagen hatte.

Es konnte nicht gut gehen. Entweder blieb sie an der Macht und jemand anderer unterlag, oder es kam zum Umsturz und ihrer Entmachtung, die nur gewaltsam erfolgen konnte.

Als es endlich zu regnen aufhörte, schaffte Lia Ordnung im Feld des Staudenknöterichs. Mit einem Rechen entfernte sie die verschmorten Reste der Unkrautfolie.

Im Haus bat sie Fiala um einen Müllsack, in den sie das Material packen konnte. Sie musste das Zeug ins Abfallentsorgungscenter nach Raabs bringen.

»Haus viel ruhiger ohne die Frauen«, sagte Fiala und lud Lia auf eine Tasse Kaffee mit Malakofftorte ein. »Malakoff Hannahs Lieblingsmehlspeis«, erklärte sie. »Wenn heimkommen, Stärkung brauchen.«

»Die Mutter scheint unter derselben Krankheit wie die Tochter zu leiden«, stellte Lia fest, bevor sie ein Stück cremige Torte in den Mund schob und Fiala als die beste Köchin des Thayatals lobte.

Fiala bedankte sich und fragte dann, welche Krankheit das sein könnte.

»Bipolare Störung, manisch depressiv, himmelhoch jauchzend, zu Tode betrübt«, erklärte Lia.

»Ich wissen. Aber nur Fräulein Hannah.«

»Die Anlage dazu kann vererbt werden, habe ich gehört. Ein Jugendfreund ist daran erkrankt, ebenso wie dessen Schwester.«

»Schrecklich«, fand Fiala. »Bei uns aber nicht möglich.« Dann wechselte sie abrupt das Thema. »Mein Gott, Hund. Haben auf Hund ganz vergessen. Bekommen Knackwurst. Angewärmt und fein geschnitten.«

»Warum schließen Sie eine Vererbung der bipolaren Störung aus?«, fragte Lia und erfuhr, dass beide Kinder aus Emil Winklers erster Ehe stammten, dass er hilfloser Witwer mit zwei Kindern gewesen war, dass sich die jetzige Frau Winkler seiner und der Kinder erbarmt und ihn geheiratet hatte.

»Mutter auch seelisch krank gewesen. Selbstmord. Gnädige Frau immer wollen die Gute sein. Allen helfen«, sagte die Haushälterin und schaute dabei unglücklich.

»Ja, zwischen es gut meinen und Gutes tun besteht ein Unterschied«, stellte Lia fest. »Dennoch finde ich, dass das Verhalten der Stieftochter dem der Frau sehr ähnelt.«

»Nein, nein«, wehrte Fiala ab. »Gnädige Frau nie ruhig, nie traurig. Immer voran.«

»Immer manisch. Da muss ich Doktor Ebendorfer fragen, ob es so etwas gibt.«

»Frau mögen Doktor nicht.«

»Weil sie glaubt, selbst alles zu wissen, alles zu können. Sie hat den Staudenknöterich angezündet, und ich muss jetzt die Folie entsorgen.«

»Können hier lassen. Ich sagen zu Mistfahrer, sollen mitnehmen. Sehr freundlich sein, wenn Mehlspeise bekommen.«

»Nein, nein. Danke, Fiala. Das mache schon ich.«

»Gnädige Frau sein gut. Im Grunde von Herzen«, setzte nun Fiala zu einer Verteidigung ihrer Chefin an. »Vielleicht zu viel machen und zu schwierige Sachen. Adoption immer heikel. Haben auch mich und Herrn Max adoptiert.«

So wie ich meinen Quentin, dachte Lia, vermied es jedoch, diesen Vergleich laut auszusprechen. Oder hatte Quentin sie adoptiert? Er war plötzlich neben ihr gewesen und war seither nicht von ihrer Seite gewichen.

Seine Zuneigung war freiwillig.

»Sind Sie glücklich hier?«, fragte nun Lia Sonnberger.

»Sein froh für Dach über Kopf und Arbeit. Sehr froh. Und Familie auch meine Familie.«

Lia musste es wohl akzeptieren, dass Max und Fiala Ruth Winkler positiver sahen als sie, dass die beiden nicht das Gefühl bevorstehenden Unheils hatten, verbunden mit dieser überaktiven Frau.

Und sie selbst? Für sie war es wichtig, sich nicht aus der Ruhe bringen zu lassen und so bald wie möglich von hier zu verschwinden.

Weise Gedanken, die ihre Seele jedoch nicht akzeptierte, denn Lia träumte in dieser Nacht wieder von Ruth Winkler.

Sie sah das grobe Gesicht der Frau vor sich, mit einer dicken Schicht weißer Schminke überzogen, den Mund rot bemalt, sodass sie wie ein Clown wirkte. Ein Clown, der schallend lachte, bis das Gesicht erstarrte, bis es sich in eine unendlich traurige Maske veränderte. Eine Totenmaske.

Lia schrak hoch aus dem Traum, verließ ihr Bett und schloss den Vorhang gegen das kalte Licht des Mondes.

Ja, es stimmte. Die Frau spielte eine Rolle. Grob, plakativ, clownesk. Böse, wie auch die Clowns im Zirkus sein konnten.

Unerträglich. Gefährlich.

Warum tat sie das? Welches Schicksal hatte Ruth Winkler zur Karikatur eines Menschen verkommen lassen?

KAPITEL 8

DAS BESTE IST'S, WIR LAUFEN GLEICH AUF UND DAVON!

Als Lia mit Maria frühstückte, hatte sie so starke Kopfschmerzen, dass sie das Badezimmer aufsuchte und eine halbe Aspirin-Tablette nahm.

»Die Leute wollen schon die Pflänzchen der Sommerblumen kaufen, obwohl es noch zu früh sein könnte. Man weiß nicht wirklich, ob es noch Frost gibt oder nicht. Immerhin liegen wir an die 400 Meter über der Adria. Aber wenn ich die Kunden zu sehr warne, fahren sie in den Baumarkt, und wir bleiben auf den Blumen sitzen«, erklärte Maria nach ihrer Rückkehr.

»Außerdem können wir doppelt verkaufen, wenn es zu Frostschäden kommt«, sagte Lia und versuchte ein Lächeln.

»Das sagst gerade du, die Pflanzen als Lebewesen betrachtet. Wo bleibt dein Mitleid?«

»Du hast recht, Maria. Ich bin heute nicht gut drauf.«

»Das heißt, dass es wieder Probleme bei den Winklers gibt. Sollen wir mitkommen?«

»Danke, nein. Quentin und ich schaffen das. Ich habe schlecht geträumt.«

»Es ist Vollmond.«

»Ich weiß. Auch Quentin hat eine unruhige Nacht verbracht.«

»Unruhig? Das ist die Untertreibung des Jahres. Er hat geheult.«

»Entschuldige. Ich habe ihn gleich beruhigt.«

»Einen wunderschönen guten Morgen, die Damen!«, rief Pia Hermann in die Küche der alten Mühle. »Ich hab euch etwas mitgebracht. Selbst gemachte Kipferl mit Rosinen. Auch für das Café. Wie geht es euch?«

»Lia hat Kopfschmerzen«, erklärte die Chefin der Gärtnerei, »und ich mache mir Sorgen wegen der Sommerblumen.«

»Arme Lia«, sagte die Ex-Polizistin. »Und Sorgen weshalb?«

»Frost. Die Leute kaufen zu früh.«

»Verkauf ihnen auch eine Schutzfolie! Die durchsichtige mit den Noppen, in die die Keramiktöpfe gewickelt waren. Außerdem glaube ich heuer nicht mehr an Frost. Es war zu lange warm. Die Erde ist geradezu aufgeheizt.«

»Ich hoffe, du hast recht.«

Dann fragte Pia ihre Chefin, ob sie einverstanden

wäre, wenn sie Lia zu ihrer Arbeitsstätte begleitete. »Lia braucht heute Unterstützung. Und vielleicht können wir den Auftrag zu einem raschen Abschluss bringen.«

Tatsächlich ließ Lias Kopfschmerz nach, als die beiden Frauen den Lieferwagen mit Kräutern und Blumen beluden.

»Die Stelle, an der der Staudenknöterich wuchs, ist und bleibt das große Problem«, verfiel Lia erneut in düstere Gedanken, als sie den Kleinlastwagen lenkte. »Sie hat Benzin darüber geleert und alles verbrannt«, klagte sie.

»Die Gurke, die blöde«, sagte Pia und brachte ihre Freundin zum Lachen.

»Das kann man wohl sagen«, meinte diese und gab sich einen Ruck. »Aber das werden wir schaffen.«

»Gemeinsam sind wir stark.«

Vom Schlösschen der Winklers her hörten Lia Sonnberger und Pia Hermann die viel zu hohe Stimme eines Mannes.

»Das ist Simon, der Sohn«, flüsterte Lia.

»Meinst du, ich habe sie ohne Grund ins Krankenhaus gebracht?«, schrie dieser.

»Deine Gründe und Weisheiten interessieren mich keinen Deut. Du hast es vorgezogen, uns zu verlassen, also hast du hier nichts mehr zu suchen. Kidnapping ist das. Sollte das noch einmal vorkommen, rufe ich die Polizei.«

»Hannah ist kein Kind, und sie ist nicht entmündigt. Also kann sie tun und lassen, was sie will.«

»Du willst also behaupten, dass sie freiwillig in der Narrenabteilung war, dass sie sich freiwillig mit Medikamenten zudröhnen ließ? Hannah, Liebes, komm doch einen Moment hierher! Ich möchte dich etwas fragen.«

»Dieses Theater kannst du dir sparen!«, schrie der Sohn. »Du weißt genau, dass sie krank ist und dass man ihr helfen muss.«

»MAN muss gar nichts. ICH helfe ihr. Ich bin die Mutter.«

»Du bist eine Hexe. Du wirst sie umbringen. Ach, das hat alles keinen Sinn.«

»Gut, dass du das einsiehst.«

Nach diesen Worten kehrte Ruhe ein, Lia und Pia hörten noch ein Auto davonrasen und leerten die Ladefläche des Lieferwagens, als Ruth Winkler erschien und die beiden Frauen mit Händedruck begrüßte.

»Ich muss Sie fragen, was Sie davon halten«, sagte sie. »Meine Tochter hat eine wunderbare Idee, den Garten betreffend. Sie wünscht sich ein Labyrinth, einen Irrgarten. Den könnte man doch dort anlegen, wo bisher der Staudenknöterich stand.«

Pia Hermann legte begütigend die Hand auf Lias linken Oberarm und antwortete dann für ihre Freundin: »Ich schlage vor, wir beenden die geplanten Arbeiten in aller Ruhe. Gibt es neue Ideen, könnten wir diese vielleicht im Herbst umsetzen, zu viele andere Gärten warten darauf, von unserer wunderbaren Lia gestaltet zu werden. Wir wollen Sie auch nicht mit explodierenden Kosten konfrontieren …«

»Ach, Geld spielt keine Rolle. Buchsbaum wäre wunderbar. Mannshohe Hecken aus Buchsbaum …«

»Davon rate ich dringend ab«, meldete sich nun Lia zu Wort. »Es gibt das Problem mit dem Buchsbaumzünsler, einem Schmetterling, dessen Raupen die Sträucher leerfressen und vernichten.«

»Das werden Sie als geübte Gärtnerinnen in den Griff bekommen.«

»Die einzig vernünftige Alternative sind Hecken aus immergrünem Liguster.«

»Wunderbar, das machen wir!«, jubelte Ruth Winkler. Und verkündete: »Das Mittagessen ist heute schon um zwölf, weil Hannah zu Hause ist.«

Lia wollte der Frau mitteilen, dass sie nicht vorhabe, ein Labyrinth zu bauen, und dass sie nicht zum Mittagessen kommen werde. Aber da war Ruth Winkler schon weg.

»Es ist zum Verzweifeln«, seufzte Lia Sonnberger. »Die Frau hört nicht zu, sie gibt Befehle und entschwindet.«

»Wir werden ihren Anordnungen nicht nachkommen«, sagte Pia Hermann. »Wir setzen unsere geplante Arbeit fort und essen aus der Kühltasche. Punkt.«

»Wenn das nur so einfach wäre! Du wirst sehen, sie findet einen Weg.«

Das Gespräch der beiden Frauen wurde durch einen Anruf Maria Lamprechters, der Chefin, unterbrochen, die eine Lieferung von Gartenbänken für den Vormittag ankündigte.

»Ich hab den Leuten von der Spedition gesagt, sie sollen sie direkt zu euch bringen. Damit können wir uns umständliches Umladen ersparen.«

Max Pinsker half den beiden Frauen beim Zusammenschrauben der Teakholzbänke. Bank Royal hieß das Modell, das in dreifacher Ausfertigung geliefert worden war und im Bauerngarten, in der Rosenlaube und beim Staudenknöterich am Fluss aufgestellt wurde.

»Mir ist gerade eingefallen, was wir mit dem Staudenknöterichfeld machen, dort, wo wir ihn weghaben wollen«, verkündete Lia Sonnberger.

»Lass hören!«, ermunterte sie ihre Freundin.

»Wir bedecken die gesamte Fläche mit Folie, geben Humus darauf und setzen mehrjährige Blütenstauden. Obwohl sie Blumen aus der Gegend haben will.«

»Ein Pflanzenmeer«, schwärmte Pia Hermann, der dieser Plan gefiel.

»Das hält den Knöterich im Zaum und verschönert das Ufer.«

»Goldlack«, sagte Max Pinsker plötzlich. »Meine Oma hatte Goldlack im Garten. Allerdings weiß ich nicht, ob das eine mehrjährige Pflanze ist.«

»Doch, ist es«, bestätigte Lia Sonnberger. »Es gibt wunderbar weiterentwickelte Sorten davon. Die müssten wir allerdings bestellen.«

»Das machen wir. Ich ruf Maria an. Wie viele brauchen wir?«

»Zwanzig?«

»Zwei Dutzend«, sagte Pia und drückte Marias Nummer in ihr Handy.

»Goldlack«, wiederholte Max Pinsker und blickte verträumt auf die noch unattraktive Fläche des gerodeten und verbrannten Staudenknöterichs.

»Du hast deine Großmutter gern gehabt«, vermutete Lia.

»Sie war ein Engel. Das, was an mir erträglich ist, habe ich von ihr.«

»Max! Sie werden dringend gebraucht!«, tönte es vom Haus her.

»Wir brauchen dich auch«, versuchte Lia, den Mann zum Widerstand zu bewegen.

»Keine Chance«, sagte dieser, bitter lächelnd. »Sie lässt nicht locker.«

»Was sagst du zu einem Picknick am Fluss?«, fragte Lia gegen halb zwölf.

»Genuss pur. Soll ich die Kühltasche holen?«, erwiderte Pia.

»Arbeiten wir noch eine halbe Stunde, dann haben wir uns die Pause verdient.«

Pünktlich um zwölf jedoch saßen die beiden Frauen bei Ruth Winkler, deren Tochter und Max Pinsker im Speisezimmer des Schlösschens. Fiala hatte Apfelstrudel gemacht und Max sie persönlich zum Essen gebeten. Auf Geheiß der Herrin.

Für Quentin standen Faschiertes und Wasser bereit.

»Die Bänke sind wunderschön«, sagte Ruth Winkler. »Hannah und ich werden am Nachmittag probesitzen.«

Hannah Winkler saß bleich und starr am Tisch, aß kaum und schaute niemanden an. Ihr Blick war auf ihre zitternden Hände gerichtet, die sie wie zum Gebet gefaltet hatte.

Als Ruth Winkler Lias skeptische Miene bemerkte, setzte sie zu einer Erklärung an: »Hannahs momentaner Zustand ist genau der Grund, warum ich sie aus dem Krankenhaus geholt habe. Die Ärzte kennen sie nicht und pumpen sie voll mit Lithium. Das muss man sensibler machen, einschleichend, dann kommt auch die Psyche damit zurecht. Das arme Kind ist keine Maschine.«

Noch während Frau Winkler sprach, vernahmen die beiden Gärtnerinnen vom Gang her die aufgeregte Stimme eines Mannes, den Fiala Kuckakska zu besänftigen versuchte, dann stürmte Simon Winkler in das Esszimmer und pflanzte sich drohend vor seiner Stiefmutter auf.

»Hannah muss zurück ins Krankenhaus!«, schrie er mit sich überschlagender Stimme, und seine braunen Augen funkelten böse. »Man muss ihr helfen.«

»So ist es«, bestätigte Ruth Winkler ruhig. »Und das mache ich. Im Krankenhaus wird sie falsch behandelt.«

»Du bist verrückt, völlig verrückt. Du schadest ihr. Was machst du denn, wenn sie sich wieder … wenn sie versucht …«

»Hör auf mit dem Gestotter! Jetzt setzt du dich entweder gesittet an den Tisch und isst mit uns oder du verlässt das Haus in aller Stille.«

»Einen Teufel werde ich.«

»Gut, du hast es so gewollt«, sagte Ruth Winkler, erhob sich und versetzte dem jungen Mann eine

Ohrfeige, worauf dieser schweigend das Speisezimmer verließ.

Daraufhin entschuldigte sie sich bei den Anwesenden und aß ruhig weiter.

Hannah Winkler, die auf den Auftritt ihres Bruders nicht reagiert hatte, blickte weiterhin starr auf ihre Hände.

»Bevor ich noch einmal mit diesen Verrückten esse, hacke ich mir die Hände ab«, gab sich Lia Sonnberger dramatisch, als sie mit Pia in den Garten zurückgekehrt war.

»Es war nicht unspannend«, bemerkte Pia Hermann und versuchte, ihre Freundin auf andere Gedanken zu bringen, indem sie fragte, ob der Bauerngarten schon fertig wäre.

»Einige Kräuter fehlen noch. Salat und Gemüse müssen sie selbst pflanzen.«

»Hast du schon mit Fiala darüber gesprochen?«

»Wieso?«, fragte Lia. »Was hat Fiala damit zu tun?«

»Sie ist die Köchin.«

»Mein Gott, wie dumm von mir!«, rief Lia. »Du musst mich auf das Selbstverständliche aufmerksam machen. Unglaublich! Ich unterscheide mich kaum mehr von Frau Winkler.«

»Du bist in ihren Bann geraten wie die anderen.«

Fiala Kuckakska trocknete verlegen die vom Abwasch feuchten Hände an ihrer Schürze, als sie über den Lärchenzaun in den Bauerngarten blickte.

»Wunderschön haben gemacht. Wunderbar. Schnittlauch schon da. Werde Kresse, Dill, Kerbel, Majoran säen. Und Petersilie, Oregano, Minze, Basilikum, Lavendel, Salbei, Zitronenmelisse, Maggikraut und Rosmarin und wilden Thymian.«

»Wir bereiten das Beet vor«, sagte Lia. »Kräuter brauchen viel Sonne.«

»Wir bringen Ihnen morgen das Saatgut und Pflanzen«, ergänzte Pia Hermann.

»Oh, das große Freude. Endlich Kräutergarten!«, zeigte sich Fiala begeistert und eilte zurück ins ruhig gewordene Haus.

»Und für Frau Winkler legen wir ein Beet mit Johanniskraut an. Das soll bei Depressionen helfen«, stellte Pia fest.

»Obwohl sie die einzige ohne Depressionen ist«, widersprach Lia.

»Davon abgesehen, hat es schöne Blüten. Ich weiß aber nicht, wie man das macht.«

»Mit Samen, die wir im Gewächshaus in Blumenkisten vorziehen.«

»Und die Samen?«

»Bestellen wir jetzt über die Chefin«, sagte Lia und griff zum Handy.

Am Nachmittag säten die beiden Frauen Wildgerste und hofften, dass das Saatgut mit ausreichend Ackerblumen versetzt war. Zur Sicherheit hatten sie Korn- und Mohnblumensamen daruntergemischt.

»Wenn Frau Winkler nichts Neues einfällt und das Wetter einigermaßen hält, können wir die Feldarbeiten am Freitag abschließen«, erklärte Pia Hermann.

»Dann bleiben noch die Wege, die sie mit Granitgneis pflastern will.«

»Da muss dir Pinsker dabei helfen. Das ist keine Arbeit für eine Frau.«

»Und das Labyrinth, das sie angelegt haben will?«

»Damit vertrösten wir sie. Das halte ich für eine Schnapsidee. Und jetzt widmen wir uns wieder dem Staudenknöterich.«

»Da schaut es furchtbar aus. Der Brandanschlag hat alles durcheinandergebracht.«

»Und du glaubst, das war sie allein?«, fragte die Ex-Polizistin. »Sie muss einen Helfer gehabt haben.«

»Da käme eigentlich nur Max infrage«, überlegte Lia Sonnberger.

»Nun, er wäre der Spezialist dafür.«

»Oh, oh, oh. Du hast etwas über Max in Erfahrung gebracht. Erzähl!«

»Ich sollte eigentlich nicht«, versuchte Pia, die Spannung zu steigern.

»Jetzt ist es zu spät. Die Wahrheit muss auf den Tisch.«

»Ich hatte eine dunkle Erinnerung an Vorfälle vor 25, 26 Jahren. Dein Max …«

»Nenn ihn nicht *meinen* Max! Er ist es nicht.«

»Als Herr Pinsker ein junger Feuerwehrmann war, als es in der Gegend in und um Raabs immer wieder brannte.«

»Ich kann mir vorstellen, worauf das hinausläuft. Ihr habt ihn als Brandstifter überführt.«

»So war es. Und dabei hat es sich um keine harmlosen Vorfälle gehandelt. Menschen kamen zwar nicht ums Leben, aber Tiere, und es entstand enormer Sachschaden. Er hat das mit einem zweiten gemacht, dessen Name mir nicht mehr geläufig ist.«

»Du meinst also, die Winklerin hat ihn nun angestiftet, den Staudenknöterich anzuzünden. Wenn das wahr ist, ist sie ein Teufel.«

»Hexe«, sagte Pia. »Sie ist eine Hexe.«

»Wer ist eine Hexe?«, fragte eine männliche Stimme vom noch nicht befestigten Gartenweg her.

»Wir haben uns ganz allgemein über Frauen unterhalten«, log Lia Sonnberger und betrachtete angestrengt Max Pinsker, um herauszufinden, wie viel er von ihrem Gespräch mitbekommen hatte.

Doch Pinskers braungebranntes Gesicht verriet nichts, als er sagte: »Sie streiten schon wieder im Haus, also suche ich bei euch beiden Schönen Ruhe.«

»Das ist lieb von dir, Max«, sagte Lia. »Wir können sehr wohl deine Hilfe gebrauchen. Es geht um den Staudenknöterich.«

»Eine Hexenpflanze«, sagte dieser.

»Ja, es gibt auch männliche Hexen.«

»Männlich?«

»DER Staudenknöterich.«

»Ich verstehe. Und wie kann ich helfen?«

»Beim Transport der Folienrolle vom Wagen. Bitte.«

»Dazu nehmen wir am besten eine Scheibtruhe.«

»Die Folie ist zwei Meter breit und wahnsinnig schwer.«

»Gemeinsam schaffen wir das. Ihr habt sie ja auch verladen.«

»Mit Johnnys Hilfe.«

»Na also. Außerdem liegt hier schon eine Folie.«

»Verbrannt, verschmort, entfernt. Und kleiner.«

»Soll ich euch nun helfen oder nicht?«

Gerade als die beiden Frauen und Max Pinsker begannen, die Folie auszurollen, kam Fiala angerannt.

Lia Sonnberger erwartete, dass sie ihnen etwas

zu essen oder zu trinken bringen würde, doch die Frau kam mit leeren Händen.

»Etwas passiert!«, rief sie aufgeregt. »Bitte kommen! Gnädige Frau verletzt. Schwer verletzt.«

KAPITEL 9

WEISS NUR EINS:
ALLES WAR EIN TRAUM.
VERWEHT IM WIND, GLEICHWIE DER
WELLE SCHAUM.

»Alles unter Kontrolle!«, rief Ruth Winkler, zu deren Füßen Stieftochter Hannah lag, reglos, stumm.

»Was ist mit ihr geschehen? Was haben Sie getan?«, fragte Pia Hermann streng.

»Sie hat sich beruhigen lassen«, erklärte Frau Winkler, und Lia sah, dass die Frau die rechte Hand in ein weißes Tuch gehüllt hatte, das sich zum Teil rot gefärbt hatte.

»Sie sind verletzt, Frau Winkler«, stellte sie fest.

»Nicht der Rede wert«, erwiderte die Frau mit einem leichten Zittern in der Stimme, das ihre Aufregung verriet.

»Zeigen Sie mir die Hand!«, verlangte Pia Hermann.

»Ich sagte schon, dass nichts geschehen ist.«

»Wenn Sie nicht mit mir kooperieren, verständige ich die Polizei, um zu klären, was vorgefallen ist.«

»Wie kommen Sie dazu, so mit mir zu reden?«

»Wir arbeiten zwar für Sie, sind und bleiben dabei jedoch selbstständig denkende und handelnde Personen. Die Hand, bitte!«

Zögerlich streckte Ruth Winkler der Ex-Polizistin die Hand entgegen, diese löste das weiße Handtuch und erkannte eine stark blutende Wunde auf der Handfläche.

»Sie sind attackiert worden«, stellte Pia fest. »Ich vermute, von Ihrer Tochter. Das muss ärztlich versorgt werden.«

»Kein Arzt. Auf keinen Fall ein Arzt«, protestierte Frau Winkler. »Der muss den Vorfall der Polizei melden, und dann verliert Hannah ihren Arbeitsplatz. Das können wir ihr nicht antun.«

»Was haben Sie mit ihr gemacht? Warum liegt sie reglos auf dem Boden?«, fragte Pia Hermann und beugte sich zu der jungen Frau, kontrollierte den Puls an der Halsschlagader und nickte dann. »Sie scheint so weit in Ordnung zu sein. Also, warum bewegt sie sich nicht?«

»Ein Spray.«

»Sie haben sie mit einem Spray betäubt.«

Ruth Winkler nickte stumm.

»Das heißt, Sie haben sich schon öfter gegen sie verteidigen müssen.«

Wieder ein Nicken. »Das hat mit ihrer Erkrankung zu tun. Sie ist ein zutiefst friedlicher Mensch, von Ausnahmesituationen abgesehen.«

»Ich rufe meinen Schwiegersohn. Er soll sich um Sie beide kümmern«, sagte Pia Hermann und griff zu ihrem Handy.

»Wer ist Ihr Schwiegersohn?«, zeigte sich Ruth Winkler misstrauisch.

»Doktor Reinhard Ebendorfer.«

»Auf gar keinen Fall.«

»Dann verständige ich die Polizei.«

»Ich habe einen Kompromissvorschlag«, unterbrach nun Lia Sonnberger das Streitgespräch der beiden Frauen. »Ich kenne eine Krankenschwester in Pension, die mehr versteht als so mancher Arzt. Ich werde sie bitten, sich um die Damen zu kümmern.«

»Ich weiß nicht«, zeigte sich Pia Hermann misstrauisch, doch ihre Freundin sprach schon in ihr Handy.

»Claudia kommt in einer Viertelstunde.«

»Was für ein Tag!«, seufzte Lia Sonnberger, als sie mit Pia zurück in die Gärtnerei fuhr. »Ich hoffe, du verstehst jetzt, warum ich nicht gerne bei den Winklers arbeite.«

»Sie musste genäht werden. Eine tiefe Schnittwunde. Vermutlich, als sie die Tochter abwehrte. Ich glaube, es war ein Fehler, nicht die Polizei zu verständigen. Die Frau übernimmt sich. Zuerst die Tochter aus dem Krankenhaus zu holen … Da ist so viel Hass aufgestaut. Und die anderen lassen sie allein.«

»Nur Fiala hat uns verständigt.«

»Die einzig Vernünftige in diesem Narrenschloss.«

»Und Ärzte fürchtet sie wie der Teufel das Weihwasser.«

»Wobei ich es mir im Fall von Reinhard schwer vorstellen kann. Was immer man ihm vorwerfen mag. Er nimmt sehr auf die Patienten und ihre Befindlichkeiten Rücksicht. Ich muss ihn fragen, ob es einen Grund gibt, warum Frau Winkler derart heftig auf ihn reagiert.«

»Das muss schon öfter passiert sein.«

»Dass sie Ärzte ablehnt?«

»Ich denke an Angriffe. Immerhin hatte sie den Betäubungsspray bei der Hand.«

»Dabei wäre alles leichter, würde sie sich normal verhalten«, sagte Pia.

»Was ist schon normal?«, fragte Lia.

»Hätte sie die Tochter im Spital gelassen, wäre das nicht passiert. Sie glaubt, sie müsse die Welt retten. Sie hält sich für eine Art Gott.«

»Denken wir an etwas anderes! Was hältst du davon, Maria zu überreden, heute Abend den Grill anzuwerfen? Es ist so wunderbar mild heute.«

»Mit Fleisch.«

»Und Gemüse. Gegrilltem Gemüse.«

»Ich ruf sie an.«

»Wir sollten auch Johnny einladen.«

»Unbedingt.«

»Wir trinken auf den schönen Abend, auf die Gärtnerei und …«

»Und auf uns«, ergänzte Pia Hermann den Trinkspruch der Chefin.

»Ah, köstlich. Danke für den Champagner, Johnny.«

»Der war noch vom Geburtstag her im Kühlschrank. Ich habe auf einen würdigen Anlass gewartet, ihn zu öffnen.«

Lia Sonnberger betrachtete nachdenklich den jungen Mann, der an einen großen, sehr groß gewachsenen Jungen erinnerte. Wie konnte ein derartiges Prachtstück von einem Mann keine Gelegenheit finden, Champagner zu trinken? Immerhin war sein Geburtstag im Februar gewesen.

Er sprach selten über sein schwieriges Privatleben. Von ihrer Chefin wusste Lia, dass er als Kind von seiner Mutter verlassen und von seiner Großmutter aufgezogen worden war, wie er als schmächtiger Junge, der den Stimmbruch noch vor sich gehabt hatte, mit seiner Großmutter in die Gärtnerei gekommen war, um sich als Lehrling vorzustellen. Weil er Blumen über alles liebte und den Garten der Großmutter betreute.

Heute nun stand der hünenhaft große, kräftige Hans Mahringer vor ihnen. Ein Mann von 22 Jahren, mit noch immer kindlichen Zügen.

Die drei Frauen probierten schon von dem Salat, den Maria zubereitet hatte, während Johnny den Grill bediente und auf die gleichmäßige Bräunung der Melanzani- Kartoffel- und Zucchinischeiben sowie der Koteletts und Würstchen achtete.

»Jetzt ist es also passiert. Sie ist von der Tochter verletzt worden«, stellte Maria Lamprechter fest. »Eigentlich hat es so kommen müssen. Du hast recht gehabt mit deinen Befürchtungen, Lia.«

»Das war nicht alles«, erwiderte diese. »Die Situation spitzt sich weiter zu. Ich befürchte Schlimmstes.«

»Wie siehst du das, Pia? Ich meine, dienstlich«, wandte sich Maria an die Ex-Polizistin.

»Ich habe einen Fehler gemacht. Ich hätte die Polizei verständigen und einen Arzt rufen müssen. Und ja, auch ich sehe die Dinge ziemlich ernst.«

»Es ist so weit. Die Damen mögen sich bitte selbst bedienen«, meldete sich Johnny vom Grill her.

»Du zuerst. Du bist ein Mann und der Jüngste«, ermunterte ihn Maria, dann wurde es ruhig auf der Terrasse an der Thaya, denn die drei Frauen und Johnny waren mit dem köstlich gewürzten Essen beschäftigt.

»Ihr habt von Hannah und ihrer Mutter gesprochen?«, fragte der junge Mann nach einer Weile.

Lia bestätigte das und erzählte von dem Messerattentat der seelisch kranken Frau auf Ruth Winkler.

»Ich kenne sie. Von der Schule her«, erklärte Johnny. »In der Volksschule ein wildes Mädchen, wie ein Bub. Später hat sie sich verändert.«

»Du hast dieselbe Klasse besucht wie Hannah?«, fragte Maria.

Johnny bestätigte das. »Ich hab sie sehr gern gehabt.«

»Und sie dich?«, erkundigte sich Lia.

»Später nicht mehr«, kam die karge Antwort, und Lia nahm sich vor, nicht näher in Johnnys Leben einzudringen. Sie wollte nicht so sein wie Ruth Winkler.

Als Johnny allen anderen nachschenkte, sein Sektglas jedoch leer ließ, bot ihm Maria Lamprechter an, in der Mühle zu übernachten.

Doch Johnny lehnte dankend ab. »Kein Problem. Ich bin mit dem Rad da. Ich bin nicht besonders heiß auf Champagner. Mir ist Bier lieber.«

»Dann hol dir Bier aus dem Kühlschrank!«, forderte ihn Maria auf.

Sobald der junge Mann im Haus verschwunden war, fragte Lia, ob er eine Freundin habe.

»Nicht dass ich wüsste«, sagte Maria.

»Freund?«

»Glaub ich nicht. Interessiert er dich?«

»Er könnte mein Sohn sein.«

»Ist er aber nicht.«

»Mein Interesse beschränkt sich auf Neugierde«, stellte Lia fest und errötete.

»Männer haben manches Mal eine etwas verzögerte Entwicklung«, erklärte Maria Lamprechter. »Und das ist gut so. Er ist ein großer, guter Junge. Und jedes Mädchen kann sich glücklich schätzen, ihn als Mann zu bekommen.«

»Du hast Muttergefühle?«

»In Ermangelung eigener Kinder«, erklärte Maria Lamprechter. »Und damit ist dieses Thema abgeschlossen.«

Johnny kam wieder mit Bier für sich und Weißwein und Mineralwasser für die Damen, wie er sich ausdrückte.

»Ich war verliebt in Hannah«, sagte er und trank aus der Flasche. »Obwohl sie später komisch wurde. Einmal viel zu lustig, dann wieder ganz ruhig, traurig. Außerdem schwärmte sie für ältere Männer.«

»Sie hatte ältere Freunde?«

»Nein, Freunde waren das nicht. Die Lehrer. Wenn es ihr gut ging, war Hannah voller Pläne, organisierte Theateraufführungen, Ausflugsfahrten mit der Jungschar, dann wurde ihr wieder alles zu viel und sie lag krank zu Hause, bewacht von ihrer verrückten Mutter. Man konnte sie nicht einmal besuchen. Immer freundlich, aber beinhart.«

Lia betrachtete den sonst so schweigsamen Johnny mit Interesse. Hannah war dem jungen Mann eindeutig wichtig gewesen, und sie fragte ihn, ob er noch Kontakt zu ihr habe.

»Das ist nicht so leicht«, antwortete er. »Die arme Hannah wird bewacht und überwacht wie ein Sträfling. Kaum sitzt man mit ihr im Café, läutet das Handy oder die Mutter oder deren Liebhaber taucht auf.«

»Liebhaber? Die Mutter hat einen Liebhaber?«, riefen die drei Gärtnerinnen ungläubig durcheinander.

»Was ist daran so merkwürdig?«, zeigte sich Johnny überrascht. »Ihr Mann hat eine Zweitfrau in Krems …«

»Zweitfrau. Mein Gott, Johnny, ich dachte, solche Worte kennst du gar nicht«, spottete Maria.

»Ich bin doch kein kleines Kind mehr. Und sie, die Alte, hält sich den Hausknecht als Liebhaber.«

»Max Pinsker. Der ist nicht ihr Liebhaber«, protestierte Lia.

»Und zu der *Alten*, wie du sie nennst«, ergänzte Maria. »Sie ist jünger als ich.«

»Da muss ich mich entschuldigen. Ich trinke heute keinen Tropfen mehr. Es ist der Alkohol. Er löst meine Zunge«, zeigte sich Johnny zerknirscht.

»Das macht doch nichts«, beruhigte ihn die Chefin. »Wir sind nicht aus Zuckerwatte, und du sollst den freien Abend genießen. Also, eine interessante Konstellation. Der Mann geht fremd, die Frau möglicherweise auch, der Sohn lebt in Raabs, die Tochter gefangen im Schloss.«

»Wobei es zum Sohn auch interessante Geschichten gäbe«, bemerkte Johnny. »Aber ab jetzt schweige ich.«

War auch besser so, dachte Lia Sonnberger, der der Gedanke, dass Max Pinsker der Liebhaber seiner Arbeitgeberin sein könnte, gar nicht gefiel. Sie hätte ihn gerne vom Haus Winkler abgeworben und als Verstärkung in der Gärtnerei gesehen. Als einzigen Mann.

Johnny war noch ein Junge, der von menschlichen Beziehungen absolut nichts verstand. Lächerlich, so etwas auch nur zu denken! Wahrscheinlich war er eifersüchtig auf den Mann. Hengstbissigkeit oder wie man so etwas nennen sollte.

»Was gibt es über den Sohn zu erzählen?«, zeigte sich Pia Hermann interessiert. »Er hat meinem Schwiegersohn die Computer in der Praxis eingerichtet. Ein tüchtiger junger Mann, sagt Reinhard.«

»Ich will keine Klatschbase sein.«

»Gut, dann lässt du es eben«, sagte Maria und wandte sich an Pia. »Ich bräuchte dich morgen in der Gärtnerei. Du musst Lia allein bei den

Winklers werken lassen. Für Mittag ist ein Bus aus München angesagt. Sie kommen vom Klostergarten in Krems und der Arche Noah in Schiltern und wollen bei uns essen. Du musst mir helfen.«

»Du kochst etwas Warmes?«

»Nein. Ein Buffet, das ich beim Gruber bestellt habe. Es geht um das Servieren.«

»Und als Nachspeise?«

»Da hoffe ich allerdings auf dich. Apfelstrudel wäre herrlich.«

»Wird gemacht.«

»Ich könnte auch mithelfen«, schlug Lia vor, die hoffte, nicht allein in den Winkler'schen Garten zu müssen.

»Danke nein. Du verlegst die Planen, damit endlich das Problem mit dem Staudenknöterich gelöst ist. Johnny könnte dir dabei zur Hand gehen.«

»Also, wenn ich es mir aussuchen könnte, ich würde lieber hierbleiben«, klang der junge Mann beinahe flehend.

»Gut, dann hilfst du uns servieren.«

»Wenn es sein muss.«

»Gegenvorschlag?«

Johnny druckste: »Ich schäle die Äpfel für den Strudel.«

»Und Lia soll sich allein mit den Planen abrackern?«

»Die hat ja den Pinsker.«

»Und was sagst du dazu, Lia?«

»Wenn er nicht will, soll er es bleiben lassen. Warum Männer alles so kompliziert machen müssen. Wir könnten tüchtige männliche Verstärkung wie Herrn Pinsker im Betrieb dringend gebrauchen.«

»Ich schäle in der Früh die Äpfel, beträufle sie mit Zitronensaft, damit sie nicht braun werden, und komme anschließend mit zu den Winklers«, zeigte sich nun Johnny einsichtig.

»Warum nicht gleich?«, brummte Pia Hermann. »Keiner von uns ist unersetzbar. Und Männer schon gar nicht. Gibt es noch etwas Süßes zum Nachtisch?«

»Ich habe mich an einem Scheiterhaufen versucht«, erklärte Maria Lamprechter.

»Und ist der Versuch gelungen?«, fragte Pia Hermann.

»Da musst du Johnny fragen. Ich kann mich nicht selbst loben.«

»Fast wie zu Hause«, bestätigte dieser.

»Gut, dann hole ich ihn.«

»Warte noch einen Moment«, hielt Lia Sonnberger die Chefin zurück. »Mir ist etwas eingefallen, im Zusammenhang mit dem Scheiterhaufen. Die Nacht von Samstag auf Sonntag ist Walpurgisnacht. Da sollten wir etwas machen. Ich meine die Frauen unter uns.«

»Eine wunderbare Idee«, zeigte sich Pia Hermann begeistert. »Wir machen ein Hexenfeuer am Fluss. Wenn es nicht regnet«, schlug Maria Lamprechter vor.

»Und ich?«, fragte Johnny.

»Wenn du einen Kittel anziehst, darfst du mitmachen.«

»Das werde ich mir gut überlegen.«

Lia Sonnberger wälzte sich in ihrem Bett nach links und versuchte, die Bettdecke, die schwer auf ihren Beinen lastete, zu lockern, drehte sich dann nach rechts, wobei nun der halbe Rücken unbedeckt war, dann sprang sie aus dem Bett.

Sie war von einem Traum erwacht, den sie bereits vergessen hatte, und jetzt war es halb drei, und sie konnte nicht mehr einschlafen.

Das viele Essen am Abend, der Wein …

Sie fragte sich, wo in der alten Mühle, in deren Mansarden sie schlief, wohl die Feuerlöscher zu finden waren. Falls es zu einem Brand käme.

Wasser war genug da, vom Fluss. Aber bis die Feuerwehr kam …

Jetzt erinnerte sie sich an den Traum. Ein Scheiterhaufen hatte gebrannt. In einem Garten. Im Garten der Familie Winkler. Die Flammen hatten sich ausgebreitet, waren als Feuerwalze über den gesamten Garten gerollt, hatten die frisch gesetzten Blumen und Sträucher erfasst, waren auf das Haus zugerast. Das blutrote Feuer, das sich in den Fensterscheiben spiegelte, erinnerte Lia an … an den Teufel, die Hölle.

Lia dachte an die Walpurgisnacht, in der der Teufel mit den Hexen tanzte. Max Pinsker fiel ihr ein, der in seiner Jugend Feuer gelegt hatte. Er war nicht vorgekommen. Im Traum hatte es nur sie selbst gegeben.

Das Furchtbarste aber war gewesen, dass sie sich nicht sicher gewesen war, wer sie war. Sie war einerseits Lia Sonnberger gewesen, andererseits aber auch eine andere Frau. Sie war zugleich Ruth Winkler gewesen. Und das beunruhigte sie.

War sie dieser unmöglichen Frau tatsächlich so ähnlich, dass sie sich mit ihr in ihren Albträumen identifizierte?

Wenn man ehrlich war, überlegte Lia, war Ruth Winkler kein Monster. Sie entsprach dem Bild der gestaltenden, tatkräftigen Frau. Selbstbewusst, intelligent. Während ihr Umfeld aus einer psychisch Kranken, einem ehemaligen Brandstifter und einem absolut unsympathischen, charakterlosen Ehemann bestand.

Man konnte also verstehen, dass die Frau die Initiative ergriff. Nur dass sie mit einer derart drastischen Aktion gegen den Staudenknöterich vorgegangen war, missfiel Lia – trotz aller Toleranz.

Ohne Rücksicht auf Opfer und Verluste. Das war das Verhalten eines Mannes.

Und das schien das Problem der Hexen an sich zu sein. Frauen, die viel wussten, sich viel trauten, die den Männern in ihrem Verhalten nahekamen, erweckten Misstrauen und Ablehnung. Und wurden verbrannt.

Waren verbrannt worden, im Mittelalter. Im zweiten Jahrzehnt des 21. Jahrhunderts war das anders. Ganz anders.

Doch darüber konnte sie sich mit ihren Freundinnen in der Walpurgisnacht unterhalten. Jetzt würde sie versuchen, bis um sechs Uhr, bis zum Aufstehen, Ruhe zu finden.

Doch heißes Feuer loderte in ihrer Fantasie, ließ sie schwitzen, nach Luft schnappen, sobald sie einschlief.

Es hatte keinen Sinn. Lia Sonnberger stand auf, öffnete das Fenster weit, sodass kühle Luft vom Fluss her in das Zimmer strömte, hüllte sich in ihren Schlafmantel, setzte sich in den Ohrensessel und hielt die Augen offen. Denn sobald sie diese schloss, begannen die Flammen zu lodern.

KAPITEL 10

UND BIER UND WEIN.
DAS WIRD EIN GAUDIUM SEIN.

»Wenn du mir hilfst, die Planen zuzuschneiden, wäre ich sehr froh«, wandte sich Lia Sonnberger an Max Pinsker. »Wir müssen sie an das Gelände anpassen und darauf achten, dass es keine freien Stellen gibt. Und dann gleich eine erste Schicht Erde darauf, damit sie nicht der Wind holt.«

»Ja, es ist verdammt windig heute«, stellte Max Pinsker fest. »Sollten wir nicht auf ruhigeres Wetter warten?«

»Ich würde das gerne in den nächsten Tagen erledigen«, widersprach ihm Lia. »Sonst zieht sich diese Arbeit ewig hin.«

»Alles klar. Du willst weg von hier.«

»Da ist etwas Wahres dran.«

»Und ich?«

»Du könntest für die Gärtnerei arbeiten. Dann verlieren wir uns nicht aus den Augen.«

»Ich habe schon darüber nachgedacht. Aber ich glaube, sie brauchen mich hier.«

»Wie du willst. Und jetzt bitte fest ziehen. Ja, so. Bis zum Ufer.«

Um zehn Uhr brachten Ruth Winkler und ihre Stieftochter mit geschnittenem Bärlauch bestreuten Schafskäse vorbei und frisch gebackenes Brot.

»Das müssen Sie probieren, Frau Sonnberger. Fiala ist eine begnadete Brotbäckerin. Und die Buttermilch gegen den Durst. Mein Gott, Sie haben viel weitergebracht in den letzten Tagen.«

»Max hat mir sehr dabei geholfen.«

»Er ist unersetzlich«, sagte die Frau, und Tochter Hannah nickte.

Die junge Frau wirkte an diesem Morgen so ausgeglichen, als ob sie nie ihre Mutter attackiert hätte. Ihr blasses Gesicht, die glanzlosen Augen und einige Pickel auf Stirn und Wangen allerdings verrieten, dass sie unter dem Einfluss starker Medikamente stand.

»Ich muss mit dir reden«, wandte sich die junge Frau an Max und streckte beide Hände nach ihm aus.

Pinsker wich unwillkürlich einen Schritt zurück und stieß gegen die mit Humus gefüllte Scheibtruhe.

»Du lässt Max jetzt in Ruhe!«, sagte die Stiefmutter. »Er muss arbeiten.«

Hannah Winkler nickte stumm und begleitete ihre Mutter zurück ins Haus.

»Die Teller und Gläser bringt ihr mit zum Mittagessen. Zwölf Uhr. Es gibt gefülltes Huhn. Guten Appetit!«, rief Ruth Winkler noch.

»Ihr fehlt der Vater«, sagte Pinsker, als sich die Frauen ein Stück weit entfernt hatten.

»Du meinst die Tochter.«

»Die Leute haben zu viel Geld«, fuhr Max Pinsker fort. »Ansonsten könnten sie es sich nicht leisten, getrennt zu leben. Frau Winkler müsste irgendwo arbeiten gehen, dann hätte sie keine Zeit, ständig andere Menschen zu belästigen.«

»Herrn Winklers Bank muss sehr gut zahlen.«

»Das und seine windigen Privatgeschäfte. So hat er auch dieses Haus gefunden. Er handelt nebenbei mit Immobilien. Das heißt, seine Freundin und er.«

»Er hat mir den Betrieb und das Haus abgejagt«, sagte Lia.

»Der Mann ist ein Problem.« Max nickte verstehend.

»Ein Problem, von dem der Rest der Familie lebt.«

»Welchen Vertrag hast du mit ihnen?«, fragte Max Pinsker unvermittelt.

»Vertrag?«, erkundigte sich Lia erstaunt.

»Die Anlage des Gartens betreffend.«

»Du meinst, das ist notwendig?«

»Unbedingt. Du wärst nicht die Erste, die Schwierigkeiten bekommt.«

»An sich ist das Sache der Chefin. Ich werde sie

fragen. Soviel ich weiß, haben sich die Winklers – das heißt Frau Winkler – und Maria auf einen Pauschalbetrag geeinigt, von dem die Hälfte am Anfang bezahlt wurde.«

»Dann wäre es ratsam, den Rest überweisen zu lassen und zu klären, wann die Arbeiten abgeschlossen sind. Sie lassen sich ansonsten immer Neues einfallen.«

»Ist gut. Ich werde es am Abend mit Maria besprechen.«

»Ein Gartenhäuschen wäre wunderbar, eine Art Lusthaus. Was sagen Sie dazu, Frau Sonnberger?«, wandte sich Ruth Winkler beim Mittagessen an Lia.

»Das muss ich mit meiner Chefin klären«, sagte diese mit einem Blick auf Max Pinsker. »Andere Projekte dürfen nicht in Verzug geraten. Sie wird das mit Ihnen besprechen.«

»Wunderbar. Und Sie besorgen mir einen Katalog für Pavillons.«

»Wir arbeiten mit einem Tischler zusammen«, erklärte Lia.

»Umso besser. Dann bekommen wir ein Häuschen nach Maß. Ich sehe mich im Internet um, drucke das aus und gebe es Ihnen mit. Und dann sehen wir weiter. Das könntest du tun, Hannah. Such nach schönen Gartenhäusern und …«

»Ich will kein Gartenhaus«, protestierte die

junge Frau. »Wozu ein Gartenhaus, wo es im Haus viel gemütlicher ist?«

»Du könntest die Schularbeiten im Freien verbessern, an der Thaya. Dann bist du geschützt und doch in der Natur.«

»Ich werde nicht zurück in die Schule gehen. Nie mehr.«

»Darüber unterhalten wir uns ein andermal. Du suchst jetzt nach Gartenpavillons.«

»Ja, Mama.«

»Was wirst du auf der Erde pflanzen?«, erkundigte sich Max Pinsker, als der Humus die Abdeckfolie vollständig bedeckte.

»Den Großteil habe ich für ein- und mehrjährige Sommerblumen reserviert, einen kleineren Teil für Blumen aus unserer Gegend. Auch ein Wunsch von Ruth Winkler.«

»Ich verstehe. Dann sollten wir mit dem Setzen beginnen. Für morgen ist Regen angesagt.«

Weil es an den folgenden Tagen so stark regnete, dass an Arbeit im Freien nicht zu denken war, widmeten sich die drei Gärtnerinnen der Arbeit in den Glashäusern. Die Pflanzen der Sommerblumen mussten für den Verkauf vorbereitet werden, der in vierzehn Tagen, nach den Eismännern, voll einsetzen würde.

»Frau Winkler hat überhaupt keine Schwierigkeiten gemacht«, sagte Maria Lamprechter, als sie die Zinnienpflänzchen vereinzelte. »Der Rest des Geldes ist überwiesen. Du musst nur mehr die Pflanzen und einige Stauden setzen und …«

»Um das Gartenhaus kümmert sich Fritz Rolleder. Damit haben wir nichts mehr zu tun.«

»Also solltest du Mitte nächster Woche fertig sein.«

»Sagen wir, Ende nächster Woche«, schlug Lia vor.

»Spätestens. Ich brauche dich hier. Der Muttertag rollt auf uns zu.«

»Sie hat uns eingeladen, die Walpurgisnacht bei ihnen zu feiern«, erklärte Maria Lamprechter.

»Nein!«, riefen Lia und Pia im Chor.

»Kommt überhaupt nicht infrage«, ergänzte Pia. »Aber wir könnten Max Pinsker fragen, ob er mit uns feiert.«

»Wie kommst du darauf?«, zeigte sich Lia erstaunt.

»Damit Johnny nicht so allein ist.«

»Natürlich kannst du ihn fragen, ob er zu uns kommt«, wandte sich die Chefin an Lia.

»Ich werde mich hüten. Dann kommt er mit den beiden Frauen.«

»Und das wäre so schlimm?«

»Ja«, sagte Lia. »Das wäre schlimm.«

»Sie ist sehr tüchtig«, sagte Maria Lamprechter und schüttelte dabei den Kopf.

Pia lächelte und meinte: »Besonders überzeugt bist du nicht davon.«

»Ich überlege. Sie hat etwas Interessantes gesagt, das ihr Verhalten erklären könnte. Sie fühlt sich wie die Königin.«

»Welche Königin?«, erkundigten sich Pia und Lia im Chor.

»Die englische Königin. Elisabeth. Die muss auch einen Haufen von merkwürdigen Geschöpfen auf Linie halten.«

»Prinz Harry und die Schwiegertöchter.«

»Bei Charles und Diana ist es schiefgegangen.«

»Oh Gott!«, seufzte Pia. »Sind wir jetzt beim Goldenen Blatt gelandet?«

»Nein«, sagte Maria. »Ihr merkwürdiges Verhalten, die abgehobene Art, in der sie manches Mal spricht, haben mich beschäftigt. Und jetzt verstehe ich das besser.«

»Sie musste wahrscheinlich früh Verantwortung übernehmen«, sagte Pia. »Vielleicht hatte sie unfähige Eltern?«

»Oder Eltern, die sich statt ihrer einen Sohn gewünscht hätten.«

»Sie erinnert mich an die Herz-Königin aus ›Alice im Wunderland‹.«

»Die hat schwarzes Haar. Zumindest im Film.«

»Ansonsten aber …«

»Ansonsten aber ist sie verrückt, wie alle Figuren in diesem schrecklichen Kinderbuch«, stellte Pia fest.

»Ich dachte, du würdest einen Kittel anziehen, Johnny, zu Ehren der Walpurgisnacht.«

»Ihr tragt ja auch keine Kittel«, verteidigte sich der junge Gärtner. »Aber wenn ich nicht willkommen bin …«

»Mein Gott, was für eine Mimose!«, sagte Maria Lamprechter. »Du bist einer von uns, also wirst du mit uns Hexen feiern.«

»Als Hexer?«, fragte Johnny.

»Als Feuermeister. Du betreust den Scheiterhaufen.«

»Ich hoffe, das Zeug ist trocken genug, nach all dem Regen.«

»Wenn nicht, wirst du mit Benzin nachhelfen müssen«, sagte Pia.

»Woher nehmen und nicht stehlen?«, fragte Lia, die damit gar nicht einverstanden war.

»Von den Kanistern für die Rasenmäher natürlich«, kam Pias Antwort, während sich Maria aus dem Konflikt heraushielt.

Sie war an diesem Abend für das kalte Buffet und die Getränke zuständig.

»Und du leitest die Zeremonie, Lia«, entschied die Chefin.

»Mit Vergnügen«, erklärte diese. »Dazu muss ich

euch die Bedeutung dieser Nacht vor Augen führen. Setzt euch und lauscht! Nein, es wird noch nichts getrunken, Johnny. Also, hört gut zu! Die Nacht zum ersten Mai war und ist ein wichtiger Wendepunkt im Jahr. Der männlich unsichere April geht in den milden, blühenden, weiblichen Mai über, den Wonnemonat, den Marienmonat. Die heftigen Regengüsse des Aprils haben das Land gereinigt. Was noch übrig geblieben ist vom Unrat, von den Krankheiten des Winters, wird durch das Feuer gereinigt, das wir in wenigen Augenblicken entzünden werden. Wir lassen Krankheit und Tod und allen Ballast, der uns bis jetzt gequält hat, zurück, um frei zu sein für Neues, um in eine schöne Zukunft blicken zu können. Nicht umsonst gilt die heilige Walburga als Patronin der Kranken, die sie heilt. Ich frage nun euch, lieber Bruder, liebe Schwestern, wovon ihr euch befreien wollt, an diesem Wendepunkt des Jahres, was ihr symbolhaft der Gewalt des Feuers anvertrauen wollt. Walte deines Amtes, Hexenbruder, entfache das Feuer!«

»Ich probiere es ohne Benzin«, sagte Johnny wenig feierlich und hielt sein Feuerzeug an ein Bündel alte Zeitungen, auf die er Fichtenzapfen gelegt hatte. »Es müsste auch so klappen, das Harz in den Zäpfen brennt wie Zunder.«

»Da merkt man seine Pfadfindervergangenheit«, sagte Pia.

»Bevor wir uns in Alltäglichem und Trivialem verlieren«, mahnte Lia Sonnberger die Versammelten, »wollen wir uns überlegen, wovon sich jede und jeder von uns befreien will, welche Last wir für immer ablegen wollen, bevor wir bereit sind, uns auf Neues einzulassen. Ich zum Beispiel habe ein Stück Staudenknöterich mitgebracht, das ich verbrennen werde, um zu zeigen, dass es uns mit vereinten Kräften gelungen ist, diesen Feind zu besiegen, und dass wir so die Möglichkeit erhalten haben, einen Garten nach unseren Plänen zu gestalten. Für mich ist die Bezwingung des Staudenknöterichs ein Symbol für den Gärtner an sich, der aus Wildnis und chaotischen Trieben etwas Schönes, Geordnetes schafft. Und mit Trieben meine ich sowohl die Pflanzenwelt als auch das, was uns mit den Tieren verbindet.«

Bei diesen Worten blickte Lia Sonnberger liebevoll auf ihren Hund Quentin, der aufmerksam das sich im dürren Holz ausbreitende Feuer betrachtete. Dann stand sie auf und warf ein Stück Staudenknöterich in die Flammen.

»Auch ich möchte mich von etwas befreien«, meldete sich nun Pia Hermann zu Wort, »brauche aber etwas zum Schreiben. Und dazu muss ich ins Haus gehen. Wenn ihr einen Moment Geduld habt.«

»Haben wir, haben wir«, beruhigte sie Lia.

»Ich kann mir denken, was sie dem Feuer anvertrauen wird«, sagte Maria, als sich die Freundin entfernt hatte.

»Hoffentlich die Erinnerungen an ihren schrecklichen Mann«, sagte Lia. »Ein kleinlicher Landpolizist, wie man ihn sich nicht ärger vorstellen kann, der sich zu Tode gesoffen hat. Sie hätte etwas Besseres verdient.«

»Ja, sie hat Format«, stimmte Maria bei, während sich Johnny schweigend um das Feuer kümmerte, das nun hell loderte.

»Ich habe auf meinen Zettel das Wort ›Polizei‹ geschrieben«, erklärte Pia nach ihrer Rückkehr. »Um mich von meiner beruflichen Vergangenheit zu lösen. Ich war Polizistin, jetzt bin ich Gärtnerin und will das voll und ganz sein.«

Mit diesen Worten wollte sie das Blatt Papier in das Feuer werfen, doch ein plötzlicher Windstoß vom Fluss her hob den angesengten Zettel vom Holzstoß und trug ihn wie einen Schmetterling zum Wasser, wo er sanft landete und davonschwamm.

»Also, wenn das kein Wink von oben oder unten war«, sagte Lia. »Dein Wunsch, auf deinen ehemaligen Beruf ganz zu vergessen, scheint nicht in Erfüllung zu gehen. Willst du es noch einmal versuchen?«

Pia lehnte dankend ab und bat Maria, weiterzumachen.

»Ich weiß nicht, wovon ich mich befreien möchte. Ich hab alles, was ich brauche, und nichts, das mich belastet … Außer …«

»Außer?«, zeigte sich Lia interessiert.

»Außer meinen Kreuzschmerzen. Aber die hat jeder Gärtner.«

»Besonders so große Frauen wie du.«

»Also …«

»Also suche ich ein verkrümmtes Stück Holz, das meinen Rücken darstellen soll, und werfe es in die Flammen, in der Hoffnung, dass es hilft.«

»Was hat der Hund?«, fragte Johnny. »Will auch er etwas loswerden? Vielleicht Zecken oder Flöhe?«

»Quentin hat keine Flöhe«, verteidigte ihn Lia. »Ich glaube, er wittert etwas.«

»Quentin hat mich gehört«, ertönte eine männliche Stimme vom Mühlengebäude her. »Ich hab das Feuer gesehen, und da dachte ich, ich schaue kurz vorbei. Wenn ich nicht störe.«

»Sie stören nicht, Herr Pinsker. Unser Johnny ist froh um männliche Verstärkung unter so vielen Hexen«, sagte Maria Lamprechter und stellte ihm einen Klappsessel zur Verfügung.

»Ich war auf dem Weg nach Raabs, da habe ich den Feuerschein gesehen«, erklärte der Mann. »Ich hab die Flucht ergriffen. Im Haus herrscht dicke Luft. Der Sohn ist wieder einmal vorbeigekommen. Und der Mann. Aber ich will nicht stören mit meinen Problemen.«

»Wir überlegen uns, was wir dem reinigenden Feuer anvertrauen wollen«, erklärte Lia. »Du bist der Nächste, Johnny.«

»Mir fällt kein Symbol ein, das ich ins Feuer werfen könnte, nur etwas, das ich machen kann, das ich wachsen lassen kann.«

»Blumen?«, fragte Pia.

»Einen Bart. Ich nehme Abschied von meiner Kindheit.«

»Ein wunderbarer Vorsatz, Johnny«, lobte ihn Lia und wandte sich dann an den neu hinzugekommenen Gast. »Und du, Max?«

»Ich weiß zwar, was ich verbrennen möchte, will aber nicht darüber reden.«

»Alles klar. Wir unterstützen dich mit einer Schweigeminute.«

Es war Johnny, der die Stille beendete, indem er fragte, ob er noch Bier aus dem Haus holen könne.

»Es sind noch zwei Kisten im Keller«, sagte Maria.

»Ich helfe dir«, bot Max Pinsker an. »Und für mich etwas Alkoholfreies.«

»Da kommt noch jemand«, stellte Lia Sonnberger fest und nahm ihren Quentin vorsichtshalber an die Leine, als sie einen Wagen den Berg herunter zum Parkplatz der Gärtnerei fahren sah.

Das Xenonlicht der Schweinwerfer blendete in der Dunkelheit.

Das Lagerfeuer wirkte also anziehend auf Gäste, besonders Männer, wie es schien, denn der späte Gast war Pia Hermanns Schwiegersohn Reinhard Ebendorfer, der von einem späten Krankenbesuch nach Hause fuhr.

»Eine unruhige Nacht«, sagte der Mann, der erschöpft wirkte und seine Schwiegermutter mit einem Kuss auf beide Wangen begrüßte.

»Und wir? Gehen wir leer aus?«, fragte Maria Lamprechter, worauf ihr der Arzt formvollendet die Hand küsste.

Zu Lia konnte er nicht vordringen, weil Quentin knurrte. Er mochte den Landarzt nicht.

»Du kommst gerade rechtzeitig zum Bier, Reinhard«, sagte Pia Hermann. »Und ich mach dir ein belegtes Brot. Möchtest du Wurst oder etwas Fleischloses?«

»Eigentlich gar nichts außer einem Glas Bier«, lehnte der Mann dankend ab und ließ sich auf Max Pinskers Klappsessel fallen. »Zwei schwere Fälle von Gastroenteritis, verbunden mit Koliken«, erklärte er.

»Sie haben Nachtdienst?«, erkundigte sich Maria Lamprechter.

»Bis Mitternacht bin ich zu erreichen, dann werden die Anrufe zum Notarzteinsatzfahrzeug Raabs umgeleitet.«

»Das heißt, du hast in einer halben Stunde Ruhe«, stellte Pia nach einem Blick auf ihre Armbanduhr fest.

»Ja. Darum freue ich mich schon auf das Bier. Ich hab das Feuer gesehen. Was feiert ihr?«

»Walpurgisnacht. Die Nacht der Hexen und Hexer«, erklärte Lia. »Wobei wir jetzt einen Männerüberhang erreicht haben.«

»Finde ich nicht«, korrigierte sie Maria. »Drei Frauen, drei Männer.«

»Und Quentin zählt nicht?«, zeigte sich Lia empört.

»Entschuldige. Den habe ich tatsächlich vergessen.«

»Das Bier ist da!«, rief Max Pinsker, und Johnny schleppte eine Kiste Mineralwasser heran.

Die beiden Männer begrüßten Doktor Ebendorfer mit Händedruck und verteilten Bierflaschen.

Während Max sein Mineralwasser und Johnny das Bier aus der Flasche trank, benutzten die drei Gärtnerinnen und der Doktor Gläser.

»Walpurgisnacht«, überlegte der Doktor. »Da war doch etwas in Goethes Faust.«

»Der Hexentanz auf dem Blocksberg«, erklärte Lia Sonnberger, und alle blickten staunend auf sie.

»Mein Gott, tut nicht so, als ob klassische Bildung eine Schande wäre«, sagte diese. »An mehr kann ich mich ohnehin nicht erinnern. Auf jeden

Fall ist der Teufel mit den Hexen im Bunde und sie tanzen miteinander.«

»Soll ich für Musik sorgen?«, fragte Maria, die ins Haus musste, um die Mehlspeisen zu holen.

»Wagner wäre großartig«, fand Doktor Ebendorfer. »Ich hab eine CD im Wagen.«

»Nicht nötig. Den haben wir auch«, sagte Maria Lamprechter, und kurz darauf ertönte die Ouvertüre zu Parsifal aus den geöffneten Fenstern.

»Parsifal. Die Männer haben Angst vor Kundry, sie halten sie für eine Hexe«, erklärte Lia.

»Sie hat Jesus am Kreuzweg verspottet«, ergänzte Reinhard Ebendorfer, »und Parsifal widersteht ihr.«

»Eine seltsame Geschichte«, stellte Pia Hermann fest, die alles andere als ein Opernfan war.

»Egal«, meinte Maria. »Die Musik passt zu dieser Nacht.«

»Zaubermusik in einer Zaubernacht«, schwärmte Johnny, leicht benebelt von der dritten Flasche Bier.

Das Maifest an der Thaya endete in den ersten Minuten des ersten Mai durch einen heftigen Regenguss, der die Reste des Feuers löschte und Johnny, die Gärtnerinnen und den Hund ins Haus und Max Pinsker und Doktor Ebendorfer in ihre Autos zwang. Sie hatten die Einladung ausgeschlagen, in der Mühle zu übernachten, und fuhren nach Hause.

Pia Hermann, die sich entschlossen hatte, das Gästezimmer in Anspruch zu nehmen, half Lia und Maria beim Spülen der Gläser und Teller, während Johnny zu Bett gegangen war. Er hatte sich bereit erklärt, ab acht Uhr den Verkauf der Sommerpflanzen zu übernehmen.

Als das Geschirr in den Schränken verstaut war und sich die drei Frauen Gin-Tonic als Schlaftrunk genehmigten, sahen sie wieder ein Auto auf die Gärtnerei zufahren.

»Jetzt lassen wir niemanden mehr herein«, entschied Maria. »Es ist schon fast zwei. Einmal muss Schluss sein.«

»Es ist wieder Max«, stellte Lia nach einem Blick aus dem Fenster fest. »Ich hoffe, es ist nichts passiert.«

»Der Wagen ist heil, er kann noch gehen. Also, was sollte passiert sein?«, fragte Pia. »Ich lege mich schlafen.«

»Gute Nacht«, sagte Maria. »Den überlasse ich dir, Lia. An mir ist er ohnehin nicht interessiert.«

»Eifersüchtig?«, fragte Lia lächelnd und ging zum Tor, um den Mann einzulassen.

»Hast du es dir anders überlegt?«, fragte sie, erkannte aber sofort, dass etwas nicht stimmte.

Max Pinskers Haar und seine Jeans waren teilweise mit einem seltsamen weißen Pulver bedeckt, sein Gesicht war mit einer dunklen Masse beschmiert, und er roch nach Feuer.

»Ihr müsst kommen. Sofort. Ich weiß nicht, was ich tun soll. Es ist etwas Schreckliches passiert.«

»Ich komme. Pia und Maria sind schlafen gegangen.«

»Wir brauchen sie auch.«

»Was ist los?«

»Es brennt bei uns im Garten. Ein Mensch brennt.«

»Und da läufst du weg?«

»Ich habe gelöscht. Ich … Ich brauche eure Hilfe!«

Pia und Maria waren, durch die aufgeregte Stimme des Mannes alarmiert, zum Eingang gekommen und entschieden, Marias Wagen zu nehmen.

»Können Sie selbst fahren oder sollen wir Sie mitnehmen, Max?«, erkundigte sich Maria.

»Ich fahre selbst. Ich fahre euch nach.«

»Zum Schlösschen?«

»In den Garten.«

KAPITEL 11

RINGELEIN, GLATT UND FEIN

Die Grenze ist überschritten. Es gibt sie nicht mehr. Sie kann keinen Schaden mehr anrichten, sie ist tot. Was ich mir immer wieder vorgestellt habe, um Ruhe, um Schlaf zu finden, ist Wirklichkeit.

Und doch. Ich kann nicht froh darüber werden. Ich habe einen Menschen getötet.

Kein Spiel mehr. Ich bin zum Mörder geworden.

Bevor sie verendete, tanzte sie. Schreiend. Sie schrie, als sie brannte. Es war nicht auszuhalten. Oh Gott, ist mir schlecht.

Das kleine Schloss lag im Dunkeln, als sie auf der Straße davor hielten.

»Sollten wir nicht Frau Winkler verständigen oder Fiala?«, fragte Pia Hermann.

»Kommt mit!«, bat Max Pinsker, ohne auf den Vorschlag der Ex-Polizistin zu hören, und er führte die drei Frauen in den Garten, hinunter zum Fluss, zu der Stelle, an der noch Reste des Staudenknöterichs standen.

Es roch eigenartig süßlich, nach verbranntem Kunststoff, und dann sahen sie eine sehr helle Stelle. Weißes Pulver, das auch Max noch auf Haar und Händen hatte, und einen roten Gegenstand, einen auf dem Boden liegenden Feuerlöscher. In einigem Abstand davon befand sich ein olivgrüner Benzinkanister mit geöffnetem Verschluss, und vor diesem ein verbranntes Kleiderbündel.

»Was ist das?«, fragte Lia mit tonloser Stimme.

»So, ihr tretet jetzt alle zurück«, übernahm Pia Hermann, die Ex-Polizistin, das Kommando, ging in die Knie und begann sich des noch immer heißen Gegenstandes anzunehmen.

»Mein Gott!«, schrie Lia. »Es hat Zähne und … und …«

»Beruhige dich!«, sagte Maria Lamprechter. »Es ist ein verbrannter Mensch. Und jeder von uns ahnt, um wen es sich handelt.«

»Oh mein Gott!«, wiederholte Lia Sonnberger. »Nun ist es passiert.«

»War es Unfall oder Mord?«, fragte Maria Lamprechter. »Der Benzinkanister deutet darauf hin, dass sie ihren Kampf gegen den Staudenknöterich fortsetzen wollte.«

»Nicht berühren!«, warnte Pia und fügte hinzu:

»Ein Unfall war es dann, wenn sich die Frau von oben bis unten mit Benzin übergossen und angezündet hat.«

»Du glaubst also nicht daran?«, fragte Lia.

»Nein. Und hast nicht du selbst das Unheil kommen sehen?«

Lia nickte stumm, während sich Pia an Max Pinsker wandte: »Du vermutest also, dass es sich bei der Leiche um Ruth Winkler handelt.«

Was sollte das?, wunderte sich Lia im Stillen. Seit wann war Pia mit Pinsker per Du? Sie vergaß dann aber darauf, ihre Freundin zu fragen. Zu ernst war die Situation.

»Ich bin mir sicher. Sie ist nicht im Haus«, beantwortete Max Pinsker Pias Frage.

»Ein Anhaltspunkt, nicht mehr.«

»Sie ist es.«

»Wichtig ist, dass du mir sagst, woran du das erkennst, Max.«

»Ich weiß nicht.«

»Gut, dann suchen wir. Zunächst die Aufschrift auf dem Ehering.«

Pia Hermann nahm ein Papiertaschentuch, begann, das noch heiße Stück Metall von der verkohlten rechten Hand zu lösen, betrachtete die Gravur an der Innenseite des Rings und las dann: »Ruth, Emil, 9. 9. 1999.« Die beiden Namen waren durch zwei ineinander verschlungene Ringe miteinander verbunden. »Gut. Ein wichtiger Hinweis«, sagte sie dann. »Ich fotografiere noch das Gebiss.« Dann griff sie zu ihrem Handy und verständigte die Polizei.

»Ich bin's, Pia Hermann. Ihr werdet benötigt. Beim Schloss der Winklers. Ein verbrannter Mensch. Wir warten.«

Bezirksinspektor Franz Mörtenhuber von der Polizeiinspektion Raabs kam in Begleitung eines jungen Kollegen, den er als Abteilungsinspektor Philipp Wiener vorstellte, die Stirn gefurcht, mit belegter Stimme, die ahnen ließ, dass er den Abend im Gasthaus oder sonst wo feiernd verbracht hatte.

Alkotest dürfte man keinen machen, dachte Lia und betrachtete kritisch den grauen Schnurrbart des sonst noch gar nicht so alten Mannes. Wie konnte sich nur ein Mensch derart verunstalten!

»Oh, da hat jemand versucht, den Staudenknöterich zu vernichten«, stellte der Mann fest und beauftragte seinen jungen Kollegen mit schriftlichen Notizen. »Dieses Problem haben wir auch in unserem Garten. Brandrodung. Unvorsichtiges Hantieren mit Benzin. Um wen handelt es sich bei dem Opfer?«

»Das festzustellen, ist eure Aufgabe«, wandte sich Pia Hermann etwas mürrisch an ihren Polizeikollegen.

»Ah ja«, erklärte der Mann. »Wir haben also eine

Versammlung von eins, zwei, drei, vier Herrschaften. Und keiner weiß, wer das hier ist. Interessant. Also, heraus mit der Sprache, was die Damen und den Herrn hierhergeführt hat.«

»Wir sind auf Wunsch des Herrn, der die Leiche gefunden hat, hierhergekommen«, erklärte Maria Lamprechter. »Und der Herr wohnt im Schlösschen.«

»Namen und Adressen«, forderte der Polizist, und sein Kollege notierte die Daten. »Wenn Sie mir jetzt doch noch verraten, um wen es sich handelt, können wir die Angelegenheit friedlich beilegen. Ansonsten gibt es vier Verdächtige.«

»Es handelt sich um Ruth Winkler, die Besitzerin des Schlösschens«, meldete sich Max Pinsker zu Wort.

»Sie haben sie identifiziert. Darf ich fragen, aufgrund welcher Hinweise?«

»Wir *vermuten*, dass es sich um Ruth Winkler handelt«, präzisierte Pia Hermann. »Der Ehering deutet darauf hin. Und ihr werdet anhand des Gebisses endgültige Klarheit erlangen.«

»Ah ja, das Gebiss. Kollege Wiener, Sie machen Fotos. Wer hat sie zu löschen versucht?«

Max Pinsker hob die Hand wie ein kleiner Junge in der Schule.

»Lobenswert, äußerst lobenswert«, befand der Polizist. »Obwohl etwas spät.«

»Ich hab das Feuer vom Haus aus gesehen.«

»Sie haben nicht schlafen können«, legte ihm Bezirksinspektor Mörtenhuber die Antwort in den Mund. »Gut, dann schließen wir das ab. Kein Fremdverschulden. Wir schreiben ein Protokoll, Sie können den Bamminger verständigen. Einer Bestattung steht nichts im Weg. Ich würde eine Feuerbestattung vorschlagen, um das Werk zu vollenden. Habe die Ehre, geschätzte Ex-Kollegin, meine Damen, der Herr.«

»Nicht so schnell, geschätzter Kollege. Es sind Angehörige zu verständigen.«

»Die *du* wecken wirst. Oder sollen wir das übernehmen?«

»Es geht nicht um die Menschen im Haus, sondern um den Ehemann, der in Sankt Pölten lebt.«

»Emil Winkler. Ich kenne ihn.«

»Und den Sohn, der in Raabs zu Hause ist.«

»Simon Winkler«, meldete sich nun der junge Abteilungsinspektor zu Wort.

»Diese sind zu verständigen.«

»Wird gemacht, von der Polizeiinspektion aus«, beschied der Bezirksinspektor, salutierte vor Pia Hermann und entfernte sich mit seinem Kollegen Richtung Dienstwagen.

»Unsympathischer Minderleister«, schimpfte Pia. »So weit ist es gekommen mit der Polizei!«

»Schimpfen hilft nicht«, sagte Maria Lamprechter. »Ich frage mich, was wir tun können.«

»Ich sichere den Tatort«, entschied Pia, »mache weitere Fotos, dann befragen wir die Menschen im Haus.«

»Hannah und Fiala«, stellte Max Pinsker fest.

»Und fragen Max, was er seit der Abfahrt von unserer Feier gemacht hat.«

»Also, das ist einfach«, erklärte dieser. »Ich bin gegen eins heimgekommen und im Regen zum Haus gelaufen.«

»War noch jemand wach?«, erkundigte sich Pia.

»Es war alles finster. Ich habe mich gewaschen und bin dann zu Bett gegangen. Als ich nicht einschlafen konnte, habe ich noch ferngesehen. Ganz leise, um niemanden zu wecken. Als ich doch zu Bett ging, bemerkte ich einen Feuerschein vom Fluss her.«

»Wann war das?«

»Gegen halb zwei, schätze ich.«

»Dann bist du nachschauen gegangen und zu uns gekommen.«

Der Mann nickte. »Ich habe den Feuerlöscher vom Flur genommen und habe versucht, sie zu retten.«

»Es war dir klar, dass es sich um einen Menschen handeln musste.«

»Es hat sich bewegt. Sie hat noch gelebt. Sie hat getanzt, die Hände weit von sich gestreckt. Sie ist in einer Drehbewegung zu Boden gegangen.«

»War sie allein?«

»Ich weiß nicht. Ich glaube schon.«

»Sie ist also bei lebendigem Leib verbrannt«, stellte Pia Hermann fest.

Max Pinsker nickte.

»Es handelt sich eindeutig um Mord«, sagte Pia Hermann. »Kein Mensch geht kurz nach einem Wolkenbruch ins Freie, um Staudenknöterich, der nur mehr in Randbereichen vorhanden ist, zu bekämpfen, beschüttet sich von Kopf bis Fuß mit Benzin, greift dann nach einem Zündholz oder Feuerzeug und …«

»… zündet sich an«, ergänzte Lia. »Nein, du hast recht. Das ist Mord. Und die Polizei unternimmt nichts.«

»Wir werden den Mörder finden und ihn vor Gericht bringen«, stellte Pia klar. »Und jetzt wecken wir Fiala und die Tochter. Mich interessiert die Verfassung, in der sie sind.«

»Fiala kommt als Mörderin nicht infrage«, behauptete Max Pinsker bestimmt. »Einen friedlicheren Menschen als sie findet man nirgendwo.«

»Wir werden sehen«, meinte Pia trocken und fügte dann versöhnlicher hinzu: »Ich bin froh, dass du uns verständigt hast, Max. Du hast dich sehr umsichtig verhalten.«

»Im Haus tut sich etwas«, stellte Maria fest, als sie Licht im Erdgeschoss sah.

»Das ist die Küche«, erklärte Pinsker. »Wahrscheinlich Fiala.«

»Ich werde mich mit ihr unterhalten«, legte Pia fest und fragte Lia Sonnberger, ob Quentin als Spürhund zu gebrauchen sei.

»Ich weiß nicht. Das habe ich noch nie probiert«, erwiderte diese. »Aber einen Versuch ist es wert.«

»Gut. Dann gehen wir ins Haus, und du …«

»Ich nehme Quentin an die Leine und schaue, was er macht.«

Vorsichtig führte Lia den Wolfshund an die Überreste der verbrannten Frau heran.

Der Hund schnüffelte und nieste. Die Chemikalien des Feuerlöschers waren zu aggressiv für die feine Hundenase, dann strebte er weg von der Brandstelle, hinunter zum Fluss, aus dem er vorsichtig trank.

Okay, dachte Lia. Das war es dann.

Doch Quentin zog an der Leine und bewegte sich den unbefestigten Weg das Ufer entlang, bis zur Brücke, die vom Schlösschen zur Hauptstraße führte, blieb stehen und sah seine Herrin fragend an. Lia vermutete, dass der Mörder oder die Mörderin hierher gegangen oder gelaufen war, um entweder in einem Auto zu flüchten oder ins Haus zurückzukehren.

Sie lobte den Hund und ließ ihn von der Leine, worauf dieser auf eine Stelle neben der Brücke zulief, an der … an der sich jemand übergeben hatte.

Sie rief den Hund zu sich und überlegte, ob das Max Pinsker auf der Fahrt zu ihnen gewesen sein könnte oder gar eine Hinterlassenschaft des Mörders oder der Mörderin.

Sie musste Pia darauf aufmerksam machen. Vielleicht half das, den Täter zu identifizieren.

»Gut gemacht, Quentin«, lobte sie den Hund und ging über die Zufahrtsstraße zurück zum Schlösschen.

Als sie die hell erleuchtete Küche betrat, fiel ihr als Erstes Hannah Winkler auf, deren Haar wirr vom Kopf abstand. Die junge Frau wirkte aufgeregt, aber nicht betroffen, sondern geradezu euphorisch.

Ihr Gesicht war gerötet, Schweiß stand auf ihrer Stirn, ihre Hände kneteten unablässig ein Geschirrtuch. Dabei murmelte sie unverständliche Worte, die wie Zahlen klangen.

»Bitte kommen und setzen«, begrüßte Fiala sowohl Lia als auch Quentin. »Haben Tee gemacht, mit viel Rum, und Hund kriegen Gutes.«

»Was hat die Spurensuche ergeben?«, fragte Pia, die ganz in ihrer Rolle als Polizistin aufzugehen schien.

»Das möchte ich nicht öffentlich sagen«, zeigte sich Lia zurückhaltend und bat Pia auf den Flur.

»Also, was kann nicht öffentlich gesagt werden?«, erkundigte sich diese.

»Es geht um Erbrochenes. Quentin hat Erbrochenes gefunden, an der Brücke. Es könnte vom Täter oder der Täterin stammen. Oder von Max.«

»Ich frage ihn.«

»Du wirst doch nicht auch ihn verdächtigen?«, fragte Lia.

»Ich müsste es eigentlich, habe aber schwere Zweifel«, antwortete Pia und rief in die Küche: »Hast du dich übergeben, Max?«

»Wie, wo, warum?«, kam die verwirrte Antwort.

»An der Brücke.«

»Nein, ich … Nein. Ich habe mich nicht übergeben.«

»Klare Antwort. Danke. Das muss gleich gesichert werden.«

»Könnte man daraus auf die DNA des Täters schließen?«, erkundigte sich Maria Lamprechter.

»Ich kenne einen Fall, in dem das geschehen ist«, bestätigte die Ex-Polizistin. »Komm, Maria, wir gehen zu der Stelle!«

»Ich komme mit«, sagte Max, der es eilig hatte, aus dem Haus zu kommen.

»Nicht nötig«, wehrte Pia ab. »Ich denke, du solltest dich um frische Kleidung kümmern und dich eventuell unter die Dusche stellen. Du wirkst nicht sehr präsentabel.«

»Das macht nichts«, beharrte der Mann.

Pia Hermann bat um eine Tupperdose, die Fiala ihr bereitwillig überließ, dann beauftragte sie Lia, die bisherigen Aussagen schriftlich festzuhalten.

»Frau Winkler«, wandte sich die Gärtnerin an Hannah, die in der Küche auf und ab ging, immer noch das Geschirrtuch in der Hand. »Ich brauche Papier und etwas zum Schreiben. Sie als Lehrerin …«

Hannah Winkler, die immer noch halblaut vor sich hin murmelte, reagierte nicht auf die Anrede, also griff Fiala in das Geschehen ein, indem sie sagte: »In ihrem Zimmer haben Schreibzeugs. Bitte kommen!«

Während sie auf die Wiederkehr der beiden Frauen wartete, trank Lia von dem heißen, stark gesüßten Tee. Auf Rum verzichtete sie, weil sie für die Schreibarbeit einen klaren Kopf brauchte.

Lia Sonnberger bedankte sich bei Fiala, die ihr ein liniertes Schulheft und einen Kugelschreiber beschafft hatte. »Beginnen wir bei Ihnen«, wandte sie sich an Hannah Winkler, die nicht auf die Anrede reagierte, aber die Lautstärke ihres Gemurmels verstärkte.

»Eins, zwei, drei, vier, fünf, sechs, sieben, acht, neun, zehn«, drang es aus dem Mund der jungen Frau, die immer wieder die Zahlen von eins bis zehn wiederholte.

»Frau Winkler. Sie müssen mir helfen, den Tod Ihrer Stiefmutter zu klären.«

Das Gemurmel verebbte, und die junge Frau sagte: »Mutter.«

»Wie haben Sie die Zeit nach Mitternacht verbracht, Frau Winkler?«, fragte Lia Sonnberger.

»Mutter. Was ist mit ihr?«

»Ihre Mutter ist gegen halb zwei Uhr gestorben.«

»Zwei, drei, vier …«

»Was haben Sie um diese Zeit gemacht? Haben Sie etwas gesehen oder gehört?«

»Ich hab nichts gesehen, nichts gehört.«

»Sie haben geschlafen?«

»Ich weiß nicht mehr.«

»Haben junge Frau geweckt, als Sie gekommen«, meldete sich Fiala zu Wort. »Weiß nicht, wie spät.«

»Jetzt ist es dreiviertel vier«, stellte Lia fest.

»Vier, fünf, sechs, sieben …«

»Ist schon gut, Hannah«, wandte sich Lia leicht genervt an die junge Lehrerin. »Sie können zu zählen aufhören.« Dann bat sie Fiala, über ihren Abend zu berichten.

»Habe Stimmen gehört, wollen gnädige Frau wecken, aber Frau nicht in Zimmer, also haben bei Tochter geklopft. Gedacht, gnädige Frau sind bei Tochter. Dann Max kommen mit Ihnen. Mein Gott, was aus uns werden, wenn gnädige Frau nicht mehr da?«

Als Fiala sich an den Küchentisch setzte und mit beiden Händen den Kopf abstützte, wurde sich auch Hannah des Ernstes der Lage bewusst.

»Sie ist tot?«, fragte sie.

»Frau Winkler ist tot«, bestätigte Lia.

»Sie wird nie, nie wieder ...«, setzte sie zu einer Überlegung an und begann dann zu weinen. »Wie wird es weitergehen?«, fragte sie tonlos. »Wir müssen Vater verständigen.«

»Das hat die Polizei übernommen, die auch Ihren Bruder benachrichtigt«, sagte Lia Sonnberger.

»Kann ich sie sehen?«, fragte Hannah Winkler, doch Lia winkte ab. »Das ist kein angenehmer Anblick. Ich rate dringend davon ab. Waren Sie draußen, Fiala?«

»Um Gottes willen, nein«, wehrte die Haushälterin ab.

Während Lia das schriftlich festhielt, verrieten Geräusche vom Flur her die Wiederkehr von Pia, Maria und Max.

»Spur gesichert«, verkündete Pia Hermann und hielt triumphierend die Tupperschüssel in der Hand. »Ich werde das in Wien untersuchen lassen.«

»Und wir können dann nach Hause fahren«, sagte Lia und gähnte.

»Ich bleibe, bis das Bestattungsunternehmen eintrifft«, entschied Pia Hermann. »Mir ist ein würdiger Abtransport der Verstorbenen wichtig.«

»Der Bamminger ist doch verständigt?«, erkundigte sich Pia.

»Noch nicht«, meinte Maria. »Ich wollte warten, bis der Mann und der Sohn sie gesehen haben.«

»Mein Gott, das kann dauern!«, klagte Lia.

»Es hilft nichts. Du musst warten. Wir haben nur einen Wagen«, zeigte sich Maria etwas ungeduldig.

»Dann ziehe ich mich in den Garten zurück. Komm, Quentin!«

Lia Sonnberger war todmüde und fühlte sich elend, als sie sich auf eine der Teakholzbänke niederließ. Sie hatte all die Tage, die sie beim Schlösschen verbracht hatte, die Spannung gespürt, die als dunkle, schwere Wolke über dem Haus und den Menschen gelegen hatte.

Nun, da sich ihre Ahnung bewahrheitet hatte, machte sie sich Vorwürfe, nichts unternommen zu haben, die Tragödie zu verhindern, Ruth Winkler zu retten.

Und sie fragte sich, wer als Mörder infrage kam.

Max Pinsker etwa, der der Frau mit den Worten »Wenn du mir das zerstörst, weiß ich nicht, was ich mache« gedroht hatte. Ruth Winkler hatte daraufhin gekontert, dass er alles, sie nichts zu verlieren habe. Und dass er nicht per Du mit ihr sein solle.

Nun, sie hatte nicht recht behalten. Sie hatte ihr Leben verloren.

Und Max? Was hätte sie ihm zerstören können?

Außerdem hätte er sie doch kaum verständigt, wenn er die Frau getötet hätte. Er hätte sich schlafend gestellt und gewartet, bis jemand anderer auf ihr Verschwinden aufmerksam geworden wäre.

Nein, Max war in Ordnung. Ein Mensch, dem man vertrauen konnte, dem Lia Sonnberger vertrauen wollte, den sie mochte und als Freund gewinnen wollte.

So, das war geklärt. Max war von der Liste der Verdächtigen zu streichen. Jemand anderer musste dahinterstecken. Aber wer?

Fiala? Nein. Eine herzensgute Frau, im Gegensatz zu der verrückten Tochter, die sich in den viel älteren Max verliebt und Lia gedroht hatte. Mit der Verpiss-dich-Pflanze und den Worten »Verschwinde, du blöder Gartentrampel, sonst bereust du es«.

Gartentrampel. Das kam aus tiefstem Herzen und war böse.

Es galt, Beweise gegen die Tochter zu sammeln.

KAPITEL 12

TRAU' DIR NICHT, BÖSEWICHT,
KENN' DEINE SCHLICHE SCHON.
PASS NUR AUF,
KOMM DIR DRAUF,
KRIEGST DEN VERDIENTEN LOHN.

Auf der Gartenbank sitzend, griff Lia Sonnberger nach ihrer E-Zigarette.

Durch die Ereignisse dieser Nacht und die späte Stunde fühlte sie sich derart angespannt, dass sie Entspannung suchte, um sich nicht in negative Gedankengänge zu verirren.

Vielleicht tat sie der Tochter unrecht, vielleicht war für den Mord an Ruth Winkler jemand ganz anderer verantwortlich, den sie nicht kannte, dessen Weg die Frau gekreuzt und behindert hatte.

»Du nicht«, sagte Lia zu ihrem Wolfshund, als Quentin auf die Bank sprang und am Rauch der Zigarette zu schnuppern begann. »Man hat ja seine Verantwortung Minderjährigen gegenüber. Runter von der Bank und Platz!«

Quentin gehorchte wieder einmal aufs Wort. Ja,

Lia hatte sehr streng mit ihm sein müssen, als er klein gewesen war. Anders wäre es nicht möglich gewesen, einen Wolf, wie sie vermutete, großzuziehen. Besonders Rehe, Hasen und Fasane waren in seinem ersten Lebensjahr ein Problem gewesen. Aber sie hatte es geschafft. Quentin war ein verlässlicher, treuer Begleiter und kein unberechenbares Raubtier geworden.

Und genau das unterschied ihn vom Täter oder der Täterin im Fall Ruth Winkler. Hier hatte ein Mensch die Grenze von Wut und Hass zur Aggression, zum Mord hin überschritten, zu einem besonders grausamen Mord, wenn man Max glaubte, der die brennende Frau im Todeskampf gesehen hatte.

Lia spürte, wie der Panzer aus Anstrengung, Müdigkeit und Selbstbeherrschung von ihr abfiel, wie ihre Muskeln weich wurden. Sie gähnte ausgiebig und tätschelte Quentins breiten Kopf, dann blies sie Rauch gegen seine Schnauze, den der Hund gierig einsog, bis er sich, vor sich hin brummend, auf den Boden fallen ließ.

Der Täter, überlegte sie, hatte einerseits ein deutliches Statement abgegeben. Es konnte kein Zufall sein, dass er die Walpurgisnacht gewählt hatte, um eine Frau, die er möglicherweise als Hexe betrachtete, zu verbrennen. Bei lebendigem Leib.

Andererseits hatte er die Tat so arrangiert, dass man sie auch als Unglücksfall betrachten konnte, wie das der unwillige Polizeibeamte getan hatte.

Sollten sie es darauf beruhen lassen? Was, wenn doch Max der Täter wäre oder Fiala? Sie würde sich nicht wünschen, einen von ihnen bis zum Lebensende im Gefängnis verschwinden zu sehen.

Andererseits war die Stieftochter geisteskrank, so viel war klar … Quatsch! Was für ein faschistischer Blödsinn, einen Menschen als geisteskrank zu bezeichnen, nur weil er seelische Probleme hatte und weil … Das Problem bestand darin, dass die junge Frau nicht erwachsen geworden war, weil Ruth Winkler sie wie ein kleines Kind behandelt hatte. So waren ihr kindischer Drohbrief und die Schwärmerei für Max Pinsker zu erklären. Immerhin war er der einzig erreichbare Mann weit und breit.

In der Volksschule, in der sie unterrichtete, hatte es Hannah Winkler vermutlich auch nur mit Lehrerinnen zu tun. Welcher Mann wurde schon Lehrer!

Lia stellte sich Max Pinskers leicht obszönen Schnurrbart vor. Ja, die Bärte der Männer hatten etwas Animalisches an sich, das bunte Abenteuer verhieß. Was für ein Unterschied zu der jämmerlichen Gesichtsbehaarung des jämmerlichen Polizisten.

Ging es ihr, so überlegte Lia weiter, nicht ähnlich wie Hannah Winkler? War nicht auch sie nur von Frauen umgeben? Weibliche Gesellschaft, die sie auf keinen Fall missen, die sie aber ergänzt, vervollständigt haben wollte.

Johnny zählte nicht. Er war ein großes Kind. Pias, Marias und Lias Kind. Er genoss sozusagen Welpenschutz.

Wenn schon, dann ein richtiger Mann. Ein Mann wie Max. Dem man nun rasch Beschäftigung in der Gärtnerei anbieten musste. Gemeinsam mit Fiala.

Aber was machte sie sich Sorgen! Es ist, wie es ist. Es war, wie es war. Sie wollte jetzt nur ihre Ruhe. Schade, dass die Bank so hart war. Sie hätte sich um Sitzauflagen kümmern müssen.

Quentin schien der harte Untergrund vor der Bank nichts auszumachen. Er schnarchte sanft vor sich hin. Also wollte sie auch nicht so wählerisch sein und im Sitzen ruhen.

»Lia, Lia, wir fahren!«, drang eine nicht ganz unbekannte Stimme an Lia Sonnbergers Ohr.

»Wohin fahren wir denn?«, brummte Lia, die sich in ihrem Bett wähnte und plötzlich wieder die Härte der Holzbank in ihrem Rücken spürte.

Es war nicht mehr ganz finster, die Morgendämmerung gewährte einen sanften Blick auf die Gartenlandschaft.

Wie im Paradies, dachte sie. Der Garten ist mir gut gelungen.

Als sie Quentin reglos vor sich liegen sah, erschrak sie. Sie nannte seinen Namen und berührte seinen Rücken, worauf der Hund mehrmals gähnte, sich streckte und zum Abmarsch bereitmachte.

Ebenso wie Lia, die durch den Garten rief: »Ich bin schon unterwegs. Komme schon.«

Die Rückfahrt zur Gärtnerei verlief in völliger, von Maria Lamprechter verordneter Stille.

Die Chefin war der Meinung, dass in dieser Nacht genug geschehen war, dass man zur Ruhe kommen müsse, um am ersten Mai einigermaßen einsatzfähig zu sein.

»Wir schlafen jetzt, so lange es geht. Du bleibst bei uns, Pia, und zu Mittag versammeln wir uns zu einer Lagebesprechung.«

»Habt ihr den Mann und den Sohn gesehen?«, fragte Lia.

»Das, wie gesagt, klären wir beim Mittagessen. Punkt zwölf. Und jetzt Ruhe!«

»Du bist wie Dorothy von den Golden Girls«, bemerkte Lia noch, und Pia Hermann kicherte vor sich hin.

»Was lachst du, Pia?«

»Ich stelle mir vor, wer von uns die männermordende Blanche und wer die dumme Rose sein könnte.«

»Schluss jetzt! Das sind unpassende Gedanken«, gab sich Maria Lamprechter streng.

»Wobei ich mich mehr für Männer interessiere als Pia«, sagte Lia noch.

»Ein Wort noch, Lia, und du und dein Quentin marschiert zu Fuß.«

»Quentin kann doch nichts dafür, wenn seine Herrin Drogen missbraucht«, protestierte Pia Hermann.

»Gebraucht«, korrigierte Lia ihre Freundin. »Vom Arzt verordnet, und Quentin hat sich mir angeschlossen.«

Maria Lamprechter bremste den Wagen abrupt ab und öffnete die Fahrertür.

»Wenn die beiden Herrschaften meinen, sie könnten weiter scherzen, nachdem ein Mensch auf grausame Weise getötet worden ist, werde ich zu Fuß gehen. Es gibt Grenzen, meine Damen.«

Lia Sonnberger schluckte eine Bemerkung, den Unterschied zwischen Herr- und Damenschaften betreffend, hinunter, und weiter ging die Heimfahrt in Maria Lamprechters Opel. In völliger Ruhe.

Lia Sonnberger hatte beinahe ein schlechtes Gewissen, als sie gegen elf Uhr am Sonntagmorgen das Badezimmer aufsuchte. Sie hatte trotz der dramatischen Ereignisse der Walpurgisnacht gut geschlafen und freute sich nun auf das Mittagessen mit ihren Freundinnen, die sie schon rumoren hörte.

Zunächst jedoch musste sie Quentin, dessen Blick sie zu durchbohren schien, ins Freie lassen, vielleicht mit ihm eine kurze Wanderung die Thaya entlang machen.

»Ich übernehme den Abwasch!«, rief sie, als sie an der offenen Küchentür im Erdgeschoss vorbeikam. »Dafür helfe ich euch nicht beim Kochen.«

»Alles klar«, erklang die tiefe Stimme Marias.

»Keine unangenehmen Themen beim Essen«, warnte Maria Lamprechter, als sich die drei Freundinnen an den Speisetisch in der Küche setzten, in der es nach Huhn, nach Gemüse und Kräutern roch.

»Es gibt Backhuhn«, erklärte Maria. »Du kannst dich mit dem Gemüse begnügen, Lia.«

»Och, ein winziges Stück Fleisch schadet bestimmt nicht. Noch dazu, wo das Huhn ja schon tot ist«, erwiderte Lia, während Pia Hermann ernst auf ihren vollen Teller blickte.

Sie schien sich Gedanken über den Fall zu machen, hielt sich jedoch an Marias Vorgabe, beim Essen nicht darüber zu reden.

Bei den Armen Rittern, die sie zum Nachtisch verzehrten, hielt es Lia aber nicht mehr aus. Sie wollte wissen, was sich im Haus der Winklers abgespielt hatte, nachdem sie mit Quentin im Garten verschwunden war.

»Sind der Mann und der Sohn gekommen?«, fragte sie.

»Alles der Reihe nach«, gab sich Pia Hermann streng und blätterte in dem Schulheft, in dem Lia bereits die Aussagen Hannah Winklers und Fialas festgehalten hatte.

»Du hast es einfach liegen lassen«, wandte sie sich in vorwurfsvollem Ton an Lia.

»Tut mir leid. Mich hat das alles so belastet, dass ich …«

»Passt schon, Lia. Ich bin zwar eure Chefin, aber nicht eure Gouvernante.«

»Also, zuerst kam Simon Winkler«, begann Pia Hermann. »Mit seinem Wagen, einem gelben Audi.«

»Tut die Farbe etwas zur Sache?«, fragte Lia.

»Sie ist auffällig. Wie bei der Post.«

»Nur, dass Briefträger keine Audis fahren.«

»Also, ich kenne …«

Pia unterbrach ihre Freundin und fuhr fort: »Simon Winkler wirkte sehr gefasst. Als ob nichts geschehen wäre. Allerdings hat er sich geweigert, die Leiche seiner Stiefmutter zu sehen.«

»Was ich verstehen kann«, bemerkte Lia.

»Etwas später«, fuhr Pia Hermann fort, »tauchte der Mann auf, in Begleitung einer jüngeren Version der Ermordeten.«

»Jetzt, wo du es sagst«, pflichtete ihr Maria Lamprechter bei. »Ja, Frau Berger …«

»Irene Berger.«

»Irene Berger hat Ähnlichkeiten mit der Verstorbenen. Groß gewachsen, blondes Haar.«

»Ein bestimmendes Wesen. Sie hat den Mann gezwungen, sich die verbrannte Leiche anzusehen.«

»Und dann hat sie festgestellt, dass es sich eindeutig um Emil Winklers Frau gehandelt hat.«

»Wie konnte sie das sagen?«, erkundigte sich Lia.

»Die Schuhe. Sie erkannte die Schuhe, die sie der Frau offenbar neidete. Christian Louboutin. Sie hat das an der roten Schuhsohle erkannt.«

»Oh!«

»Und wer ist diese Irene Berger?«

»Eindeutig Winklers Geliebte. Jedenfalls arbeitet sie in seiner Bank.«

»Sie hat gleich von sich aus bei Bamminger angerufen und darauf bestanden, dass die Tote unverzüglich abgeholt wird. Und über die Polizei hat sie geschimpft. Die müsste sich doch persönlich darum kümmern. Und überhaupt. Es könne sich doch nicht um einen Unfall handeln, höchstens um Selbstmord.«

»Eine interessante neue Variante«, stellte Lia Sonnberger fest. »Ja, das käme hin. Die Frau ging mit einem Kanister ins Freie, schüttete Benzin über Kopf und Kleidung und zündete sich an.«

»Und warum hätte sie das tun sollen?«

»Aus Kränkung«, erwiderte Lia. »Weil alle auf sie losgegangen sind. So wie ihr auf mich, seit wir hier an diesem Tisch sitzen.«

»Och, Lia. Und gleich gehst du zur Thaya und verbrennst oder ertränkst dich.«

»Ich werde es mir noch einmal überlegen. Nicht wegen euch. Nur wegen Quentin.«

»Unsinn. Auf jeden Fall hat sie das gesagt, den Abtransport der Rivalin veranlasst und Fiala gebeten, Kaffee zu machen. Sie will übrigens mit dir über die Fortsetzung der Arbeit am Garten reden. Du sollst einen Termin mit ihr vereinbaren. Schreib ihre Nummer auf!«

»Ich hab nichts zum Schreiben.«

»Dann lässt du es eben«, brummte Pia Hermann.

»Das Geld haben wir ja schon«, stellte Lia Sonnberger fest.

»Mir ist es wichtig«, meldete sich nun Maria Lamprechter zu Wort, »dass wir eine gute Nachrede haben.«

»Okay, okay«, gab sich Lia geschlagen. »Sag mir bitte die Nummer! Auch mir ist die gemeinsame Arbeit ein großes Anliegen. Was würde ich denn ohne euch machen?«

Maria las die Telefonnummer von einer Visitenkarte, und Lia ging auf den Flur, denn Telefonieren am Esstisch war verpönt.

»Wir helfen Lia beim Geschirrabwaschen«, entschied Pia. »Ich möchte nachher etwas ausprobieren. Mit eurer Hilfe. Mich beschäftigt die Art und Weise, wie Ruth Winkler zu Tode gekommen sein könnte, und ich komme zu keiner vernünftigen Lösung. Wir müssen das nachstellen.«

»Rekonstruieren«, sagte Maria.

»Du sagst es. Ich wollte dich nicht mit Fachbegriffen überfordern.«

Inzwischen war Lia zurück in die Küche gekommen und wollte Kaffee machen.

»Später. Wir haben etwas Wichtiges zu tun«, entschied Maria, »und wir helfen dir beim Geschirrspülen.«

»Das ist doch nicht nötig.«

»Doch, deine Expertise ist gefragt. Im Anschluss. Im Garten.«

»Meine was?«

»Expertise. Deine Meinung, dein Wissen. Ach, vergiss es! Deine Bildung scheint sich auf Literatur zu beschränken«, sagte Maria Lamprechter und begann den Tisch abzuräumen. »Hast du sie erreicht? Und frag jetzt nicht, wen!«

»Ich bin doch nicht blöd«, zeigte sich Lia verärgert. »Sie hat mich um vier zum Kaffee eingeladen.«

»Hoffentlich fängt es nicht zu regnen an«, sagte Maria nach einem kritischen Blick zum bewölkten Himmel.

»Dann wäre die Rekonstruktion perfekt. Vor dem Mord hat es auch geregnet«, stellte Pia fest. »Ihr müsst mir nun helfen, herauszufinden, was mit Ruth Winkler passiert ist. Wir kennen das Endergebnis: die verbrannte Leiche. Wir haben von Max Pinsker gehört, dass sie vermutlich noch lebte, als sie verbrannte, dass sie sich bewegt hat. Was ist wirklich passiert? Ich schlage vor, wir nehmen einen von Johnnys Benzinkanistern, füllen ihn mit Wasser und probieren, wie man damit morden kann. Wobei wir Selbstmord nicht ganz ausschließen dürfen. Denn gerade Selbstmord wäre die Lösung für die Frage, warum die Frau nachts in den Garten gegangen und dort verbrannt ist.«

»Oder jemand hat sie in den Garten gelockt«, überlegte Lia. »Per Telefon. Um ein wichtiges Gespräch zu führen. Sie geht hinaus und wird mit Benzin übergossen und angezündet.«

»Und sie läuft nicht davon, sie wartet, bis sie angezündet wird.«

»Sie selbst hat einen Spray verwendet, um die Tochter ruhigzustellen. Der Täter hätte das auch tun können.«

»Ja. Aber warum ist sie nicht ins Wasser gesprungen? Und warum wählt der Täter überhaupt diese seltsame Todesart?«

»Vergesst nicht die Walpurgisnacht! Die Hexe soll brennen«, gab Lia Sonnberger zu bedenken.

»Genug der Worte. Wir stellen das nach. In Badeanzügen, mit Wasser als Benzin«, schlug Pia Hermann vor. »Zuvor legen wir die Karten auf den Tisch. Also, wer verdächtigt wen? Ich tippe auf den Ehemann.«

»Ich halte die Tochter für die Hauptverdächtige«, meldete sich Lia zu Wort, stampfte zur Bekräftigung mit einem Bein auf den Boden und blickte neugierig auf Maria Lamprechter.

»Für mich ist es eindeutig der Sohn«, sagte diese. »Und auf die Rekonstruktion mit Badeanzügen verzichten wir. Vor dem Muttertag können wir uns keine Erkältung leisten. Aus geschäftlichen Gründen natürlich.«

»Gut. Was dann?«, zeigte sich Lia etwas genervt.

»Mit dem Wasser warten wir ab, bis es so weit ist«, entschied Pia. »Fang du an, Lia! Erklär uns, warum du Hannah Winkler für die Mörderin hältst!«

»Sie ist seelisch krank, nimmt ihre Tabletten nicht und hat sich schon einmal zu einer Drohung hinreißen lassen.«

»Gegen dich.«

»So ist es. Sie hat Zugang zu Medikamenten, hat der Mutter ein Beruhigungsmittel in das Essen gemischt, gewartet, bis sie geschlafen hat, dann …«

»Ja, hier beginnt das Problem«, stellte Pia Hermann fest. »Sie musste die Mutter in den Garten transportieren, mit einer Scheibtruhe womöglich.«

»Oder einem Rollstuhl.«

»Grau ist alle Theorie«, sagte Pia Hermann. »Wir probieren das aus. Lia, du bist das Opfer.«

»Immer auf die Kleinen. Ich weiß nicht, was Quentin dazu sagt.«

»Wir werden sehen.«

Nach einigen Minuten kam Maria Lamprechter mit einer Schubkarre, in der sich ein Benzinkanister befand.

»Ich habe nachgedacht«, sagte die Chefin der Gärtnerei schließlich. »Ich denke, ihr müsst versuchen, Pia damit zu transportieren. Ihr Gewicht entspricht etwa dem der Ermordeten. Lia ist zu leicht.«

»Gut«, zeigte sich Pia einverstanden. »Wir stellen uns also vor, ich hätte etwas gegessen, das die teuflische Stieftochter mit einem Betäubungsmittel versetzt hat. Rohypnol oder so etwas. In ausreichender Menge. Ich schlafe also ein.«

Als Pia sich zu Boden gleiten ließ, lief Quentin zu ihr und schnupperte an ihrem Gesicht, worauf sie lachte und den Hund streichelte. »Aber jetzt bin ich wirklich tot«, sagte sie dann und bewegte sich nicht mehr.

»Ich bin also die böse Mörderin und bringe die Stiefmutter in den Garten, wo sie verbrennen soll.« Maria versuchte, Pia in die Schubkarre zu hieven, doch diese ließ sich keinen Zentimeter bewegen.

»Zu schwer«, keuchte sie.

»Warte! Ich helfe dir«, kam ihr Lia zu Hilfe.

Und tatsächlich. Zu zweit schafften sie es.

»Das heißt«, stellte nun Pia fest, »dass die Tochter einen Komplizen gehabt haben muss. Wenn sie es war.«

»Hast du Spuren eines Rollstuhls oder einer Scheibtruhe gefunden?«, erkundigte sich Maria bei ihrer Freundin.

Diese verneinte. »Auch keine Schleifspuren.«

»So weit Lias These. Durchaus möglich, wenn auch mit einigen Fragezeichen«, fand Pia. »Mach du weiter, Maria!«

»Für mich«, erklärte Maria Lamprechter, »zählt der Sohn zu den Hauptverdächtigen. Wir wissen, dass ihn Ruth Winkler aufgefordert hat, seine schmutzige Beziehung zu beenden, und da hat er sie bedroht.«

»Sie hat sogar geblutet«, stellte Lia fest.

»Und was könnte das sein, eine schmutzige Beziehung?«, fragte Pia.

Sie sind weit entfernt von einer Lösung, dennoch ist es wichtig, sie im Auge zu behalten, die drei Hexen. Hexen wie jene, die verbrannt ist.

Wenn nötig, wird es weiterbrennen. Ich gehe nicht für etwas ins Gefängnis, das die Welt angenehmer macht.

KAPITEL 13

DURCH DEN LICHTEN MAIENRAUM SÜSSE DÜFTE WEHN

»Schmutzig war für Ruth Winkler alles, was sie nicht gebilligt hat. Die Frau Königin wollte die Fäden ziehen, alles kontrollieren«, überlegte Maria Lamprechter. »Ich kenne das von mir. Die Chefin, die alles im Griff hat. Bis Gerhard gestorben ist. Da wusste ich, dass ich allein gar nichts bin.«

»Du hast ja uns«, versuchte sie Lia zu trösten.

»Ja, ich habe euch. Und dafür bin ich dankbar.« Maria lächelte. »Schade, dass Ruth Winkler die Chance auf Einsicht, auf Umkehr, genommen wurde.«

»Du meinst, auch Witwe zu werden?«, fragte Pia.

»Das wünsche ich niemandem«, antwortete Maria. »Ich weiß, dass du Emil Winkler nicht magst.«

»Er ist mit großer Wahrscheinlichkeit der Mörder und seine Schickse ist die Komplizin.«

»Schickse?«, fragte Lia.

»Die Zweitfrau, die Geliebte, die, ach, was weiß ich …«

»Gedulde dich einen Augenblick, Pia! Ich möchte zunächst überlegen, wie der Sohn das gemacht haben könnte. Ich bin jetzt also der Sohn«, stellte sich Maria Lamprechter vor. »Ich möchte verhindern, dass die verhasste Stiefmutter mein Leben zerstört und vielleicht auch das Leben anderer. Ich locke sie in den Garten …«

»Wie machst du das?«

»Wartet einen Augenblick!«

»Da kommst du ins Stocken. Dabei ist das eine der zentralen Fragen«, fand Pia Hermann wieder in ihre Rolle als Leiterin der Ermittlungen.

»Ich … äh … verdammt. Keine Ahnung. Oh doch! Ich mache es auf dieselbe Weise wie bei der Stieftochter. Man hat Ruth Winkler mit einem Medikament betäubt und dann zu zweit in den Garten befördert.«

»Du machst es dir leicht, Maria«, brummte Lia. »Dein Mord ist ein Plagiat.«

»Und wenn die Tochter die Mutter durch einen Telefonanruf in den Garten gelockt hat«, überlegte Maria mit überraschend unsicherer Stimme, »sie mit dem Betäubungsspray außer Gefecht gesetzt und mit Benzin übergossen hat?« Dann unterbrach sie sich selbst in gewohnt kräftigem Ton: »Wie auch immer. Jetzt du, Pia.«

»Ja, also, ich mache das etwas schlauer. Immerhin bin ich ein Mann.«

»Als Stiefsohn bin ich auch ein Mann«, protestierte nun Maria.

»Ich bin Emil Winkler, ein gestandener Mann, der endlich seine Frau loswerden will«, beharrte Pia Hermann.

»Und ein Banker«, meldete sich Lia wieder zu Wort.

»Du schweigst jetzt!«, zeigte sich die Ex-Polizistin streng. »Als ihr Ehemann kenne ich Ruths Seele bis in den letzten dunklen Winkel und weiß, wie ich sie in den Garten locke, in ihren Garten, in der Nacht der Hexentänze. Ich entfache ein Feuer am Fluss und warte, bis die Königin kommt.«

»Und dann?«

»Dann überschütte ich sie mit Benzin und zünde sie an.«

»Und wie betäubst du sie?«

»Sie wird nicht betäubt, sie soll das Feuer spüren. Ich will sie schreien hören.«

»Soll das Feuer spüren«, wiederholte Lia mit der Stimme eines kleinen Mädchens. »Du machst mir richtig Angst, Pia. Das ist schrecklich.«

»Es war ein Mord. Und jeder Mord ist schrecklich.«

»Dieser ganz besonders«, sagte nun auch Maria

Lamprechter. »Jeder der Verdächtigen, die wir genannt haben, ist ein erwachsener Mensch, der sich schon längst gegen die Frau hätte wehren müssen. Tyrannen werden nur groß, wenn das Volk es zulässt.«

»Und alle drei haben Beine, mit denen sie sich aus dem Einflussbereich Ruth Winklers entfernen hätten können«, überlegte Lia Sonnberger.

»Das haben sie ja auch, mit Ausnahme deines Max«, erwiderte Maria Lamprechter.

»Nenn ihn nicht *meinen* Max! Er ist nicht *mein* Max.«

»Es könnte aber ganz anders gewesen sein«, gab nun Pia zu bedenken. »Es könnte jemand anderer gewesen sein, aus völlig anderen Gründen.«

»Zum Beispiel?«

»Zum Beispiel Fiala oder der Czibulka-Enkel, der sich um sein Erbe betrogen fühlt, oder irgendjemand, den wir gar nicht kennen. Ruth Winkler hat sich überall eingemischt.«

»Ja, wir dürfen auch diese Möglichkeiten nicht außer Acht lassen«, sagte nun Maria Lamprechter.

»Aber wir werden diesen Fall lösen«, stellte Pia Hermann fest. »Und dazu wäre es wichtig, dass du weiter im Winkler'schen Garten tätig bist, Lia. Sozusagen als Spionin.«

»Alles klar«, antwortete Lia und blickte auf die Uhr. »Ich fahr dann los.«

»Das ist viel zu früh. Es ist erst zwei.«

»Mit dem Fahrrad. Ich möchte die Natur genießen.«

Lia hatte ihr türkisfarbenes Dreigangfahrrad schon lange nicht mehr benutzt, hauptsächlich, weil sie mit Quentin meist zu Fuß unterwegs war. Heute jedoch trottete der Wolf brav hinter ihr her.

Zum Schlösschen der Winklers hatte sie den Höhenweg gewählt, der auf Feldwegen durch noch grüne Getreide- und Erdäpfelfelder führte.

Die sanft hügelige Landschaft wirkte beruhigend auf Lia nach all den Aufregungen um die Mittagszeit, der Fahrtwind erfrischte sie.

Eigentlich, dachte sie, eine zwar friedliche, aber reizlose Gegend, abgesehen von den Bildstöcken mit Heiligenbildern …

Lia bremste ihr Fahrrad scharf ab. Sie hatte etwas Überraschendes entdeckt.

Von dem aus Granitgneis gehauenen Marterl leuchtete ein in kräftigen Farben gehaltenes Bild einer brennenden Heiligen. »Heilige Apollonia, bitte für uns!«, stand darunter.

Frauen waren also immer wieder Opfer von Brandanschlägen geworden.

Heilige Apollonia, überlegte Lia. War das nicht die Heilige, die man bei Zahnschmerzen anrief? Es wäre interessant, die zahlreich in der Gegend vorhandenen Opferstöcke aufzusuchen und ihre Geschichte zu ergründen.

Warum hatte jemand gerade an dieser Stelle, an der vier Äcker aneinanderstießen und die einen weiten Blick ins Land bot, ein Marterl errichtet, und warum mit der brennenden Heiligen?

War ein Angehöriger, eine Angehörige der Bauernfamilie, der diese Grundstücke gehörten, einem Brand zum Opfer gefallen oder hatte er unter besonders argen Zahnschmerzen gelitten, oder beides? Wobei die Zahnschmerzen dem Feuertod vorausgegangen sein mussten, schloss Lia messerscharf.

Sie erinnerte sich an das letzte Mal, da sie unter Zahnschmerzen gelitten hatte, natürlich an einem Wochenende, an dem ihr Zahnarzt nicht erreichbar war.

Pias Schwiegersohn, Doktor Ebendorfer, hatte ihr mit einem guten Schmerzmittel geholfen.

»Quentin, sitz!«, befahl sie dem Hund streng, als sie einen Rehbock im Roggenfeld äsen sah.

Zur Sicherheit nahm sie ihren Begleiter an die Leine und schob das Fahrrad ein Stück weit.

Quentin war zwar sehr folgsam, aber doch ein Wolfshund. Und er hatte in seinem ersten Lebensjahr ein Reh zu Fall gebracht und zerfleischt.

Als er mit vor Blut triefender Schnauze zu ihr zurückgekehrt war, wollte sie nichts mehr mit ihm zu tun haben und hatte ihn nicht ins Haus gelassen.

Am Morgen, bis zu dem er vor der Haustür ausgeharrt hatte, verzieh sie ihm, und er hatte bisher nicht wieder gejagt.

Der Weg führte nun steil nach unten, zunächst an Föhren vorbei, die auf den Felsen zum Fluss standen, dann durch einen jungen Fichtenwald zu den Laubbäumen im Auwald an der Thaya.

Hier unten war es windgeschützt und deutlich wärmer, die Landschaft war interessanter geworden. Der Fluss verlieh der Umgebung Farbe und Leben.

Lia blickte auf ihre Armbanduhr und sah, dass sie noch über eine Stunde Zeit hatte. Zeit, zum Schlösschen der Winklers zu fahren und sich im Garten umzusehen, zu überlegen, was noch zu tun war. Obwohl sie das Geschehen am Fluss, an der Fläche, an der der Staudenknöterich gestanden hatte, abschreckte.

Lia betrat das etwa 4.000 Quadratmeter große Grundstück vom Fluss her und vermied zunächst die Stelle, an der Ruth Winkler gestorben war.

Sie wanderte Richtung Haus, zum Bauerngarten, von dort zum Feld, aus dem die ersten grünen Spitzen der Wildgerste wuchsen. Ja, und Mohnblumen und Kornblumen. Das Projekt Ackerkräuter schien ein voller Erfolg zu werden.

Die Rosen in der Laube setzten Knospen an, die Margeriten in der noch spärlichen Blumenwiese verblühten.

Lia ließ sich auf der Bank in der Rosenlaube nieder, streichelte Quentin und schloss die Augen, um ein inneres Bild des Gartens entstehen zu lassen.

In ihrer Fantasie blühten und dufteten die Rosen, die Reste des Staudenknöterichs spendeten Schatten am Fluss, die Gladiolen und Dahlien verwandelten den sommerlichen Bauerngarten in ein Blütenmeer.

Doch etwas fehlte. Ein magischer Strauch, der einen Garten erst zum Garten machte. Der Holler, der Schwarze Holunder, eine Pflanze, der man mit Respekt begegnen musste.

Aus den Ästen großer Hollerbäume wurden Hexenbesen und Zauberstäbe gefertigt. Holda galt als die Königin der Hexen.

Holda, Frau Holle, die Ruth Winkler nicht geschützt hatte, ganz einfach, weil man auf sie vergessen hatte.

Lia erinnerte sich des Märchens von Frau Holle, wie ihre Mutter es erzählt hatte. Am Winterbeginn, wenn es zu schneien begann, so wie es im späten Frühjahr unter einem Holunderstrauch schneite, wenn sich die winzigen Blütensterne von den Dolden lösten.

Die Geschichte des schönen, braven Mädchens,

das von seiner Stiefmutter schlecht behandelt, gegenüber der leiblichen Tochter benachteiligt wurde, bis Frau Holle die Gerechtigkeit wiederherstellte und das brave Mädchen mit Gold, das böse jedoch mit Pech bedeckte. Goldmarie und Pechmarie. Leibliche Kinder und Stiefkinder. Ein immer wiederkehrendes Thema in den Märchen.

Lia Sonnberger dachte an ihren Sohn Patrick, der ihr nach dem Tod ihres Mannes entglitten war, der sich Othmar, dem Bruder Ferdinands, angeschlossen hatte, einem Junggesellen, der beim Bundesheer tätig war. Ab diesem Zeitpunkt hatte Patrick Gärten, seine Mutter und alles Übrige verachtet, was mit Natur und Waldviertel zu tun hatte.

Er hatte zu seinem Onkel nach Wiener Neustadt gewollt und sich als Berufsunteroffizier ausbilden lassen. Lia hatte Widerstand geleistet, bis er achtzehn war und sie ihn ziehen lassen musste. Widerwillig. Sie hielt nichts von seiner Berufsentscheidung.

Sie rief ihn noch zu Weihnachten und an seinem Geburtstag an, er meldete sich nie.

Als sie ihn einmal in Wiener Neustadt besucht hatte, war nicht nur seine Uniform fremd für sie gewesen. Ihr gegenüber, in dem Café an der Kaserne, war ein völlig veränderter Mensch gesessen, der sie und ihre Art zu leben zu verachten schien.

Nur an Quentin zeigte er Interesse. Er wollte ihn haben. Aber den gab sie nicht her.

Patrick mochte sie lange Zeit als Hexe betrachtet haben, die endlich ihre Gewalt über ihn verloren hatte. Dabei hatte sie nur das Beste für ihn gewollt.

Nur das Beste. Ein verhängnisvoller Satz. Sie hätte sich stärker auf ihren Jungen einstellen sollen, erkennen sollen, was er wirklich wollte, und ihn dabei unterstützen.

So hatte er aus Trotz gehandelt und aus Sehnsucht nach einem Vater.

Und Patrick war nicht ihr Stiefsohn, sondern ihr leibliches Kind.

Wie auch immer. Eine Hollerstaude musste her.

Es war vier Uhr geworden. Lia Sonnberger wanderte mit Quentin zum Eingang des Schlösschens und läutete.

Fiala öffnete und drückte ihr die Hand. Die Frau wirkte ernst und führte Lia schweigend in das Wohnzimmer.

»Frau Berger gleich kommen.«

»Wie geht es Ihnen, Fiala?«

»So traurig«, sagte die Haushaltshilfe und entfernte sich.

»Sie also sind die Gartenarchitektin«, ertönte eine Stimme von der Terrassentür her.

Lia erhob sich und wollte der großen blonden

Frau zur Begrüßung die Hand geben, doch diese ergriff sie nicht, da sie ein Bündel Papiere in der Rechten hielt.

»Ich habe den Vertrag mit Ihrer Firma und die Pläne studiert, die Sie vorgelegt haben, und mir natürlich den Garten angesehen. Wirklich gute Arbeit. Ach, entschuldigen Sie, ich habe Sie noch nicht begrüßt. Das kommt alles ziemlich dick daher. Ich bin Irene Berger, die Schwester von Herrn Winkler. Grüß Gott! Freut mich, Sie kennenzulernen.«

»Die Schwester«, wiederholte Lia verwirrt.

Das kam überraschend. Also nicht die Geliebte, wie Lia bisher vermutet hatte.

»Ich stehe ihm in dieser schwierigen Situation bei.«

»Grüß Gott, Frau Berger.«

»Was für ein prächtiger Hund. Schaut aus wie ein Wolf.«

»Das ist Quentin, mein treuer Begleiter.«

»Zurück zu Haus und Garten. Emil denkt daran, im Schloss Ferienwohnungen zu errichten. Dafür ist der wunderschöne Garten ideal. Wir brauchen übrigens Personal. Wenn Sie jemanden kennen …«

»Natürlich kenne ich jemanden. Fiala und Max Pinsker. Ich habe die beiden bei meiner Arbeit kennengelernt.«

»Eher nicht. Die beiden belegen wertvollen Wohnraum im Haus. Wir denken an ein Ehepaar, das auswärts wohnt.«

»Oh.«

»Aber nun zum Garten. Begleiten Sie mich doch!«

Die beiden Frauen bewegten sich durch die Terrassentür ins Freie.

»Wunderschön, der Bauerngarten«, lobte Irene Berger Lias Werk.

»Wenn das erst richtig angewachsen ist«, gab sich diese bescheiden.

»Ja, Gärten brauchen Zeit«, stimmte ihr die Frau zu und steuerte auf die Bank in der Rosenlaube zu, wo sie sich niederließ. »Und wenn erst die Rosen blühen«, sagte sie mit ihrer dunklen Stimme, die Lia an Ruth Winkler erinnerte.

»Dazu braucht es noch einige warme Tage.«

»Vielleicht nächstes Wochenende. Emil und ich haben nur an den Wochenenden Zeit für das Waldviertel. Aber zurück zum Geschäft. Wir hätten noch einige Wünsche, die aber keine Mehrkosten verursachen dürfen.«

Lia überlegte einen Augenblick, ob sie sich darauf einlassen solle. Einerseits wollte sie sich nicht ausnützen lassen, andererseits würde die Weiterarbeit am Garten die Ermittlungen im Mordfall Ruth Winkler erleichtern.

Sie entschloss sich jedoch, den Zeitraum klar zu begrenzen, indem sie sagte: »Es kommt darauf an, was Sie wollen. Ich habe eine Woche Zeit bis zum nächsten Auftrag.«

»Eine Woche. Das heißt, bis zum 9. Mai.«

»Bis zum Muttertag.«

»Ich möchte nichts als eine Ergänzung und Perfektionierung des Bestehenden. Vor allem fehlen mir Goldregen und Flieder und …«

»Frau Winkler wollte eher Sträucher, die natürlich in unserer Gegend vorkommen.«

»Und Forsythien. Bei den Blumen vermisse ich alle Arten von Nelken. Ein Garten ohne Nelken ist für mich unvorstellbar.«

»Sie haben selbst einen Garten?«

»Leider nein. Aber ich studiere Gartenzeitschriften und war vor zwei Jahren auf einer Gartenreise in England. Ah ja, Ramblerrosen wären auch schön. Als blühender und duftender Übergang zum Wald.«

»Ich werde sehen, was sich machen lässt.«

»Für allen materiellen Aufwand zahlen wir natürlich«, sagte die Frau und begann, das Lied von der Rambling Rose zu summen.

Lia, etwas befremdet ob der Fröhlichkeit ihres Gegenübers, fand das Setzen von Ramblerrosen eine wirklich gute Idee, hätte sich aber eher die Zunge abgebissen, als es laut auszusprechen.

Die Frau war ihr unheimlich, wie ihr Ruth Winkler unheimlich gewesen war.

»Dann sind wir uns also einig?«, fragte Irene Berger.

»Aus meiner Sicht schon«, bestätigte Lia und war froh, als sich die Frau Richtung Schlösschen entfernte.

Ihre Dynamik, ihre Hektik machten sie nervös.

Außerdem wusste sie nicht, ob Emil Winkler nun eine so genannte Zweitfrau in St. Pölten hatte oder ob damit irrtümlicherweise seine Schwester gemeint gewesen war.

Wichtiger jedoch war es, Fiala und Max das Angebot zu machen, in die Gärtnerei zu wechseln.

Man müsste in den Mansarden einige Räume renovieren. Aber darum könnte sich Max kümmern. Sie musste mit Maria darüber reden. Und mit Pia.

»Hallo, Lia! Du hast den Bombenangriff überstanden?«, hörte sie Max' Stimme vom Bauerngarten her.

»So schlimm war es gar nicht«, erwiderte sie mit gedämpfter Stimme.

»Sie ist ärger als die Verstorbene. Viel ärger.«

»Die Erinnerung verklärt so manches.«

»Sie will Fiala und mich loswerden.«

»Ich weiß. Ihr bekommt ein Angebot von uns. Wir brauchen euch.«

»Darauf habe ich gehofft. Fiala weint nur mehr. Sie hätte nicht lauschen sollen.«

»Ich verständige euch, sobald ich mit Maria gesprochen habe. Es ist nur eine Formsache.«

»Wir werden unser Bestes geben.«

»Davon bin ich überzeugt. Sie ist übrigens nicht die Frau von Emil Winkler.«

»Ich hab sie erst ein, zwei Mal gesehen. Und da dachte ich …«

»Weil sie der Verstorbenen ziemlich ähnlich ist.«

»In Form und Farbe. Die Mutter übrigens auch.«

»Ach, da gibt es noch eine Mutter.«

»Steinalt, und jetzt in einem Heim. Alles Hexen.«

»Da kommst du bei uns vom Regen in die Traufe. Pia, Maria und ich sind auch Hexen. Irgendwie.«

»Aber nein. Ganz und gar nicht. Wenn ich euch sehe, muss ich an das ›Dreimäderlhaus‹ denken, an die Operette.«

»Wie kommst du denn darauf? Ein gestandener Mann und Operetten?«

»Mein Hobby. Die Schauspielerei. Ich spiele den Franz Schubert in der Operette ›Das Dreimäderlhaus‹. Premiere ist nächsten Sonntag.«

»Mein Gott, Max. Du überraschst mich immer wieder. Wo ist das?«

»Im Gästezentrum in Gars am Kamp. Wenn du Zeit hast …«

»Unbedingt. Wo gibt es Karten?«

»Ich besorge sie.«

»Du bist ein Schatz«, sagte Lia und drückte ihm einen Kuss auf die linke Wange. »Das hätte ich dir nicht zugetraut.«

»Was?«, fragte Max.

»Dass du singst.«

»Es handelt sich eher um Sprechgesang«, gab sich Max bescheiden, »und ich spiele Klavier.«

»Und du bist der Schubert!«

Max nickte und begann zu singen:

»Es soll der Frühling mir künden:
Wo werd' ich sie finden?
Wann neigt sich die Eine,
Die Feine mir zu?«

Dabei näherte er sich an Lias Gesicht und drückte ihr einen Kuss auf den Mund.

KAPITEL 14

WAS DIR TIEF DIE BRUST DURCHGLÜHT, BRICHT IN KNOSPEN AUF!

Max strahlte Lia an und wollte ihr einen weiteren Kuss geben, als ihn eine dunkle Stimme vom Haus her zusammenzucken ließ.

»Herr Pinsker! Max! Ich brauche Sie.«

»Gib zu! Du hast einen Augenblick geglaubt, Ruth Winkler ist wieder da.«

»Die Stimme. Sie hat die gleiche Stimme wie sie.«

»Wer hat sie getötet?«, fragte Lia plötzlich.

»Ich … ich … Das kann ich nicht sagen«, stotterte Max. »Ich weiß es nicht.«

»Denk darüber nach!«

»Du verdächtigst doch nicht mich?«

»Ihr hattet ein Verhältnis?«, stellte Lia die Gegenfrage.

»Wer?«, gab sich Max überrascht.

»Du und Ruth Winkler.«

»Wie kommst du darauf?«

»Jemand hat davon gesprochen.«

»Wer?«

»Das sag ich nicht. Und? Stimmt es?«

»Ich habe damals noch getrunken. Es war ein Fehler. Ein großer Fehler.«

»Also doch.«

»Ich bin ein Mann, sie war eine Frau …«

»Und Hannah Winkler? Sie ist auch eine Frau.«

»Nein, natürlich nicht. Wirklich. Und jetzt habe ich dich«, sagte der Mann und küsste Lia erneut auf den Mund.

Nun begann Quentin, der das Treiben der beiden mit Argwohn betrachtet hatte, zu knurren.

»Was ist das?«, fragte er überrascht.

»Quentin. Er ist eifersüchtig.«

»Herr Pinsker! Ich brauche Sie!«, klang es ungeduldig vom Haus her, Max erhob sich von der Bank in der Rosenlaube und eilte davon.

Lia streichelte Quentin, dann wischte sie mit dem Handrücken der rechten Hand über ihre Lippen und wusste nicht, ob sie zu weit gegangen war, den Kuss zu erwidern.

Max schien ein Weiberheld zu sein, obwohl sie sich selbst nicht als Weib betrachtete. Und sie hatte alles unter Kontrolle. Nichts konnte gegen ihren Willen geschehen.

Aber warum war sie eigentlich hierhergekommen? In der stillen Hoffnung, auf Max zu treffen, von ihm geküsst zu werden?

Unsinn! Irene Berger hatte sie hierhergebeten, und sie hoffte darauf, Gelegenheit zu haben, Hannah Winkler zu beobachten. Ihre Hauptverdächtige im Mordfall Ruth Winkler.

Heute hatte sie die junge Frau weder gesehen noch gehört, und sie fragte sich, wie es ihr ging. Ob sie den Tod ihrer Stiefmutter als Befreiung oder als Belastung erlebte? Wie sie mit ihren Schuldgefühlen zurande kam?

Ach, vergiss es!, dachte Lia. Mehr als genug für heute. Sie entschloss sich zum Rückzug. Dieses Mal über die Hauptstraße, das war schneller.

Sie war schon eine Zeit lang mit dem Rad gefahren, mit Quentin vor oder hinter ihr, als sie einen schwarzen BMW entgegenkommen sah.

Das Sonnenlicht spiegelte so sehr auf der Windschutzscheibe, dass sie nicht erkennen konnte, wer den Wagen lenkte. Erst als das Fahrzeug stehen blieb und der Fahrer die linke Seitenscheibe öffnete, sah sie, dass es sich um Doktor Ebendorfer, Pias Schwiegersohn, handelte, der offenbar unterwegs zum Schlösschen war.

»Ist etwas passiert?«, fragte sie den Landarzt.

»Das frage ich Sie, Lia«, erwiderte dieser. »Sie kommen ja von dort.«

»Ich habe nichts mitgekriegt.«

»Irgendetwas mit der Tochter«, sagte er.

»Sie haben nicht einmal am Sonntag Ruhe«, bedauerte Lia den Landarzt.

»Oh, das macht nichts. So kommt man wenigstens in die Natur. Herrliches Wetter. Nicht zu kalt und nicht zu warm.«

Lia stimmte dem zu, obwohl sie es gerne etwas wärmer gehabt hätte. Der Fahrtwind hatte sie frösteln lassen.

»Ich bin dann unterwegs. Schönen Sonntag, und grüßen Sie Schwiegermama!«, verabschiedete sich der Arzt.

Als Lia weiterfuhr, überlegte sie, ob Hannah Winkler den Kuss beobachtet haben könnte, den ihr Max gegeben hatte. Doch das war unwahrscheinlich. Vom Haus her sah man nicht zur Rosenlaube. Und wenn jemand versucht hätte, sie vom Garten aus zu belauschen, wäre das Quentin aufgefallen.

Sie brauchte also kein schlechtes Gewissen zu haben. Zumindest Hannah Winkler gegenüber.

Was das Andenken an ihren Ferdinand betraf, das musste sie für sich klären.

Sie überlegte, vor ihrer Rückkehr in die Gärtnerei die Grabstätte ihres Mannes im Friedhof in Eibenstein aufzusuchen, als ihr Handy läutete.

War das Max? Nein, er konnte es nicht sein. Er kannte ihre Handynummer noch nicht.

»Was ist los mit dir?«, erkundigte sich Maria

Lamprechter. »Wir sitzen gerade mit Johnny in der Küche und wälzen Pläne für die Zukunft.«

»Bei Sekt und Brötchen«, hörte sie Pias Stimme aus dem Hintergrund.

»Ich bin in einer halben Stunde bei euch. Lasst mir etwas übrig«, bat Lia, die es wichtig fand, zu diesem Gespräch beizutragen. Immerhin betraf es auch die Zukunft von Max Pinsker.

Die Stimmung in der Küche der Gärtnerei schien gut zu sein. Lia hörte die Stimmen ihrer Freundinnen schon von der einladend geöffneten Haustür her.

Quentin, der auf etwas Gutes zu essen hoffte, eilte ihr voraus in die Küche und wurde von Maria Lamprechter mit den Worten »Mein Gott, du armes Hündchen, hat dich dein böses Frauchen durch die Gegend gehetzt, ohne dich zu füttern« begrüßt.

Als Lia die Küche betrat, fraß Quentin schon aus seiner Schüssel. Maria hatte ihn mit Fleischabfällen versorgt.

»Nimm Platz, erzähl! Wie ist das Gespräch mit der Neuen gelaufen?«, zeigte sich die Chefin der Gärtnerei interessiert.

»Wir haben uns geeinigt, dass ich bis zum Muttertag weiterarbeite. Ohne Mehrkosten. Sie zahlt den Sachaufwand.«

»Oh. Und was will sie noch?«

»Eine Ramblerrose vor allem. Und ich werde noch Nelken setzen und einen großen Hollerstrauch. Ich habe mir gedacht, ich lasse mich darauf ein, damit ich das Haus weiter beobachten kann.«

»Hast du Max getroffen?«, erkundigte sich nun Pia, und Lia begann heftig zu husten.

»Ich glaube, die Birken beginnen zu blühen«, entschuldigte sie sich. »Ja, ich habe ihn kurz gesprochen. Er und Fiala verlieren den Job. Ich habe ihm versprochen, mit euch zu reden, wegen einer Anstellung.«

»Das trifft sich gut«, fand Maria Lamprechter. »Wir planen die Zukunft der Gärtnerei.«

»Warum? Gibt es Probleme?«, sorgte sich Lia.

»Durchaus«, sagte Maria und lächelte dabei. »Die Geschäfte laufen so gut, dass wir Verstärkung brauchen. Das Ehepaar Brückner war da und will, dass du mit ihrem Garten sobald wie möglich beginnst. Sie wollen einen Zaubergarten, mit allen möglichen geheimnisvollen Kräutern.«

»Das wird ein interessantes Projekt«, freute sich Lia. »In einer Woche kann ich damit anfangen. Und was sagt ihr dazu, Max und Fiala bei uns anzustellen?«

»Ich bin auf jeden Fall dafür«, sagte die Chefin. »Mit Fiala bringen wir das Café endlich auf das Niveau, das es verdient hat. Und Max kann Johnny helfen.«

»Also, ich brauche ihn nicht«, zeigte sich Johnny wenig begeistert.

»Mein Gott, Johnny«, jubelte Lia mit einem Mal. »Ist das, was an deiner Wange und am Kinn sprießt, tatsächlich ein Bart?«

»Ich habe mich nicht rasiert«, gab sich der junge Mann stolz und fuhr mit der Rechten über die blonden Stoppeln.

»Du wirst dich mit Max gut verstehen«, fuhr Lia fort. »Er ist ein angenehmer Mensch. Er hat sich sogar mit Ruth Winkler vertragen.«

»Ich kenne ihn«, brummte Johnny. »Vom Theater her.«

»Was, du bist auch Schauspieler?«

Johnny nickte stolz. »Im Gegensatz zu Pinsker.«

»Erzähl!«, forderte ihn Maria auf.

»Da gibt es nicht viel zu erzählen, außer dass Pinsker ein Antitalent ist. Heinz hat ihn hinausgeworfen.«

»Heinz wer?«

»Heinz Hartl von der Laienbühne.«

»Aber er spielt jetzt in Gars«, wandte Pia ein.

»Och, du weißt das auch schon. Ich wollte euch damit überraschen«, bedauerte Lia.

»Ja, weil er es mit der Regisseurin treibt«, brummte der junge Mann.

»Als Gartenarbeiter ist er in Ordnung«, verteidigte ihn Lia. »Fiala und er könnten bei uns wohnen, in den Mansarden.«

»Alles klar«, meinte Maria. »Schick die beiden morgen zu mir! Da besprechen wir alles Nötige. Und jetzt stoßen wir auf unsere gemeinsame Zukunft an. Auf uns, auf die Gärtnerei, auf …«

»Auf die Lösung des Falls«, ergänzte Pia Hermann. »Wir dürfen auch darauf nicht vergessen.«

Obwohl Lia Sonnberger am Vorabend nur wenig Alkohol getrunken hatte, fühlte sie sich am Montagmorgen wie nach einem Polterabend. Ihr Kopf dröhnte, die Augen brannten, die Nase lief.

Ein Blick auf die drei blühenden Birken am Parkplatz der Gärtnerei verriet die Ursache ihres bedauernswerten Zustandes. Lia war allergisch gegen Birkenpollen.

Also verstaute sie möglichst rasch die Töpfe mit den Grasnelken, den Gartennelken, den Feder- und Pfingstnelken auf dem Lieferwagen sowie ein besonders schönes Exemplar der schnellwüchsigen Ramblerrose Lykkefund, einer hellrosa blühenden Kletterrose, die auch im Halbschatten gedieh.

Quentin musste nicht auf die Ladefläche. Er durfte zu Füßen des Beifahrersitzes Platz nehmen und genoss dieses Privileg sichtlich, indem er sich majestätisch aufrichtete und beim rechten Seitenfenster, das leicht geöffnet war, hinausblickte.

Lia nieste ein paarmal kräftig, fühlte sich aber außerhalb der Reichweite der Birkenpollen auch nicht besser.

Sie hatte wieder das Gefühl drohenden Unheils, wie sie es in den Tagen vor Ruth Winklers Ermordung gespürt hatte.

Zu ihrer gedämpften Stimmung trug noch der im Osten blutrot gefärbte Himmel bei, der einen Wetterumschwung ankündigte.

Morgenrot Schlechtwetterbot. Wahrscheinlich die etwas verfrühten Eismänner, die dem Land Feuchtigkeit und Kälte bringen würden.

Außerdem fiel ihr Johnnys Verdacht ein, dass Max auch mit der Regisseurin der Operette ein Verhältnis hatte. Ja, war der Mann denn ein Nymphomane? Und war sie sich nicht zu gut, sich mit ihm abzugeben?

Als sie über die Brücke zum Schlösschen abbog, kam ihr der Notarztwagen entgegen.

Vor dem Gebäude, dessen Fenster die rote Sonne spiegelten, begrüßte sie ein besonders ernster Max Pinsker.

»Die Tochter«, erklärte er. »Sie hatte einen Zusammenbruch. Fiala begleitet sie ins Krankenhaus nach Waidhofen.«

»Ich traf gestern noch Reinhard Ebendorfer. Hat er ihr nicht helfen können?«

»Ja, schon. Sie hat eine ruhige Nacht verbracht,

soweit ich das mitbekommen habe. Fiala hat mehrmals nach ihr gesehen. Am Morgen jedoch konnte sie nicht aufstehen. Wir dachten, sie sei schon tot, aber sie hatte noch Puls. Da mussten wir den Notarzt rufen.«

»Das klingt nicht gut.«

»Zu Mittag weiß ich mehr. Ich hole Fiala zu Mittag ab. Aber jetzt kann ich dir helfen.«

»Zur Abwechslung auch eine gute Nachricht. Meine Chefin möchte mit dir und Fiala reden. Sie wird euch, wenn ihr wollt, anstellen. Ihr müsst nur sagen, wann ihr zu einem Gespräch Zeit habt.«

»Das ist wirklich eine gute Nachricht«, sagte Max und wollte Lia küssen, die jedoch einen Schritt zurückwich.

»Ist etwas nicht in Ordnung?«, fragte er besorgt.

»Ich bin heute nicht besonders gut drauf. Aber das gibt sich. Die Pollen.«

»Jedenfalls vielen Dank. Gibst du mir die Nummer deiner Chefin? Wir könnten zu ihr fahren, wenn ich Fiala von Waidhofen zurückbringe.«

Lia beeilte sich beim Setzen der Nelken und der Rose, denn sie wollte bei noch trockenem Wetter fertig werden. Die Hollerstaude konnte sie notfalls auch bei Regen pflanzen.

Der Kampf gegen den Staudenknöterich war eindeutig erfolgreich gewesen. Er wuchs dort, wo er wachsen sollte, und nirgends sonst, die Pflänzchen der einjährigen Sommerblumen hatten sich gut eingewurzelt, sollten jedoch gegossen werden. Doch damit wollte Lia warten. Es würde noch heute zu regnen beginnen. Der aufkommende Wind zählte zu den Vorboten eines Gewitters.

»Sollten wir nicht die Hollerstaude von der Ladefläche herunterheben?«, fragte Max Pinsker, der mit Käsebroten und Buttermilch in den Garten gekommen war. »Fiala hat das noch für dich zubereitet«, sagte er, und Lia wusste, dass er log. Die Brote waren viel zu grob geschnitten, zu dick mit Butter und Käse belegt.

Max selbst hatte für diese Jause gesorgt, und Lia bedankte sich. Sie war nun tatsächlich hungrig.

»Der Holler blüht ja«, stellte Max fest. »Da könnten wir Fiala bitten, uns die Dolden in Palatschinkenteig herauszubacken.«

»Eine Köstlichkeit«, fand auch Lia. »Ich bin froh, wenn du mir hilfst, den Holler noch vor dem Gewitter einzubuddeln.«

»Einbuddeln«, überlegte Max. »Kein besonders österreichisches Wort.«

»Aus den deutschen Hundeerziehungsbüchern, die ich Quentin zuliebe studiert habe. Knochen einbuddeln und so weiter.«

»Und? Hat es geholfen? Immerhin scheinst du einen Wolf gezähmt zu haben.«

»Das bleibt aber unter uns. Quentin gilt offiziell als Wolfshund. Ich dürfte ihn sonst nicht so frei halten.«

»Ich verrate nichts.«

»Ein besonders schöner Platz«, fand Max, als er sich unter der frisch gesetzten Hollerstaude niederließ und auf den Fluss blickte.

Lia setzte sich neben ihn und genoss den herben Duft der Hollerblüten.

»Für mich als Kind war der Holler eine unsaubere Pflanze«, sinnierte Max. »Seines strengen Geruches und der schwarzen Blattläuse wegen.«

»Ja, das kann vorkommen. Der gute Gärtner bekämpft die Läuse entweder mit Marienkäfern oder mechanisch mit einer Schmierseifenlösung.«

»Oder lässt es so, wie es ist.«

»Die beste Möglichkeit«, sagte Lia und streckte sich ebenfalls auf dem noch trockenen Boden aus.

Max, der neben ihr saß, begann, über ihr rotes Haar zu streichen, und Lia schloss die Augen. Dann legte er sich neben sie, seinen Kopf dicht an ihrem und küsste ihre Stirn, die Augenlider, die Wangen, den Mund, dann zog er sie an sich heran.

In diesem Moment ertönte ein Knall, der die beiden so erschreckte, dass sie auseinanderrollten.

»Was war das?«, fragte Max verwirrt.

Lia dachte an ihren Ferdinand, der das Treiben der beiden vom Himmel beobachtet haben musste und nun eingeschritten war, hütete sich jedoch, diesen albernen Gedanken laut auszusprechen. Stattdessen sprach sie von einem Donnerschlag ganz in der Nähe. Und tatsächlich begann es von einer Minute zur nächsten in dicken Tropfen zu regnen.

Lia rief Quentin herbei, der am Fluss umhergestrolcht war, dann liefen sie und Max und der Hund zum Haus.

»Sollten wir nicht das zu Ende bringen, was wir begonnen haben?«, fragte Max.

»Die Staude steht, der Regen kommt gerade richtig«, fand Lia. »Wir können zufrieden sein.«

»Ich meine nicht die Gartenarbeit.« Max blickte Lia durchdringend mit seinen braunen Augen an.

»Oh, das«, entgegnete Lia. »Warum nicht?«

»Eine gute Gelegenheit, dir meine kleine Wohnung zu zeigen, die ich bald verliere.«

»Ich bin gespannt«, lächelte Lia.

»Und der Wolf?«

»Der kommt mit. Er wird mich gegen alles Böse beschützen.«

»Das heißt …«

»Du brauchst dich nicht zu fürchten, wenn du nichts Böses im Schilde führst, Max.«

»Es kommt darauf an.«

»Er tut nichts.«

Max' Wohnung unter dem Dach des Schlösschens bestand aus einem einzigen, relativ geräumigen Zimmer, in dem er wohnte und schlief, und einem Bad. Küche hatte er keine.

»Wir werden von Fiala versorgt«, erklärte er.

»Die Mansarden in der Mühle sind größer«, sagte Lia. »Ich zumindest habe Wohn- und Schlafzimmer getrennt. Es ist recht gemütlich.«

»Wenn ich die Probleme mit dem Alkohol nicht hätte, würde ich dir jetzt ein Glas Wein anbieten. Nimmst du auch Kaffee? Ich habe eine Kapselmaschine.«

»Das wäre fein. Ich mache mich inzwischen frisch.« Lia verschwand im Badezimmer.

Kurze Zeit später schloss sich ihr Max Pinsker an.

»Dich stört es doch nicht, wenn ich mich mit dir gemeinsam unter die Dusche stelle?«, fragte er und Lia verneinte.

Sie war gespannt, ob der nackte Max das hielt, was der bekleidete versprach.

Abgesehen von der dichten Körperbehaarung, die sie an einen Urwaldbewohner denken ließ, war sie zufrieden. Max war schlank und athletisch und offenbar erregt.

Als ihr die Seife entglitt und auf den Boden der engen Dusche fiel, bückte er sich danach und begann dann, sie einzuseifen. An den Schultern, am Rücken, an den Brüsten.

Sie entwand ihm das nach Honig duftende Seifenstück und widmete sich ebenso seinem Oberkörper, dann wagte sie die Bewegung nach unten und drückte sich an ihn.

»Ich denke, dass wir sauber genug sind«, stellte sie schließlich fest und verließ die Dusche.

»Ich trockne dich ab«, sagte Max und hüllte sie in ein großes, weiches Handtuch. »Du bist so schön«, flüsterte er dann.

Im Wohnzimmer zog er sie in sein schmales Bett, legte sich neben sie und fragte wieder nach Quentin, der das Treiben mit großen Augen beobachtete.

»Er tut, wie gesagt, nichts«, versicherte Lia.

»Hast du es schon einmal ausprobiert?«, fragte Max.

»Nein. Aber wenn du nicht willst, lassen wir es.«

»Du bist so schön«, wiederholte Max und auch Lia betrachtete seinen Körper eingehend.

»Du schaust interessant aus«, fand sie.

»Nicht schön?«

»Interessant«, wiederholte Lia und schmiegte sich an Max, der sich so heiß anfühlte, dass sie Angst hatte, in Brand zu geraten.

Lia war nach Flucht zumute. Sie wollte weg. Nichts wie weg aus diesem Bett, von diesem Mann. Sie spürte, dass Max nicht der Richtige für sie war. Und sie hatte Angst.

Doch es war zu spät.

Eine Stunde später saßen Lia und Max in der Küche des Schlösschens. Max stärkte sich mit Spiegeleiern und Speck. Lia begnügte sich mit Mineralwasser.

»Etwas nicht in Ordnung?«, fragte Max.

»Ich hätte das nicht tun sollen«, sagte Lia.

»Es war schön.«

»Für dich.«

»Und du?«

»Mir tut der Rücken weh.«

»Lass sehen!«, verlangte Max und bemühte sich um Lias Schultern.

»Du hast mich gebissen«, beklagte sich Lia.

»Bist du sicher, dass das nicht Quentin war?«, versuchte Pinsker zu scherzen.

»Ja. Da bin ich mir sicher. Das wilde Tier bist du.«

»Ich werde die Stelle desinfizieren.«

»Lass mich in Ruhe! Darum kümmere ich mich selbst.«

»Es tut mir leid, wenn … wenn ich etwas zu weit gegangen bin«, entschuldigte sich Max.

»Es muss dir nicht leidtun. Ich bin selbst schuld daran. Ich hätte mich nicht darauf einlassen sollen. Ich bin noch nicht bereit für solche Scherze.«

»Scherze?«

»Unwürdiges, törichtes Verhalten.«

»Es tut mir leid. Für mich warst du wunderbar.«

»Danke«, sagte Lia, schon etwas versöhnt. »Mach mir auch ein Spiegelei! Aber ohne Speck.«

Als sich Max' Handy meldete, wurde der Mann sehr ernst.

»Das ist keine gute Nachricht, Fiala. Ja, ich komme. Ich bin in einer halben Stunde bei euch.«

KAPITEL 15

DIE ÄUGERLN BLAU
WIE HIMMELSTAU,
NUR ENGERLN HABEN SO EIN G'SCHAU.

»Hannah liegt weiterhin im Koma«, erklärte Max, der das benutzte Geschirr in das Spülbecken räumte.

»Lass das!«, sagte Lia. »Das machen wir nachher. Ich begleite dich, wenn Quentin in dein Auto darf.«

»Oh, das ist kein Problem, überhaupt kein Problem.«

»Was ist los mit Hannah Winkler? Hast du erfahren, woran sie leidet?«

»Medikamentenvergiftung. Mehr weiß ich nicht.«

Als Max auf dem Parkplatz vor dem Landesklinikum Waidhofen hielt, wählte er Fialas Handynummer, und kurz darauf erschien die verschwindend zarte Frau, die noch immer ihre Küchenschürze trug, am Haupteingang.

Max und Lia strebten auf sie zu.

»Um Leben kämpfen«, sagte Fiala und hatte Tränen in den schon rot geweinten Augen.

»Sind die Angehörigen verständigt?«, erkundigte sich Lia.

»Die Männer bei ihr. Mich nicht lassen in Zimmer. Behandeln wie letzten Dreck.«

»Ich versuch es!«, sagte Max.

»Soll ich mit dir kommen?«, fragte Lia.

»Ich probier es allein.«

»Gut, dann warten Fiala und ich ... Gibt es ein Café oder so etwas?«

»Buffet haben gesehen.«

»Keine Chance«, bedauerte Max, als er nach einer halben Stunde zurückkam. »Sie liegt auf Intensiv. Ihr Bruder hat mir erklärt, dass sie zu viele oder falsche Tabletten geschluckt haben muss.«

»Ein Selbstmordversuch?«

»Kein Abschiedsbrief«, meldete sich Fiala zu Wort. »Schrecklich. Alles kaputt.«

»Möchten Sie noch einen Kaffee oder eine Kleinigkeit zu essen, Fiala?«, erkundigte sich Lia bei der Frau, doch diese lehnte dankend ab.

»Können keinen Bissen essen nach Schock.«

»Dann fahren wir in die Mühle«, schlug Lia vor. »Maria will Ihnen und Max ein Angebot machen.«

»Können junge Frau nicht im Stich lassen«, wehrte Fiala ab.

»Dann schlage ich vor, Sie hören sich das Angebot an und denken in Ruhe darüber nach. Sie müssen sich nicht gleich entscheiden.«

Das Café der Gärtnerei, das sich in einer Art Wintergarten mit Blick auf den Schaugarten befand, war am frühen Nachmittag gut besucht. Hauptsächlich von älteren Damen, die einen Kaffeeklatsch mit dem Kauf von Blumen verbinden wollten.

Maria Lamprechter begrüßte ihre Mitarbeiterin sowie Max und Fiala und lud sie auf Kaffee und Kuchen ein.

»Leider gekaufter Kuchen. Aber vielleicht ändert sich das«, sagte sie mit einem Blick auf Fiala.

»Ich kommen helfen«, sagte diese, folgte Maria zum Kühlregal und musterte dieses kritisch. Kurz darauf verschwanden die beiden Frauen in der angrenzenden Mühle.

Maria kam einige Minuten später mit einem Topf frisch geschlagenen Obers wieder und erklärte Lia und Max, dass Fiala etwas backen wolle.

»Das lenkt sie ab von ihren Sorgen.« Lia erzählte der Chefin vom kritischen Zustand Hannah Winklers.

Gegen halb fünf nun saßen Pia, Lia und Maria sowie Johnny, Fiala und Max bei frischen Buchteln im Café.

»Also so etwas Gutes habe ich schon lange nicht mehr gegessen«, lobte Johnny Fialas Backkunst.

»Auch mit Bier sehr gut«, erklärte diese. »In Germteig und in Bier Hefe.«

»Muss man unbedingt ausprobieren«, fand Maria und holte fünf Flaschen aus dem Kühlschrank.

Für Max brachte sie eine Cola.

»So wie ich Herrn Winklers Schwester verstanden habe«, erklärte nun Lia nach einem Schluck Bier, »suchen sie neues Personal. Ein Ehepaar, das sich um die künftigen Ferienwohnungen kümmern soll, das aber auswärts wohnt …«

»Dann müssen Fiala und ich heiraten und uns eine Wohnung suchen«, scherzte Max Pinsker.

»Zu alt, viel zu alt«, wehrte Fiala ab.

»Ich werde erst 45«, protestierte Max.

»Max können mein Sohn sein. Bin fast 60«, lachte Fiala.

»Mutter mit vierzehn«, überlegte Johnny.

»Könnten sein«, meinte Fiala.

»Also wird nichts daraus, und wir bemühen uns, bei Frau Lamprechter unterzukommen. Wenn sie uns nimmt«, schlug Max Pinsker vor.

»Kost und Logis sind frei«, griff nun Maria Lamprechter in das Gespräch ein. »Das heißt, Fiala müsste kochen. Die Wohnungen könnt ihr im Anschluss besichtigen. Gehalt nicht überwältigend. 1.600 Euro im Monat. Netto. Bei 40 Stunden Arbeitszeit in der Woche.«

»Ich gerne annehmen«, sagte Fiala. »Aber wollen Hannah nicht im Stich lassen. Bitte noch etwas warten!«

»Ich will unbedingt zu euch«, zeigte sich Max begeistert. »Danke für das Angebot.«

»Und was sagst du dazu, Johnny?«, fragte Maria ihren bisher einzigen männlichen Mitarbeiter.

»Fiala ist einmalig. Ihre Buchteln sind besser als zu Hause.«

»Und Max?«

»Wir werden sehen, wie wir uns vertragen.«

»Ich bin pflegeleicht«, versuchte Max, seinen künftigen Kollegen zu beruhigen.

»Ich frage mich gerade, wo Hannah Winkler hinziehen soll, wenn das Schlösschen zu einer Unterkunft für Fremde umgebaut wird«, sagte Lia Sonnberger ernst.

»Zu ihrem Vater«, meinte Pia Hermann.

»Zu ihrem Bruder. Sie arbeitet ja in Raabs«, überlegte Maria.

»Sie ist überflüssig geworden. Eine Last«, sagte Lia.

»Du willst doch nicht andeuten, dass ihre Erkrankung absichtlich herbeigeführt worden ist?«

»Sie kommt auf jeden Fall gelegen.«

»Vielleicht hat sie die Medikamente nicht freiwillig genommen«, überlegte Maria.

»Wenn sie Hilfe braucht«, meldete sich nun Johnny zu Wort, »möchte ich ihr helfen. Sie ist jetzt ganz allein. Vielleicht können wir sie aufnehmen. Ich rede mit meinen Eltern.«

»Auch bei uns wäre das möglich«, schlug Maria vor. »Vielleicht ist sie für die Arbeit mit Pflanzen geeigneter als für die mit Schülern.«

Nachdem Max mit Fiala zurück ins Schlösschen und Johnny nach Hause gefahren war, genehmigten sich die drei Gärtnerinnen noch ein Bier. Auf weitere Buchteln verzichteten sie ihrer Figur wegen. Obwohl eigentlich nur Pia Hermann in dieser Hinsicht vorsichtig sein musste. Lia und Maria hatten keine Gewichtsprobleme.

»Ich hatte schon in der Früh, als ich zu den Winklers fuhr, ein schlechtes Gefühl«, erklärte Lia. »Mir gefällt das alles ganz und gar nicht.«

»Hast du nicht bisher Hannah Winkler verdächtigt, die Mörderin ihrer Mutter zu sein?«, fragte Pia.

»Ich habe meine Meinung nicht geändert«, beharrte Lia und fragte dann mit einem kritischen

Blick auf die Ex-Polizistin, wie es denn mit den Ermittlungen ihrer Freundinnen aussehe.

»Schlecht, was mich betrifft«, gestand Pia Hermann. »Ich hoffe auf das Begräbnis Ruth Winklers. Eine Gelegenheit, ihren Mann und seine Schwester zu beobachten.«

»Ich mache ein Gesteck aus den Blumen ihres Gartens«, schlug Lia vor.

»Eine wunderbare Idee.«

»Mit ›Pia, Lia und Maria‹ auf der Schleife.«

»Und ›Johnny‹.«

»Und ›Johnny‹. Max und Fiala sollen selbst etwas beisteuern.«

»Und du, Maria?«, wandte sich Pia nun an die Chefin der Gärtnerei. »Wie schaut es mit deinem Verdächtigen aus, mit dem Sohn?«

»Ich hab noch gar nichts unternommen, muss ich gestehen, doch ich habe eine Idee. Simon Winkler hat ein Computergeschäft in Raabs. Er hat ja die EDV für deinen Schwiegersohn eingerichtet, Pia. Was sagt ihr dazu, wenn ich ihn bitte, unseren PC auf Vordermann zu bringen, uns vielleicht eine Homepage zu verpassen, damit wir den Anschluss an das 21. Jahrhundert finden.«

»Und wir beobachten ihn dabei.«

»Raffiniert«, fand Pia.

»Ich nehme gleich morgen Kontakt zu ihm auf.«

»Ja, wir müssen uns beeilen.« Lia runzelte die Stirn. »Es braut sich etwas zusammen.«

»Woher willst du das wissen?«, fragte Pia.

»Mein Gefühl.«

»Könntest du etwas genauer sein? Was braut sich schon wieder zusammen und gegen wen?«

»Als ich heute Morgen zu den Winklers fuhr …«

»Das hast du schon gesagt«, zeigte sich Maria unwillig, doch Lia ließ sich nicht beirren.

»Als ich heute Morgen zu den Winklers fuhr«, wiederholte sie, »wusste ich, dass etwas nicht in Ordnung war, und dann traf ich auf den Notarztwagen.«

»Das ist klar. Die Tochter ist im Spital.«

»Das ist erst der Anfang. Tut mir leid, dass ich nicht präziser sein kann, aber …«

»Wir tun, was wir können. Wenn dir noch etwas einfällt, Lia, lass es uns wissen!«

Am Dienstagmorgen hatte sich das Wetter gebessert, aber es war so kühl, dass die feuchte Luft als Nebel über der wärmeren Thaya hing.

Lia sah, dass der Regen den frisch gesetzten Pflanzen gutgetan hatte. Selbst das Staudenknöterichfeld bot sich in perfekter Ordnung.

Von Max Pinsker erfuhr sie, dass Hannah Winklers Zustand kritisch, aber stabil war. Ja, und die Verabschiedung Ruth Winklers fand am Freitag um 16 Uhr in der Raabser Pfarrkirche statt, wie sie von den zahlreichen Aufträgen zur Herstellung von Gestecken und Kränzen wusste, bei denen die Gärtnerinnen von Hilfskräften aus Tschechien unterstützt wurden.

Lia nahm sich vor, am Begräbnis teilzunehmen, obwohl sie derartige Veranstaltungen hasste. Für ihre Ermittlungen im Mordfall Winkler war das unbedingt nötig, wenn dieser nicht bis Freitag gelöst wäre.

Wenn Lias Hauptverdächtige nun im Spital lag, hieß das noch lange nicht, dass sie unschuldig war. Dennoch überlegte sie nun, wer noch für den Mord infrage kommen würde. Natürlich ein Mensch, der allen Grund für den Mordanschlag hätte, ein Mensch, der Ruth Winkler schrecklich gehasst haben musste, dafür sprach die Art ihres Todes, die Verbrennung – vermutlich bei lebendigem Leib.

Das Verbrechen konnte auch einen materiellen Hintergrund haben. Jemand wollte erben. Und die gesetzliche Erbfolge bevorzugte Kinder, auch Stiefkinder, vor Ehepartnern. Das hieß in diesem Fall, dass Hannah und Simon Winkler zwei Drittel des Besitzes erben würden, falls es kein dem widersprechendes Testament gab. Möglich, aber unwahrscheinlich wäre auch, dass Frau Winkler gar nicht die Besitzerin des Schlösschens gewesen war, sondern ausschließlich ihr Mann.

Jedenfalls durfte man die Kinder nicht außer Acht lassen, neben dem Mann.

Lia schrak aus ihren Gedanken hoch, als Quentin zu knurren begann.

»Haben Sie einen Augenblick Zeit, Frau Sonnleitner?«, fragte eine weibliche Stimme.

»Sonnberger«, korrigierte Lia und sah, dass es sich um Irene Berger, Emil Winklers Schwester, handelte.

»Ich brauche Sie einen Moment im Haus. Sie können den Hund gerne mitnehmen. Ich liebe Hunde. Besonders wenn Sie so schön sind wie Ihr Merlin.«

»Quentin«, korrigierte Lia ein weiteres Mal.

»Oh. Wie das kalifornische Gefängnis.«

»Eigentlich nicht«, widersprach Lia. »Quentin hat seinen Namen vom heiligen Quintus. Der Fünfte. Er ist am 5. Mai, dem fünften Monat, vor drei Jahren zu mir gekommen.«

Als Lia mit Irene Berger die Küche des Schlösschens betrat, fiel ihr auf, dass Fiala geweint hatte. Auch Max wirkte sehr ernst.

»Frau Kuckakska und Herr Pinsker haben angedeutet, dass sie in Ihrer Gärtnerei unterkommen könnten. Das käme unseren Plänen mit dem Haus sehr gelegen«, erklärte Irene Berger. »Wir wollen sobald wie möglich mit den Umbauarbeiten beginnen und wären froh, wenn …«

»Wenn wir verschwinden könnten«, ergänzte Max Pinsker.

»Sie unterstellen mir da etwas, das absolut nicht zutrifft. Natürlich warten wir so lange, bis Sie etwas gefunden haben. Wenn es nicht zu lange dauert.«

»Ich frage mich«, sagte nun Lia, »warum Sie die beiden loswerden wollen. In meinen Augen gibt es kaum tüchtigere Mitarbeiter.«

»Und was ist die Antwort auf Ihre Frage?«, schlug nun Irene Berger einen schärferen Ton an.

»Diese Antwort können nur Sie geben«, zeigte sich Lia wenig beeindruckt.

»Wollen auch Frau Hannah vertreiben«, schluchzte Fiala vom Herd her. »Wo so krank.«

»Sehen Sie!«, verkündete nun Irene Berger in triumphierendem Ton. »Genau diese Feindseligkeit ist der Grund, warum wir neue Leute brauchen. Davon abgesehen, dass Frau Kuckakska zu alt ist für einen modernen Beherbergungsbetrieb.«

Diese Äußerung wiederum löste bei der armen Fiala eine wahre Tränenflut aus, sodass Max sie umarmte und ihr versicherte, dass sie keineswegs zu alt sei.

»Sie ist nicht zu alt für uns«, stellte Lia klar. »Sie wird unser Team auf das Wundervollste ergänzen.«

»Gut. Dann sagen wir, dass die beiden bis Ende August das Feld räumen, und dann …«

»Wir werden uns beeilen«, sagte Max und drückte die Haushälterin noch einmal an sich.

»Aber junge Frau«, sorgte sich Fiala. »So krank. Wohin sollen?«

»Das ist eine Familienangelegenheit«, schnitt ihr Irene Berger das Wort ab. »Das wird sich finden, je nach ihrem gesundheitlichen Fortschritt. Geht es ihr gut, werden wir sie fragen, ob sie als eine Art Hausdame hierbleibt.«

»Sie ist Lehrerin in Raabs«, wandte Max ein.

»Könnten Sie sich bitte aus dem Gespräch heraushalten, Herr Pinsker! Kommen Sie, Frau, äh …«

»Sonnberger.«

»Kommen Sie in den Garten! Ich möchte mich ungestört mit Ihnen unterhalten.«

»Wenn Sie einen Augenblick Geduld haben, möchte ich Ihnen emotionslos erklären, was mein Bruder vorhat.«

»Bitte!«, antwortete Lia knapp.

»Der Tod seiner Frau ändert für ihn alles. Er hat ja nicht mehr bei ihr gewohnt, das Haus liegt brach, und wir müssen damit etwas Vernünftiges machen. Verkauf wäre Unfug, nach all den Investitionen.«

»Ich weiß, Sie wollen Ferienwohnungen errichten.«

»So ist es.«

»Das Schlösschen befindet sich also in seinem alleinigen Besitz.«

»Nein, aber wir werden eine Lösung für die Stiefkinder finden. Mein Bruder ist kein armer Mann.«

»Stiefkinder?«, fragte Lia erstaunt. »Hannah und Simon Winkler sind, wenn ich das richtig verstehe, die leiblichen Kinder aus der ersten Ehe Ihres Bruders. Sie waren nur Ruth Winklers Stiefkinder.«

»Ja, das stimmt. Ist das ein Problem?«

»Für mich nicht«, sagte Lia. »Für die Kinder möglicherweise. Man macht sich so Gedanken.«

»Und welche Gedanken machen Sie sich, wenn ich so direkt fragen darf?«

Lia überlegte einen Augenblick, wie offen sie Emil Winklers Schwester gegenüber sein sollte. Immerhin hatte sie nichts zu verlieren. Sie würde spätestens am Freitag ihre Arbeit im Garten der Winklers beenden, also holte sie tief Luft und legte los.

KAPITEL 16

ES IST DOCH IMMER DIE GLEICHE, DIE LIEBE, DIE WONNENREICHE.

Um den Sieg abzusichern, sind weitere Vorkehrungen nötig. So wenig erfreulich das ist. Das Problem mit Hannah ist gelöst, nun scheint sie gefährlich zu werden. Es gilt, herauszufinden, wie viel sie ahnt, wie viel sie weiß.

»Mir fällt auf«, sagte Lia Sonnberger zu der Frau, die sie in Auftreten und Aussehen so sehr an Ruth Winkler erinnerte, »dass Ihr Bruder für die Familie praktisch nicht existent ist. Er kümmert sich nicht einmal um die schwerkranke Tochter.«

»Dafür bin ich da. Emil hat wichtige Verhandlungen. Außerdem sind sowohl Hannah als auch Simon erwachsene Menschen, die für ihr eigenes Leben verantwortlich sind.«

»Und daran offenbar scheitern.«

»Hannah geht es schon besser.«

»Ja?«

»Was wissen Sie über Simon?«, fragte Irene Berger. »Sie haben ihn mit eingeschlossen, was das Scheitern betrifft.«

»Ruth Winkler schien mit seinen Beziehungen nicht einverstanden.«

»Ah ja. Sie hat sich in alles eingemischt. Das Leben hier hat sich geändert und muss neu gestaltet werden.«

»Fiala und Max Pinsker, wie gesagt, finden Unterschlupf bei uns.«

»Und Simon wird sich um Hannah kümmern. Emil kauft den beiden die Anteile am Haus ab. Somit sind sie finanziell mehr als versorgt. Und für den Rest sind sie selbst verantwortlich. Oh, jetzt sehe ich es erst«, brach nun die Frau in Jubelgeschrei aus. »Was für eine prächtige Hollerstaude! Ein Juwel für diesen Garten. Machen Sie weiter so!«

Dann wandte sich die Frau abrupt von Lia ab und verschwand im Haus.

Was für eine schreckliche Person!, dachte Lia. Irene Berger war keinen Deut besser als Ruth Winkler.

Lia formte beide Hände zu Fäusten und schüttelte dabei hilflos den Kopf.

Sie konnten Max und Fiala helfen, auf das Schicksal der Kinder hatten sie keinen Einfluss, so sehr diese auch Hilfe benötigten. Zumindest Hannah Winkler, dieses seelisch geschundene, zutiefst unglückliche Wesen, das sie noch immer in Verdacht hatte.

Der dramatische Selbstmordversuch, der beinahe geglückt wäre, war ein weiterer Hinweis auf den seelischen Druck, unter dem die junge Frau stand. So es tatsächlich ein Selbstmordversuch gewesen war.

»Johnny ist in Waidhofen«, erklärte Maria Lamprechter beim Abendessen in der Mühle. »Er will Hannah Winkler besuchen.«

»Und Pia?«

»Sie hat Urlaub genommen.«

»Was? Urlaub?«, rief Lia vor Überraschung. »Jetzt in der Hauptsaison?«

»Eine dringende private Angelegenheit.«

»Das gibt es nicht.«

»Doch. Simon Winkler kommt übrigens am Mittwoch. Er bringt unsere Computer auf Vordermann.«

»Ich bin gespannt, was für ein Mensch er ist. Die Tante ist unerträglich.«

»Tante?«

»Irene Berger, Emil Winklers Schwester. So wie Ruth Winkler hat sie offenbar in Drachenblut gebadet. Was immer man sagt, perlt von ihr ab. Man kann sich gut vorstellen, dass solche Menschen ermordet werden.«

Als sie Rumoren im Vorhaus vernahm, erhob sich Maria vom Küchentisch, um nachzusehen.

»Wahrscheinlich Johnny«, vermutete Lia.

»Das würde mich wundern. Um diese Zeit ist er schon zu Hause.«

Doch es handelte sich tatsächlich um den jungen Mitarbeiter.

»Sie ist tot«, sagte er mit tonloser Stimme, und Maria bat ihn in die Küche.

Lia fragte ihn, ob er eine Tasse Kaffee oder Tee wolle.

»Ein Glas Wasser bitte, mir ist schlecht«, sagte der schlaksige Hüne.

Lia füllte ein Bierkrügel mit frischem Leitungswasser und stellte es vor Johnny auf den Tisch. Dieser leerte es auf einen Zug.

»Es war ihr schon etwas besser gegangen, dann muss sie einen Rückfall erlitten haben. Ich konnte nicht zu ihr, weil sie gerade versucht haben, sie zu retten.«

»Das ist sehr traurig«, stellte Maria fest und gab Lia ein Zeichen, keine Fragen mehr an Johnny zu stellen.

Dieser ließ sich schließlich zu einem Glas Bier überreden, bei dem er sich allmählich beruhigte.

»Sie war ein guter Mensch. Manchmal etwas verrückt, aber wirklich lieb und gescheit«, stellte Johnny fest.

»Du sagst, sie war etwas verrückt«, erkundigte sich Lia. »Wie hat sich das gezeigt?«

»Sie hat sich mehr getraut als wir alle. Beim Spielen, im Turnunterricht. Eine richtige Hexe«, sagte Johnny und lächelte. »Sie ist pudelnackt in den Fischteich gesprungen, dann wieder hat sie mit uns Buben gerauft. Und weil Mädchen in diesem Alter größer und stärker als die Buben sind, war sie meist siegreich. Für die Lehrerinnen war sie ein Horror. Sie konnte nicht stillsitzen.«

»Und dann hat man sie mit Medikamenten ruhiggestellt«, vermutete Lia Sonnberger.

»Das weiß ich nicht. Jedenfalls ist sie plötzlich anders geworden, ernst, ruhig und irgendwie abweisend. Aber ich hab nicht aufgegeben. Mit mir hat sie weiter geredet. Ja, jetzt fällt es mir ein. Ihre Mutter ist gestorben, und der Vater hat wieder geheiratet. Da ist alles anders geworden. Sie war nicht mehr zu sehen. Die neue Mutter hat sie nicht aus dem Haus gelassen. Und sie war im Gymnasium.«

»Und du hast sie weiter geliebt.«

»Gemocht. Aber nur die Hannah der Kindheit. Das verrückte Huhn von später, die Frau Lehrerin, die nicht mit ihren Schülern fertigwurde, war nicht mein Ding.«

»Und jetzt ist sie tot.«

»Jetzt ist sie tot«, wiederholte Johnny. »Dabei hätte sie gerade jetzt eine Chance gehabt, zurückzufinden …«

»Sie wollte offenbar nicht mehr. Und das muss man respektieren.«

»Ich weiß nicht«, sinnierte Johnny. »Ich kann das nicht glauben.«

»Was?«, fragte Lia erstaunt.

»Dass sie … dass sie sich töten wollte.«

»Du meinst, sie sei ermordet worden«, stellte nun Maria fest.

Johnny nickte.

»Und da das Böse in der Welt Namen und Adresse hat, verdächtigst du jemanden, der Mörder oder die Mörderin von Ruth Winkler zu sein.«

»Das ist schwer zu sagen. Ich weiß nicht.«

»Und wenn du einfach drauflosredest?«, schlug Lia vor.

»Ich weiß nicht«, zeigte sich Johnny weiterhin zurückhaltend und fuhr mit der Rechten über seinen bereits prächtig sprießenden Bart.

»Ein weiteres Glas Bier könnte helfen«, schlug Maria vor und stellte drei Flaschen auf den Tisch.

»Mir ist heute nicht danach«, sagte Johnny und trank dennoch.

Lia machte ihrer Chefin ein Zeichen, zu schweigen und darauf zu warten, was Johnny zu sagen hatte.

»Ich hatte immer das Gefühl«, begann der junge Mann, unterbrach sich dann jedoch kopfschüttelnd selbst. »Das ist natürlich kindischer Unsinn.«

»Egal. Mach weiter!«, ermunterte ihn Lia.

»Ich habe mir als Kind eingebildet, dass der Tod von Hannahs und Simons Mutter kein Zufall war.«

»Du meinst, auch sie wurde ermordet?«

»Ich hatte immer diesen Verdacht. Jedenfalls war es für Hannah schwerer als für Simon. Sie war erst neun.«

»Wie hat sie die Mutter verloren? Ich habe etwas von Selbstmord gehört.«

»Das hat man behauptet. Ihr Wagen ist gegen einen Brückenpfeiler gerast.«

»Und du meinst …«

»Es ist Blödsinn. Tut mir leid«, sagte der junge Mann und erhob sich vom Tisch. »Ich fahre jetzt. Sonst macht sich Großmutter Sorgen.«

»Aber du verrätst uns noch, wen du als Mörder von Hannah Winkler verdächtigst«, ließ Maria nicht locker.

»Ich glaube, dass es die Stiefmutter war.«

»Aber die ist doch …«

»Ich weiß, dass sie verbrannt ist. Doch ich frage mich, ob sie das nur vorgetäuscht hat. Könnte das nicht jemand anderer gewesen sein, damit sie im Hintergrund weiter ihr Unwesen treiben kann? Sie hat sie gehasst.«

»Ruth Winkler ihre Stieftochter?«

»Ja. Sie hat sie ruiniert, kaputtgemacht, das ungestüme Mädchen von einem Arzt zum anderen geschleift. Hannah war nicht krank. Sie war außergewöhnlich.«

»Wir müssen mit Pia darüber reden«, schlug Maria vor, der in diesem Moment einfiel, dass die verbrannte Tote den Ehering Ruth Winklers getragen hatte.

»Wollte nicht Pia die DNA untersuchen lassen?«, fragte Lia.

»Die DNA des Täters. Du weißt schon, das Erbrochene an der Brücke.«

»Ich bin dann weg!«, rief Johnny schon vom Vorhaus her.

»Was Johnny vermutet, ist natürlich Unsinn«, sagte Maria Lamprechter mit gesenkter Stimme.

»Wobei der Gedanke, dass Ruth Winkler noch leben könnte, durchaus etwas hat«, fand Lia. »Diese Irene Berger ist ihr so ähnlich …«

»Hör auf. Wir sind in keinem letztklassigen Krimi«, protestierte Maria. »Wir müssen einen anderen Täter suchen. Schade, dass Pia nicht hier ist.«

»Sie könnte eine Untersuchung der Leiche verlangen.«

»Das wird schwierig. Sie kommt mit diesem Polizisten nicht gut aus.«

»Damit sind uns die Hände gebunden«, resignierte Lia.

»Nicht wirklich. Wären Ruth Winkler und Irene

Berger ein und dieselbe Person, können wir das herausfinden. Wobei …«

»Wobei?«

»Wobei das alles keinen Sinn ergäbe. Was hätte Ruth Winkler davon, sich tot zu stellen und ihre Stieftochter zu ermorden?«

»Die Seele des Menschen ist ein weites Land.«

»So weit auch wieder nicht«, widersprach Maria.

»Bevor ich zum Schlösschen fahre, werde ich bei Pia vorbeischauen«, sagte Lia beim Frühstück am Mittwochmorgen. »Vielleicht ist sie krank.«

»Das hätte sie doch gesagt«, widersprach Maria. »Außerdem ist sie bei ihrem Schwiegersohn in besten Händen.«

»Oder es ist etwas Seelisches.«

»Fahr hin! Dann weißt du es«, zeigte sich Maria etwas ungeduldig.

»Möchtest du mitkommen?«

»Geht nicht. Ich erwarte Simon Winkler.«

»Ah ja, der Computer. Was soll er konkret machen?«

»In erster Linie soll er uns verraten, wer seine Stiefmutter ermordet hat«, sagte Maria. »Unter dem Vorwand, unsere PCs zu einem Netzwerk zu verbinden. Ich werde mit ihm auch über die Erstellung einer Homepage für die Gärtnerei reden. Kommt darauf an, wie viel er verlangt.«

»Aber wir haben doch nur einen Computer. Wozu brauchen wir ein Netzwerk?«

»Einen Geschäftscomputer. Und mein Notebook.«

»Zahlt es sich aus, das zu vernetzen?«

»Nein. Ich wiederhole: Es ist ein Vorwand, um mit dem Mann ins Gespräch zu kommen. Und jetzt fahr endlich!«

»Am besten wäre es«, schlug Simon Winkler der Chefin der Gärtnerei vor, »alle wichtigen Dokumente in einer Cloud zu lagern, dann können Sie auch unterwegs, von Ihrem Notebook aus, darauf zurückgreifen.«

Maria sagte, dass ihr dieser Vorschlag des jungen Computertechnikers, der auf dem Drehstuhl im Büro der Gärtnerei saß und sich am Stand-PC und am Notebook zu schaffen machte, gefiel.

Maria betrachtete den hellblonden Mann, der offenbar einen Dreitagebart trug, um etwas älter zu wirken. Ohne diesen hätte man ihn für einen Sechzehnjährigen halten können.

Die dunklen Ringe unter den Augen ließen auf schlaflose Nächte schließen. Immerhin hatte Simon Winkler seine Stiefmutter und die Schwester verloren.

»Und wie komme ich vom Notebook an die geschäftlichen E-Mails heran?«, erkundigte sich

Maria Lamprechter, die sich bemühen musste, mit ihren knapp fünfzig Jahren den Anschluss an den technischen Fortschritt nicht zu versäumen.

»Das richte ich Ihnen gerne ein.«

»Und wie viel würde es kosten, eine Homepage für die Gärtnerei zu machen? Mit Bestellmöglichkeit und allem Drum und Dran?«

»Da rechne ich mit um die 500 Euro für das Erstellen der Seiten und mit einer Jahrespauschale von 600 Euro für zwölf Änderungen im Jahr. Fotos und Text müssten Sie mir zur Verfügung stellen.«

»Ein vernünftiger Preis, wie mir scheint.«

»Ich glaube auch. Man darf hier auf dem Land seine Kunden nicht überfordern.«

»Gut, dass wir auf dem Land sind«, fand Maria.

»Die Cloud richte ich Ihnen heute ein, für die Homepage mache ich Vorschläge bis Mitte nächster Woche. Durch das Begräbnis bin ich im Moment etwas im Zeitdruck.«

»Das kann ich mir vorstellen. Mein Beileid.«

Der junge Mann bedankte sich und wirkte dabei besonders wegen seiner hohen Stimme wie ein kleiner Junge.

Andererseits hatte er es geschafft, von seiner Stiefmutter loszukommen und eine eigene Firma aufzubauen. Eine durchaus erwachsene Leistung.

Maria wollte zwar mit ihm über seine Familie ins Gespräch kommen, ihn aber nicht an die Todesfälle erinnern, also wartete sie, was der Mann von sich aus erzählen wollte.

»Von Fiala hab ich gehört, dass sie bei Ihnen unterkommen kann«, sagte er. »Da bin ich sehr froh. Ich hätte sie sonst übernommen.«

»Wir wollen sie nicht abwerben«, sagte Maria.

»Nein, ich bin, wie gesagt, froh, dass sie bei Ihnen arbeiten kann. Bei mir hätte sie keine Aufgabe. Meinen Haushalt versorge ich selbst.«

»Wir nehmen auch Max Pinsker«, stellte Maria klar.

»Ja. Das ist gut«, zeigte sich Simon Winkler weniger begeistert. »Er ist jünger und würde wohl auch anderswo Arbeit finden. Aber Fiala hätte es schwer.«

»Kann ich die Zinnien schon verkaufen?«, fragte Johnny vom Eingang zum Büro her.

»Warte einen Augenblick!«, vertröstete ihn Maria. »Wir schauen im Internet nach, wie das Wetter wird, ob die Eismänner wirklich harmlos sind.«

Als Johnny in Arbeitskleidung das Büro betrat, hob Simon Winkler den Blick vom Monitor des Stand-PCs und betrachtete den etwa Gleichaltrigen eingehend, von Kopf bis Fuß, von Fuß bis Kopf.

»Übernehmen Sie das, Herr Winkler!«, bat Maria. »Das Wetter für die nächsten zwei Wochen, bitte. Die Eisheiligen enden am 15. Mai, eine Woche nach dem Muttertag.«

Simon Winkler warf einen letzten Blick auf Johnny, dann tippte er eine Adresse in die Tastatur des PCs und die Wettervorhersage für Raabs an der Thaya erschien auf dem Bildschirm.

»Etwas kühl ab dem Muttertag«, stellte Maria fest. »Aber kein Frost. Nein, weit entfernt davon. Temperaturen um 15 bis 18 Grad. Zwar nicht angenehm, aber keine Gefahr für die Sommerblumen. Ja, wir können es wagen, die Zinnien, die Astern und die …«

»Ich weiß schon, Chefin«, sagte Johnny, der es plötzlich eilig hatte, das Büro zu verlassen, denn Simon Winkler hatte sich mit dem Bürostuhl gefährlich weit an ihn herangearbeitet.

Maria lächelte. So also zeigte ein Mann Interesse an einem anderen, und so reagierte das Ziel der Bewunderung. Wirklich interessant.

»Fiala liegt Ihnen also sehr am Herzen«, kam Maria zum Gespräch von vorhin zurück.

»Wer?«, fragte der junge Mann.

»Fiala.«

»Ja, natürlich. Gärtner wäre ich übrigens auch gern geworden.«

»Wie sind Sie zu den Computern gekommen, Herr Winkler«?

»Zuerst fünf Jahre HTL, bis zur Matura, dann

WIFI-Kurse. Die Firma hat Vater am Anfang finanziert, aber das ist zurückbezahlt.«

»Das finde ich sehr tüchtig für einen jungen Menschen.«

»Och. Irgendetwas muss man ja machen, und Informationstechnik interessiert mich.«

Aber nicht so sehr wie andere Männer, dachte Maria und erkundigte sich nach Mitarbeitern.

»Noch nicht. Aber bald ist es so weit. Das Geschäft läuft gut. Eine Branche mit Zukunft. Ich hatte daran gedacht, Hannah zu übernehmen. Im Büro, am Telefon. Das wäre für sie besser gewesen als die Schule. Aber sie wollte nicht.«

»Und Ihr Vater?«, wagte nun Maria einen Vorstoß.

»Wie meinen Sie?«

»Auch Ihr Vater hätte Ihrer Schwester einen Job anbieten können.«

»Ja, das stimmt. Aber er hat kaum mehr Kontakt zu uns.«

»Oh, warum?«

»Das ist eine verwickelte Angelegenheit. Aber das ist jetzt auch vorüber.«

Maria, die den jungen Mann nicht drängen wollte und auf eine Fortsetzung des Gesprächs im weiteren Verlauf des Vormittags hoffte, sagte nun, dass sie sich um die Blumen kümmern müsse. »Um 10 Uhr gibt es eine Erfrischung«, fügte sie noch hinzu.

Simon Winkler nickte und wandte sich wieder dem Computer zu.

Als Maria Lamprechter schon den Raum verlassen wollte, sagte er: »Ich verstehe nicht, warum sie sich umgebracht hat. Man hätte sie so sein lassen sollen, wie sie war. Ungestüm, ungebremst. Dann wäre sie auch besser mit den Schülern fertiggeworden. Die verdammten Medikamente haben sie völlig umgedreht. Ich hätte früher eingreifen müssen, sie aus dem verdammten Schloss holen müssen.«

»Machen Sie sich keine Vorwürfe, Herr Winkler! Sie haben es ja versucht.« Maria wollte ihn beruhigen. »Und niemand konnte den Lauf der Ereignisse voraussehen.«

»Ich liebe dich auch. Aber du musst am Abend kommen. Ich hab solche Sehnsucht nach dir. Gut. Ja. Aber versuch es zumindest.«

Diese Worte hörte Maria, als sie Simon Winkler kurz vor zehn Uhr zur Jause in die Küche bat. Der junge Mann hatte offenbar mit seinem Freund telefoniert, der ihm hoffentlich helfen würde, über die schwierige Zeit hinwegzukommen.

KAPITEL 17

GOTT, JEDES LIED IST DEIN

Weil sie Biodünger zu transportieren hatte, fuhr Lia im Lieferwagen zu Pia Hermanns Fischerhütte, um nach ihrer Freundin zu sehen.

Pia wirkte an diesem Vormittag um Jahre jünger. Die 58-Jährige strahlte geradezu, ihre blauen Augen leuchteten, ihr dunkles Haar glänzte.

»Wie geht es dir so im Urlaub?«, erkundigte sich Lia.

»Darüber möchte ich im Augenblick nicht reden. Ich bin verwirrt, total verwirrt.«

Lia wusste nicht, wie sie den Zustand ihrer Freundin deuten sollte, und konzentrierte sich auf das Naheliegende.

»Schöne Grüße von Maria. Bei uns ist heute Simon Winkler, um die Computer zu vernetzen.«

»Und da lässt du sie allein!«, zeigte sich die Ex-Polizistin beunruhigt.

»Ah ja, er zählt zu deinen Hauptverdächtigen.«

»Unter anderem«, sagte Pia und versuchte, vom Gesprächsthema abzulenken, indem sie rasch hinzufügte: »Aber jetzt, wo du schon da bist, setz dich nieder. Ich mach uns Kaffee.«

Pia machte sich an ihrer italienischen Mokkamaschine zu schaffen, die sie mit frischem Wasser befüllte. In den Trichtereinsatz löffelte sie Kaffeepulver und drückte dieses an, dann verschloss sie das Gerät und stellte es auf den Elektroherd, von dem bald das Gurgeln des Wassers zu hören war.

»Das nenne ich Kaffee«, sagte Lia und genoss den aromatischen Duft, der vom Perkolator ausging. »Der wird unsere Lebensgeister wecken. Obwohl das bei dir nicht nötig zu sein scheint.«

»Wie meinst du das?«, erkundigte sich Pia misstrauisch.

»Du wirkst überhaupt nicht schläfrig.«

»Habe ich auch nicht behauptet.«

»Aber verwirrt.«

»Du sagst es.«

»Und du willst nicht darüber reden?«

»Vorläufig nicht. Bis ich alles für mich geklärt habe.«

Ein Geräusch im hinteren Teil der Fischerhütte verriet Lia, dass ihre Freundin nicht allein war. Sie vermutete einen neuen Mann in ihrem Leben und verstand mit einem Mal, was Pia beschäftigte.

Sie presste die Lippen fest aufeinander, um sich zu zwingen, die Situation nicht zu kommentieren. Auch sie würde sich jedwede Einmischung in derart heikler Situation verbieten. Zum Thema Mörderjagd allerdings könnte sie einen Vorstoß wagen.

»Hat deine Verwirrung mit dem Mord zu tun?«, fragte sie.

Nach einem Schluck aus der Kaffeetasse nickte Pia. »Sie hat auch mit den Morden zu tun.«

»*Morden*? Du sprichst in der Mehrzahl.«

»Ich zweifle sehr daran, dass Hannah Winkler Selbstmord begangen hat.«

»Da geht es dir wie mir. Hast du Anhaltspunkte für deine Zweifel?«

Pia Hermann nickte und sagte dann: »Ich werde mich der Sache widmen.«

»Maria und ich könnten dir dabei helfen.«

»Das ist zu gefährlich. Ich muss es selbst in die Hand nehmen. Am besten mit Unterstützung der Kollegen von der Polizei.«

»Aber die wollen nichts unternehmen.«

»Ich werde Mörtenhuber mit einer Dienstaufsichtsbeschwerde drohen. Vorerst brauche ich jedoch Sicherheit, absolute Sicherheit. Es ist eine heikle Angelegenheit.«

»Also doch der Sohn.«

»Möglich. Noch fehlen Mosaiksteinchen.«

»Du kennst also die Lösung des Falls.«

»Ich habe einen starken Verdacht.«

»Und willst diesen nicht mit mir teilen.«

»Noch nicht.«

Als es erneut im hinteren Teil des Hauses rumorte, hob Quentin, der zu Füßen seiner Herrin ruhte, die Schnauze, stand auf und wollte nachschauen gehen.

»Mein Gott, wie dumm von mir! Ich hab ja etwas für unseren gemeinsamen Freund!«, rief Pia, eilte zum Kühlschrank, entnahm diesem eine Tupperwareschüssel mit Faschiertem und ließ Quentin daran riechen. »Das wird dir schmecken«, sagte sie, leerte das Fleisch auf einen Teller und schob diesen für einen kurzen Moment in das Mikrowellengerät, dann stellte sie ihn vor Quentin, der sie fragend anblickte.

»Ja, das ist für dich, schöner Wolf«, sagte sie, und Quentin begann zu fressen und vergaß das Geräusch im Fischerhaus.

»Er hat einen gesunden Appetit«, stellte Pia lächelnd fest und fragte, ob sie für Lia ein eingefrorenes Kipferl aufbacken solle.

Diese lehnte dankend ab. »Ich muss weiter. Heute wird gedüngt.«

»Das heißt, es kommt Regen.«

»Am Nachmittag voraussichtlich. Bis dahin muss ich fertig sein«, bestätigte Lia, erhob sich, dankte für den Kaffee und beschwor zum Abschied ihre Freundin, vorsichtig zu sein.

»Nicht, dass dir auch noch etwas zustößt! Was würden wir ohne dich machen.«

»Oh mein Gott!«, rief Pia plötzlich. »Fast hätte ich darauf vergessen«, und eilte zurück ins Haus.

Zurück kam sie mit zwei Eintrittskarten. »Ihr müsst unbedingt kommen. Max spielt im ›Dreimäderlhaus‹, am Sonntag, in Gars am Kamp. Er hat Freikarten vorbeigebracht.«

»Wunderbar. Das dürfen wir uns nicht entgehen lassen. Unser Max als Bühnenstar.«

»Unser Max«, wiederholte Pia versonnen.

»Also dann bis Sonntag.«

»Bis Freitag. Ich komme natürlich zum Begräbnis.«

Lia, die ansonsten mit Kirche und Religion nichts am Hut hatte, mochte die Raabser Pfarrkirche, die über dem Zusammenfluss der deutschen und der mährischen Thaya thronte. Ein Bau, der auf das 13. Jahrhundert zurückging und für Lia Ruhe und Frieden ausstrahlte.

So wie das Äußere der Kirche war auch das Innere nicht überladen und wirkte freundlich, besonders an Tagen wie diesem Freitag, an dem Sonnenlicht den hohen Raum erhellte.

Lia saß in einer der harten, ungemütlichen Bänke neben ihren Freundinnen Maria und Pia, vor dem Altar standen zwei Särge, die mit Blumen und Kränzen aus der Gärtnerei bedeckt, ja beinahe unter ihnen begraben waren.

In der ersten Reihe saßen nur zwei Menschen: Emil Winkler und seine Schwester Irene, die nächsten drei Reihen waren leer geblieben, dahinter hatten Simon Winkler, Fiala, Max Pinsker, aber auch Johnny und einige Frauen, in denen Lia Lehrerkolleginnen Hannah Winklers vermutete, Platz genommen.

Die Kirche war bis auf den Respektabstand zu Emil Winkler und seiner Schwester bis zum letzten Platz gefüllt, denn Ruth Winkler hatte vielen Institutionen in und um Raabs an der Thaya angehört, vom Kirchenchor über die Soroptimisten bis zum Verschönerungsverein.

Lia blickte verstohlen auf ihre Armbanduhr, in der Hoffnung, dass die Verabschiedung bald vorüber sein möge. Es war kühl in der Kirche und sie trug nur eine leichte Bluse. Sie hätte die Kostümjacke anziehen sollen. Außerdem drückte die Holzlehne wie die Spitze eines Messers gegen ihre Schulterblätter.

Als auf einer Anzeigetafel links vom Altar Zahlen erschienen, die auf die Lieder hinwiesen, begannen einige Frauen prompt in den schwarzen Büchern zu blättern, die die Liedtexte enthielten.

Während Maria zur Linken entspannt wirkte, saß Pia kerzengerade in der Bank und beobachtete angespannt die Menschen vor ihnen.

»Hast du schon etwas entdeckt?«, fragte Lia flüsternd, doch Pia wehrte sie mit einem verärgerten Schütteln ihres Kopfes ab. Sie wirkte wie Quentin, wenn er Enten in der Thaya beobachtete. Quentin, den sie an diesem Nachmittag in der Mühle gelassen hatte, denn Wölfe waren in Kirchen nicht willkommen.

Beinahe hätte Lia den Beginn der Messe übersehen, so sehr hatte sie sich in ihren Gedanken verloren, doch nach einem hellen Glockenschlag von der Sakristei her standen alle auf, und der Priester und zwei erwachsene Ministranten zogen vor den Altar, vor dem sie sich verbeugten und niederknieten. Die Orgel dröhnte, ein melancholisch-düsteres Lied erklang, von dem Lia eigentlich nur die Worte »denn es wird Abend werden« verstand.

Was der Pfarrer sagte, blieb für Lia ein Geheimnis. Er stand viel zu nahe am Mikrofon, außerdem war sein tschechischer Akzent so stark, dass Lia an Gott denken musste. An Karel Gott, einen tschechischen Sänger ihrer Jugendtage.

»Einmal um die ganze Welt, und die Taschen voller Geld«, erinnerte sich Lia, musste lächeln und vergaß aufzustehen, obwohl sich alle um sie herum erhoben hatten. Sie holte das etwas verspätet nach und musste sich gleich darauf setzen.

Mein Gott, dachte sie. Wäre ich nur daheim

geblieben! Sie hätte am Fluss der beiden Verstorbenen gedenken können.

»Mutter und Tochter«, verstand sie nun. Der Priester sprach von Mutter und Tochter, der Kirchenchor schloss sich mit einem Marienlied an.

O du Mutter, Brunn der Liebe,
mich erfüll mit gleichem Triebe,
dass ich fühl die Schmerzen dein;
dass mein Herz, im Leid entzündet,
sich mit deiner Lieb verbindet,
um zu lieben Gott allein.

Das passte überhaupt nicht zu den beiden Verstorbenen, zu der übermächtigen Ruth Winkler und deren verkümmerter Stieftochter.

Genauso wenig wie die Blumen an den Särgen passten. Rosen, Nelken, Lilien.

Doch, die Rosen passten, sofern sie Dornen hatten, fand Lia. Am besten hätte man für die Mutter einen Kranz aus Staudenknöterich fertigen sollen und für die Tochter …

Nein, das sind schreckliche Überlegungen. So etwas darf man nicht denken, mahnte sich Lia zu Disziplin, als sie an die Verpiss-dich-Pflanze dachte, die Hannah Winkler ihr in den Garten gestellt hatte.

Die Stimme des Pfarrers dröhnte weiter durch

die Lautsprecher, als er Gott bat, die beiden Verstorbenen ins Himmelreich aufzunehmen, wobei er immer wieder deren Vornamen vergaß und auf einen Zettel blicken musste, den er umständlich in seinem Messkleid suchte.

Ruth und Hannah, Ruth und Hannah, wiederholte Lia in Gedanken und knirschte mit den Zähnen.

Maria, die das bemerkt haben musste, musterte ihre Freundin von der Seite und lächelte.

Dann bewegte sich Irene Berger zum Mikrofon, hielt aber einen zu großen Abstand, sodass man nur hörte, dass jemand sprach, nicht aber, was.

Lia vernahm zwar die Worte »Liebe« und »Trauer« und »Ewigkeit« und sah, dass sich die in Schwarz gekleidete Frau Tränen aus den Augen wischte, war aber froh, nicht hören zu müssen, was sie von einem Zettel ablas, den sie in zitternden Händen hielt.

Schmierentragödie, dachte Lia und erinnerte sich der Aufführung des »Dreimäderlhauses« am Sonntag. Sie war gespannt, wie sich Max Pinsker als Franz Schubert machen würde.

Nach dem Vaterunser, das im Stehen gebetet wurde, folgte der Friedensgruß, der mit einer Zeremonie endete, die Lia besonders unangenehm war, dem Händedruck der Gläubigen, der von den Worten »Der Friede sei mit dir« begleitet wurde.

Lia reichte ihren Freundinnen stillschweigend die Hand und meinte, damit sei es getan, musste dann aber auch Menschen vor und hinter ihr die Hand reichen.

»Der Friede sei mit dir.«

Ihr Blick verrät alles. Sie weiß, was passiert ist, sie hat mich in Verdacht, und jetzt wird es eng. Für mich und für sie.

Ich muss sie zum Schweigen bringen, bevor sie zuschlagen kann.

»Der Friede sei mit dir.«

Zur heiligen Wandlung kniete auch Lia nieder, schließlich war sie als Katholikin aufgewachsen, bis sie sich entschlossen hatte, ihre Mitgliedschaft in der katholischen Kirche aufzukündigen. Obwohl die alten Zeremonien etwas für sich hatten. Lia sog den Weihrauchdampf genießerisch auf, der von den Messingkesseln ausging, die die beiden Alt-Ministranten schwangen.

Während die meisten der Messbesucher zum Altar gingen, um die Hostien zu empfangen, blieben Pia, Lia und Maria in den Bänken sitzen, die Häupter gesenkt, die Hände gefaltet, sozusagen als Sünderinnen gebrandmarkt.

Lia blickte auf Pia und Maria und bemerkte die versteinerte Miene Pias. Was war los mit ihr? Sie schaute, als ob sie dem Teufel begegnet wäre. Und das in einer katholischen Kirche!

Der Priester indes verkündete, dass die trauernde Familie Winkler alle Verwandten und Nachbarn in den Thayahof zu einem Nachtmahl einlade.

Die drei Gärtnerinnen atmeten auf. Sie gehörten weder zur Familie noch zu deren Nachbarn und konnten nach Hause fahren.

Die Särge wurden aus der Kirche gerollt, die Messbesucher reihten sich in den Trauerzug ein, der aus der Kirche zu zwei schwarzen Mercedes führte, in deren Ladeflächen die Särge geschoben wurden.

Die Kofferraumdeckel wurden geschlossen, die Autos setzten sich in Bewegung und entschwanden unter Benzingestank. So viel zu den Segnungen der modernen Technik.

»Du kommst doch noch zu uns in die Mühle?«, lud Maria Lamprechter ihre Freundin Pia Hermann ein, die sich verabschieden wollte.

»Mir ist nicht besonders gut«, entschuldigte sich diese. »Ich lege mich heute früh nieder. Wir sehen uns am Sonntag.«

Lia fand das schade. Sie hätte Pia gerne gefragt, was sie beim Friedensgruß so verstört hatte. Aber das musste bis Sonntagabend warten.

Da hörte sie die Stimme von Max Pinsker, der sich mit einer Bitte an sie wandte: »Könntet ihr

Fiala nach Hause fahren? Ich muss zur Generalprobe nach Gars.«

»Fiala wird doch zum Leichenmahl wollen«, vermutete Maria.

»Nicht eingeladen«, meldete sich nun die Haushälterin zu Wort. »Und froh darüber. Wollen Ruhe haben.«

»Das übernehmen wir gerne«, sagte nun Maria und bat Fiala, ihr und Lia zu folgen, während sie Pia Hermann zurückließen.

Als Fiala Kuckakska von einer würdigen Abschiedsfeier sprach, schwiegen Lia und Maria. Sie wollten der Frau nicht die feierliche Stimmung durch Kritik verderben.

»Fehlen mir die gnädige Frau und Fräulein Hannah«, sagte Fiala. »Fehlen mir sehr. Alles anders geworden und nicht besser.«

»Wenn Sie nicht allein im Haus bleiben wollen, können Sie bei uns übernachten«, lud Maria die Frau ein.

Diese lehnte dankend ab: »Müssen noch arbeiten, bekommen noch bezahlt.«

Auf dem Rückweg vom Schlösschen, als sie die Brücke über die Thaya passierten, sagte Maria: »Pia hat das Ergebnis der DNA-Untersuchung.«

»Welche DNA-Untersuchung?«

»Das Erbrochene bei der Brücke.«

»Und das sagt sie nur dir? Ich weiß nicht, was sie hat. Ich hab sie doch nicht beleidigt.«

»Es hat sich so ergeben.«

»Ja, und von wem stammt das … äh … Material?«

»Das kann man erst sagen, wenn man Vergleichsproben hat.«

»Und hat sie diese?«

»Ja. Aber sie schweigt. Es sei eine heikle Angelegenheit, meint sie.«

»Das hat sie auch zu mir gesagt.«

»Das könnte gefährlich werden. Für sie und uns …«, überlegte Maria.

»Ah. Darum will sie nicht darüber reden. Sie will uns nicht mit hineinziehen.«

KAPITEL 18

ICH SCHNITT' ES GERN IN ALLE RINDEN EIN

»Was haben Sie mit dem Garten gemacht?«, klang die verzweifelte Stimme Irene Bergers aus Lia Sonnbergers Handy. »Die ganze Gegend stinkt nach … ich möchte es nicht laut aussprechen.«

»Das vergeht wieder. Der Regen in der Nacht hat sich mit dem Naturdünger verbunden«, erklärte Lia, »und das verursacht eine kurzfristige Geruchsbelästigung. Leider geht das nicht anders.«

»Meinem Bruder ist schon ganz übel.«

»Es wird besser.«

Nachdem Lia das Gespräch beendet hatte, konnte sie sich eines Kicherns nicht erwehren. Ja, der Naturdünger, der zu 70 Prozent aus organischen Substanzen stammte, konnte gewaltig stinken. Wie ein Rinder- oder Schweinestall. Und das geschah den Winklers ganz recht. Immerhin vertrieben sie den armen Max Pinsker und die gute Fiala. Sie sollten für ihr Geld etwas bekommen.

Dort, wo es stinkt, dort lass dich ruhig nieder, bei guten Menschen stinkt es immer wieder.

»Was ist?«, fragte Maria Lamprechter, als sie die Küche der Gärtnerei betrat. »Du lächelst geradezu diabolisch.«

»Ach, nichts. Ich habe gerade an etwas gedacht.«

»Dann beeil dich! Die ersten Kunden sind da. Männer, die Frau und Mama beschenken wollen.«

»Ach Gott ja, der Muttertag.«

»Klag nicht! Es ist gut fürs Geschäft.«

»Jetzt wird mir klar, warum Pia Urlaub genommen hat, dieser Schakal«, sagte Lia und lachte.

»Sie hat andere Gründe«, erwiderte Maria.

»Welche anderen Gründe?«

»Mein Gott, Lia. Du musst nur Augen und Ohren offen halten, dann weißt du, was gespielt wird.«

Lia schüttelte fragend den Kopf, leerte ihre Kaffeetasse und machte sich auf den Weg in den Verkaufsraum der Gärtnerei, in dem es köstlich nach Schnittblumen duftete.

Um sechs Uhr wollten Maria, Lia und Johnny die Gärtnerei schließen, aber es kamen noch immer Männer, also baten die beiden Frauen Johnny, weiterzumachen.

»Wir müssen uns etwas herausputzen fürs ›Dreimäderlhaus‹«, erklärte Maria, und Lia fragte, wann sie Pia abholen sollten.

»Sie fährt selbst. Sie nimmt Max Pinsker mit, der nach der Vorstellung bestimmt feiern will.«

Wieder schüttelte Lia den Kopf. »Versteh ich nicht. Sie wird doch nicht mit einem Mann fahren, den sie des Mordes verdächtigt. Oder gerade deshalb. Oh, ich hoffe, sie lässt sich da nicht auf etwas ein, das … Nein, was für ein Unsinn. Max ist über jeden Verdacht erhaben.«

»Wie du meinst«, brummte Maria. »Wir fahren um dreiviertel sieben.«

»Also, wenn Pia nicht da ist, kann die Vorstellung nicht beginnen«, sagte Lia Sonnberger nach einem Blick auf den leeren Platz zu ihrer Linken.

»Du meinst, weil dann auch Max nicht hier ist«, stellte Maria fest.

Lia nickte.

»Vielleicht ist sie krank geworden, und Pinsker ist allein gefahren.«

»Ja, ihr war nicht ganz gut. Soll ich sie anrufen?«, zeigte sich Lia besorgt.

»Jetzt nicht. In der Pause«, flüsterte Maria, denn das Licht im Festsaal des Biohotels verlosch, Musik erklang: die Ouvertüre zur Operette »Das Dreimäderlhaus«.

Der Vorhang ging auf und gab den Blick auf

ein Biedermeierzimmer frei, in dem vier Männer saßen und standen.

»Da ist er ja«, flüsterte Lia, als sie Max Pinsker am Klavier sitzen sah, mit Lockenperücke, die an Franz Schubert erinnern sollte.

Der Schubert Franzl im Kreise seiner Freunde Schober, Schwind und Kuppelwieser.

»Vierbuberlhaus«, flüsterte Maria. »Da kannst dir schon denken, wie es ausgeht.«

»Wieso?«, fragte Lia erstaunt.

»Vier Buberl, drei Mäderl. Da muss einer durch die Finger schauen.«

Heftiges Zischen aus der Bankreihe vor ihnen ließ Maria verstummen. Von da an verfolgten die beiden Frauen das Geschehen auf der Bühne schweigend, obwohl Lia gerne ihr Erstaunen in Worte gefasst hätte. Ihr Erstaunen über Max Pinskers perfekte Bühnensprache und sein Klavierspiel, das als durchaus passabel durchgehen konnte, von dem einen oder anderen Fehlgriff abgesehen. Aber das zeigte, dass er tatsächlich spielte und keine CD lief.

Die Sängerinnen und Sänger hatten alle einen mehr oder minder starken tschechischen Akzent, sie kamen vom Nationaltheater in Brünn und konnten wirklich singen, besonders die drei Mäderl Hederl, Haiderl und Hannerl.

Der scheue Schubert, der nur in seiner Musik

lebte, entdeckte seine Liebe zu Hannerl, deren Vater die Verbindung der beiden mit Wohlgefallen aufnehmen würde. Wenn nur der Franzl Schubert nicht so scheu wäre.

Mit dem Lied »Wer's Mädel freit in schöner Zeit, der hat es nie noch bereut« ging es in die Pause, in der in der Bar Erfrischungen serviert wurden.

Unerkannt von den übrigen Besuchern, weil er die Perücke abgenommen hatte, näherte sich Max Pinsker den beiden Frauen.

»Sie sind wunderbar, Herr Pinsker«, schwärmte Maria, und Lia küsste ihn leicht auf die geschminkte rechte Wange.

»Göttlich«, hauchte sie.

»Wo habt ihr Pia gelassen?«, fragte er.

»Sie wollte doch mit dir kommen«, zeigte sich Lia erstaunt.

»Sie ist nicht aufgetaucht. Ich habe noch zehn Minuten gewartet, dann bin ich losgefahren. Ich wäre sonst zu spät gekommen.«

»Wird schon nichts Arges sein«, beruhigte ihn Maria.

»Wartet auf mich nach der Vorstellung. Ich muss jetzt weg«, sagte der gehetzt wirkende Mann.

»Hals- und Beinbruch!«, rief Lia.

»Mein Gott, Lia, du bist ja völlig verrückt nach dem Mann. So mach doch endlich deine Augen auf!«

»Was soll das wieder heißen?«, fragte Lia erstaunt. »Ich sehe ihn ja, und was ich sehe, gefällt mir.«

Die Operette steuerte einem bitter-süßen Finale entgegen, in dessen Verlauf Franz Schubert um seine geliebte Hannerl warb. Er hatte ein Lied für sie komponiert und begleitete es auf dem Klavier, während er seinen Freund Schober gebeten hatte, es zu singen. Es für Hannerl zu singen.

Ich schnitt' es gern in alle Rinden ein,
Ich grüb' es gern in jeden Kieselstein,
Ich möcht' es säen auf jedes frische Beet
Mit Kressensamen, der es schnell verrät,
Auf jeden weißen Zettel möcht' ich's schreiben:
Dein ist mein Herz, dein ist mein Herz
Und soll es ewig, ewig bleiben!

Das Hannerl war von dieser Werbung derart begeistert, dass es den Schober umarmte und küsste, während Schubert-Pinsker am Klavier in Trauer erstarrte.

Was für ein schrecklicher Irrtum!, dachte Lia. Mein Gott, der arme Schubert!

In Max Pinskers Augen schimmerten Tränen. Er schien Lia anzuschauen, von der Bühne. Oder war es Maria, die er fixierte? Nein, es war der leere

Platz neben Lia. Pinsker starrte auf den Platz, auf dem Pia hätte sitzen sollen.

Und in dem Moment wurde ihr der schreckliche Irrtum bewusst. Max hatte sich nicht in sie verliebt, sondern in Pia. Sie war immer zweite Wahl gewesen.

Als sie nun zu schluchzen begann, reichte ihr Maria ein Papiertaschentuch. »Geh, Lia! Es ist ja nur ein Spiel.«

Diese Worte der Freundin lösten jetzt eine Tränenflut aus und die Worte: »Ich bin so schrecklich unglücklich.« Während auf der Bühne Schubert gefragt wurde, was er jetzt ohne sein Hannerl machen werde.

»Ich hab ja meine Musik«, lautete die traurige Antwort.

»Ich hab ja meine Blumen«, flüsterte Lia und schnäuzte sich, während auf der Bühne der Schlusschor erklang.

Und trägt am schwellenden Mieder
Sie blühenden Flieder,
Sag' immer ich wieder:
Mein Frühling bist du!

Max Pinsker hatte noch Schminke im Gesicht, als er nach der Vorstellung auf Lia und Maria zueilte.

»Wir müssen sie finden. Es muss etwas passiert

sein«, sagte er und meinte Pia Hermann. Und er steckte Lia und Maria mit seiner Unruhe an, als er hinzufügte: »Ich fürchte, es hat mit den Todesfällen zu tun. Pia hat etwas herausgefunden, über das sie nicht reden will.«

»Nicht einmal mit dir?«, fragte Lia spitz.

»Du weißt also?«

Lia nickte gekränkt.

»Es hat sich so entwickelt. Ich mag euch beide.«

»Aber sie hast du lieber als mich.«

»Es hat sich so entwickelt«, bestätigte Max Pinsker.

»Dafür ist jetzt keine Zeit«, entschied Maria Lamprechter. »Wir müssen zu Pia.«

»Zuerst zu uns nach Hause, in die Mühle«, schlug Lia vor. »Wir müssen Quentin holen, damit er ihre Spur aufnimmt. Aber eines muss ich dir noch sagen, Max«, wandte sich Lia an Pinsker. »Du warst großartig, einfach großartig. Herzlichen Glückwunsch!«

»Dem ich mich anschließe«, sagte Maria, während sich Pinsker bedankte.

»Die Feier müssen wir nachholen«, sagte Lia.

»Wir konzentrieren uns jetzt auf die Suche nach Pia«, entschied Maria streng. »Sie können gleich zu Pias Haus fahren, Herr Pinsker, während wir den Hund holen.«

Quentin, den seine Besitzerin aufgefordert hatte, nach Pia zu suchen, schnüffelte sich durch das Fischerhaus, bis er zur Eingangstür gelangte und an dieser mit der rechten Pfote kratzte.

Wölfe schienen auch Rechtshänder zu sein, wie die meisten Menschen – oder Rechtspfoter, überlegte Lia, während sie die Tür öffnete und Quentin ins Freie ließ.

Die Nase am Boden, lief der Hund Richtung Zufahrtsstraße, wo er abrupt stehenblieb und winselte.

»Sie muss hier in einem Wagen weggefahren sein«, stellte Maria fest. »Und weil ihr Toyota noch da ist, war es jemand anderer.«

»Der Mörder«, hauchte Lia. »Der Mörder hat sie entführt.«

»Das macht keinen Sinn«, war sich Maria sicher. »Er hätte sie gleich hier getötet.«

»Wenn er nicht vorher herausfinden will«, meldete sich nun Max Pinsker zu Wort, »ob Pia jemandem von ihrem Verdacht erzählt hat.«

Lia, die Max einen derart komplizierten Gedankengang nicht zugetraut hatte, betrachtete den Mann misstrauisch von der Seite. Wäre es möglich, dass er sich nur verstellt hatte, dass es Max Pinsker war, der die Fäden zog, der …

Nein. Max Pinsker war in Ordnung. Im Wesentlichen jedenfalls. Und wenn man an den Orient dachte: Gab es dort nicht Harems, in dem die Frauen des Sultans in mehr oder weniger friedlicher Eintracht lebten?

»Ich hab etwas gefunden!«, rief Maria, die sich um Pias Schreibtisch gekümmert hatte. »Eine genetische Untersuchung.«

»Das Erbrochene bei der Brücke«, fiel Lia ein. »Und was steht darin?«

»Von den eingesandten Proben A, B, C und D zeigen Proben A und C vollständige Übereinstimmung der untersuchten Genorte.«

»Oh. Sie hatte mehrere Verdächtige. Und einer war es«, stellte Max Pinsker fest.

Und wieder war Lia überrascht von seiner raschen Auffassungsgabe. Dieser Mann hatte es faustdick hinter den Ohren. Und nicht nur dort.

»Wir müssen Pia finden. Dann wissen wir, wer der Mörder ist«, stellte Maria fest.

»Ihr Mörder«, schluchzte Lia.

»Das wollen wir nun doch nicht hoffen«, sagte Maria.

»Und was nun?«, fragte Lia.

»Wir müssen nachdenken«, entschied Maria. »Gemeinsam. Wer der Mörder sein könnte. Dann, wie gesagt, wissen wir, wo er Pia festhalten könnte.«

»Wir könnten zu spät kommen, wenn wir nicht bald eine Lösung finden«, klagte Lia.

»Gut. Dann sag, wo wir sie suchen sollen!«,

zeigte sich Maria ungeduldig und verriet dadurch ihre innere Anspannung. »Kommen Sie mit uns?«, wandte sie sich an Pinsker, der sofort einwilligte.

Maria setzte die Espressomaschine im Café der Gärtnerei in Gang und bat Lia und Max, sich an einen der runden Marmortische zu setzen.

»Wollt ihr etwas Süßes oder lieber belegte Brote?«

»Ich esse alles«, sagte Max.

Lia entschied sich für eine Cremeschnitte.

»Ah, das tut gut«, sagte Max, als er in ein mit Schinken, Ei, Mayonnaise und Gurkerl belegtes Brötchen biss.

Die Sorge um Pia hatte offenbar seinen Appetit nicht beeinträchtigt.

»Wir müssen«, überlegte Maria, »Kontakt zu Pias Tochter aufnehmen. Vielleicht weiß Gabriela, wo sich die Mutter aufhält.«

»Vielleicht spielt Pia nur den Babysitter bei den Ebendorfers«, hoffte Lia.

»Du meinst, die Tochter könnte sie abgeholt haben?«

»Oder der Schwiegersohn. Das klären wir morgen. Zeitig in der Früh. Jetzt können wir nicht mehr anrufen. Es ist nach Mitternacht.«

»Weit nach Mitternacht«, stellte Max Pinsker nach einem Blick auf seine Armbanduhr fest und fragte, ob Pia weitere Verwandte habe.

»Die Eltern sind tot. Die müssten ja schon über neunzig sein«, konnte sich Lia einen Hinweis auf Pias Alter nicht verkneifen.

»Achtzig«, korrigierte sie Maria. »Und das wäre möglich. Aber nein. Ihre Eltern leben nicht mehr. Und ihr einziges Kind ist Gabriela.«

»Sie schaut ihr überhaupt nicht ähnlich«, sagte Max.

»Du kennst sie?«

»Natürlich. Aus der Praxis ihres Mannes. Ich bin Doktor Ebendorfers Patient.«

»Wie wir alle.«

»Ich weiß nicht«, unterbrach Maria das Geplauder von Max und Lia. »Wir wissen nicht, was Pia zugestoßen ist, und ihr unterhaltet euch über absolute Nebensächlichkeiten.«

»Ja, sollen wir die Polizei verständigen oder doch die Ebendorfers wecken?«, fragte Lia.

»Nein. Entschuldigt, bei mir liegen die Nerven blank. Ich werde mich zurückziehen. Max, Sie können im Haus übernachten, wenn es Ihnen nichts ausmacht, auf einer Couch zu schlafen. Ich bin, ehrlich gesagt, zu müde, ein Bett herzurichten.«

»Och, das macht nichts. Das passt schon«, zeigte sich dieser wenig heikel.

»Gut, dann bis morgen. Sieben Uhr?«

»Sieben Uhr«, bekräftigte Lia.

Lia konnte, als sie endlich in ihrem Bett lag, nicht einschlafen. Die Matratze war zu hart, die Tuchent zu dick, zu warm. Und überhaupt.

Also warf sie die Tuchent von sich und weckte damit Quentin, der sich vor dem Bett niedergelassen hatte und die Störung mit einem tiefen Brummen quittierte.

Nun war ihr kalt. Die Luft, die durch das halb geöffnete Fenster zum Fluss strömte, war eindeutig kalt. Eiskalt. Also griff sie erneut nach der Tuchent.

Auch der Kopfpolster war nicht in Ordnung. Als ob er mit Steinen gefüllt wäre, die schmerzhaft gegen ihre rechte Wange drückten.

Es half nichts. Sie musste eine Schlaftablette nehmen, obwohl sie sich vorgenommen hatte, davon die Finger zu lassen. Aber in Notfällen wie diesem, wenn sie aus Sorge wegen ihrer Freundin nicht einschlafen konnte …

Oder ging es dem Bastard ihrer Seele gar nicht um Pia? Könnte es sein, dass sie vor Sehnsucht nach Max keine Ruhe fand?

Sie wälzte sich aus dem Bett und stieg über Quentin, der auf dem Weg zum Badezimmer lag, wo sie nach dem Zolpidem griff, das, wie ein Blick auf die Verpackung zeigte, seit einem halben Jahr abgelaufen war.

Ach was, dachte sie. Giftig wird es schon nicht

geworden sein, und schluckte eine halbe Pille mit viel Wasser.

Auf dem Rückweg zum Bett ließ sie sich neben Quentin auf dem Boden nieder und streichelte ihn. Als sie ihm einen Kuss auf den flachen Kopf drücken wollte, brummte der Hund wieder und zog sich in den hintersten Winkel des Schlafzimmers zurück.

»Nicht einmal Quentin mag meine Liebe«, dachte Lia und seufzte.

Dabei war sie um vierzehn Jahr jünger als Pia. Max musste einen Mutterkomplex haben. Ansonsten hätte er es nicht so lange bei Ruth Winkler ausgehalten. Nicht einmal vor ihr hatte er Halt gemacht! Ewig schade um ihn. Dabei war er auf der Bühne so wunderbar gewesen.

Sollte sie ihn aufsuchen, mit ihm reden?

Dafür war sie sich zu gut, entschied sie, als es an der Tür klopfte.

»Ich bin es, Max.«

Oh, Max war zu ihr gekommen. Was für eine Freude! Schade, dass sie diese blöde Tablette genommen hatte. Sie fühlte sich jetzt schon ganz taumelig.

Als sie die Tür öffnete, sah sie jedoch, dass Max Pinsker nicht allein gekommen war. Hinter ihm stand Maria.

»Wir wollten dir das unbedingt noch sagen«,

wandte sich diese an Lia. »Max hat eine SMS erhalten. Von Pia.«

Und Max Pinsker las vom Display seines Handys: »Alles in Ordnung. Mach dir keine Sorgen. Verständige Lia und Maria. Und sonst niemanden. In Liebe, Pia.«

In Liebe, Pia, wiederholte Lia in Gedanken und zwang sich zu einem Lächeln, denn ein finsterer Gedanke beunruhigte sie.

Was, wenn Pinsker diesen Text irgendwie selbst auf sein Handy praktiziert hätte, aus Angst, sie würden die Polizei verständigen?

»Wir müssen also nicht mehr nach ihr suchen«, sagte er noch.

Doch Lia nahm sich fest vor, am Morgen bei Pias Tochter nachzufragen.

KAPITEL 19

DU MUSST BEWAHREN
DICH VOR DEN GEFAHREN!

»Der Kühlraum ist leergekauft«, stellte Maria Lamprechter beim Frühstück fest. »Der Muttertag ist besser denn je gelaufen.«

»Geschäftlich ja. Privat schlecht.«

»Du meinst Pinsker.«

»Nicht nur. Schließlich bin ich auch Mutter und habe keinen Anruf bekommen, von Blumen ganz zu schweigen«, beklagte sich Lia und entschuldigte sich für ihr Gähnen. »Das kommt vom späten Zubettgehen.«

»Du tust mir ja so leid«, heuchelte Maria. »Was ist übrigens mit Herrn Pinsker?«

»Wie soll ich das wissen? Wahrscheinlich schläft er noch.«

In diesem Moment läutete das Festnetztelefon.

»Nein. Sie ist nicht gekommen. Aber wir haben eine Nachricht, dass alles in Ordnung ist. Nein. Wir wissen nicht, wo sie sich aufhält. Ich denke, Sie müssen sich keine Sorgen machen«, erklärte

Maria, und Lia ahnte, dass sie mit Pia Hermanns Tochter sprach.

»Ich fahre zu Mittag nach Raabs und erkläre es ihnen«, rief Lia.

Nachdem sie das Gespräch beendet hatte, fragte Maria: »Was willst du ihnen erklären?«

»Es war doch Gabriela?«

Maria bestätigte das und wiederholte ihre Frage.

»Ich werde Max bitten, mir die SMS zu zeigen, damit ich sie abschreiben kann und … Ach Gott, dass ich erst jetzt daran denke …!«

»Was denn, Lia? Ich mag es nicht, wenn jemand in Halbsätzen spricht.«

»Wir waren wohl gestern zu müde, um vernünftig zu denken.«

»Lia, ich flehe dich an: Sag, was du sagen willst, oder schweig!«

»Oh, guten Morgen, Max«, begrüßte Lia den Gast. »Gut geschlafen?«

»Ich kann nicht klagen«, erklang eine sehr raue, sehr tiefe Stimme.

»Die Ebendorfers machen sich Sorgen wegen Pia. Ich fahre zu Mittag nach Raabs. Leih mir einen Augenblick dein Handy, damit ich die Nachricht abschreiben kann.«

Nach einem Hustenanfall, der mit einem Räuspern endete, reichte Max Pinsker Lia sein Mobiltelefon, diese drückte an mehreren Tasten und kopierte die Nachricht, die, wie sie feststellen konnte, tatsächlich von Pias Handy gekommen war.

»Hast du ihr geantwortet?«, fragte sie.

Pinsker verneinte. »Aber eine gute Idee. Ich werde es nachholen.«

»Ich wollte eben Maria vorschlagen, dass wir Pia anrufen«, sagte Lia.

»Ah, das wolltest du sagen«, meinte Maria. »Eine naheliegende Überlegung, auf die wir gestern vergessen haben. Du überraschst mich, Lia.«

»Warum?«

»Ach, vergiss es. Ich ruf sie an.«

»Du willst damit sagen, dass du mir intelligentes Denken nicht zutraust.«

»Vergiss es!«, wiederholte Maria in gehobener Lautstärke und tippte Pias Nummer in ihr Handy.

»Ja, ich bin es, Pia. Wir machen uns Sorgen. Melde dich bei uns! Und alles Gute.«

»Also ihre Mobilbox«, stellte Max Pinsker fest.

Maria bestätigte das. »Ich werde ihr dasselbe auch als SMS schicken.«

»Kann man nicht ihr Handy orten?«, fragte Lia. »Wir könnten Simon Winkler bitten, das für uns zu erledigen.«

»Soviel ich weiß«, erklärte Max Pinsker, »lässt sich ein Handy nur orten, wenn es eingeschaltet ist.«

»Wenn sie nicht erreicht werden möchte, müssen wir das respektieren«, stellte Maria Lamprechter fest.

»Könnte es nicht sein, dass Pia entführt wurde und der Täter ihr Handy benutzt, um uns in die Irre zu führen?«, ließ Lia nicht locker.

»Gut«, brummte Maria. »Dann geh zur Polizei und lass sie suchen!«

»Das würde sie uns nie verzeihen.«

»*Uns*?«, fragte Maria. »*Dir* würde sie es nicht verzeihen. Außerdem kannst du sicher sein, dass dieser Mörtenhuber nichts unternimmt, bis man ihre Leiche findet.«

»Leiche?«, fragte Lia. »Du glaubst doch nicht …«

»Entschuldige, Lia. Ich bin etwas nervös. Ich habe schlecht geschlafen. Ich schlage vor, wir behalten die Nerven und warten auf eine weitere Nachricht.«

»Und ich soll also nicht zur Tochter nach Raabs?«

»Doch. Vielleicht kann sie dir einen Hinweis auf den Grund des Verschwindens ihrer Mutter geben.«

»Alles klar.«

»Schön wäre es. Und Sie, Herr Pinsker? Wollen Sie mit der Umgestaltung der Wohnungen für Sie und Fiala beginnen oder …«

Als das Festnetztelefon wieder läutete, lief Lia zum Apparat, in der Hoffnung, dass sich Pia meldete.

Doch es handelte sich um einen Anruf von Irene Berger. Um einen lautstarken, höchst entrüsteten Anruf.

»Was ist mit Ihnen? Ich warte auf Ihr Kommen!«, schrie die Frau ins Telefon.

»Aber …«

»Das ganze Grundstück stinkt geradezu bestialisch nach Ihrem Naturdünger. Das kommt davon, wenn man sich mit Menschen einlässt, die dem grünen Wahn verfallen sind.«

»Der Auftrag bei Ihnen ist abgeschlossen.«

»Ja, sind Sie denn verrückt? Und wir sollen hier ersticken?«

»Ich schaue mir das gerne an. Aber ohne Beschimpfungen und Drohungen. Ich komme in einer Stunde.«

Lia hielt den Hörer weit von sich, als eine angenehmere Stimme vom Gang her zu vernehmen war.

»Guten Morgen!«

»Guten Morgen, Johnny«, grüßte die Chefin den jungen Mitarbeiter. »Trink doch eine Tasse Kaffee mit uns!«

Als Johnny Max Pinsker sah, verdüsterte sich seine Miene, doch Maria heiterte ihn auf, als sie auf den »sensationellen Muttertag«, wie sie sich ausdrückte, zu sprechen kam.

»Wir haben alles verkauft, bis auf ein paar Nelken«, sagte Johnny.

»Wir müssen nachbestellen«, sagte die Chefin.

»Was war mit den Nelken nicht in Ordnung?«, fragte Lia.

»Männer haben Probleme mit dem Kauf von rosa Nelken«, erklärte Johnny.

»Du musst es ja wissen.«

»Wieso?«

»Weil du ein Mann bist.«

Lia unterbrach das Gespräch zwischen der Chefin und Johnny mit der Frage: »Hat sich schon jemand über unseren Dünger beschwert? Ich meine, über den Geruch.«

»Natürlich nicht. Er stinkt nur, wenn man ihn nass macht.«

»Also bei Regen.«

»Aber nicht arg. Ein bisschen nach Kuhstall.«

»Nun«, erklärte Lia, »Irene Berger hat sich beschwert, dass der neue Garten so arg riecht, dass das Haus beinahe unbewohnbar ist. Ich fahre gleich hinaus, um das zu überprüfen.«

»Ich habe einen Verdacht, was das sein könnte«, meldete sich nun Max Pinsker zu Wort.

»Und zwar?«

»Ich muss mich erst vergewissern«, gab sich der Mann geheimnisvoll. »Wir fahren im Konvoi.«

Konvoi, dachte Lia. Mein Gott, die Männer. Aus

jedem Schmarren müssen sie etwas Besonderes machen. Genügt es nicht, einfach hintereinander zu fahren und …

»Und was machen wir, Johnny?«, unterbrach Maria Lias Gedankengang.

»Ich würde mich dem Schaugarten widmen, wenn Sie keinen anderen Vorschlag haben, Frau Lamprechter.«

»Wunderbar. Ich halte im Verkauf die Stellung.«

Es stank tatsächlich bei den Winklers. Und zwar so heftig, dass Lia Übelkeit verspürte, während Quentin interessiert schnüffelte. Ihm schien das Aroma zu behagen.

»Was für ein Gestank!«, sagte Lia zu Irene Berger, die ihnen aufgebracht entgegenkam.

»Na gut. Sie sagen es selbst. Das geht so nicht. Wenn Sie nicht sofort etwas unternehmen, erstatte ich Anzeige.«

»Das ist nicht der Dünger«, erklärte Lia und schüttelte den Kopf.

»Was sonst? Warum sollte es plötzlich so furchtbar stinken?«

»Es ist die Senkgrube«, stellte Max Pinsker fest. »Sie muss regelmäßig geleert werden. Und weil das nicht geschehen ist, ist sie übergegangen. Wenn das in den Fluss gelangt, bekommen Sie Schwierigkeiten.«

Irene Berger wirkte nun wie eine Forelle, die ein Fischer an Land befördert hatte. Ihre Lippen bewegten sich lautlos, sie wand sich geradezu in körperlichen Qualen.

Was heißt Forelle, dachte Lia. Ein Karpfen, ein Spiegelkarpfen.

Endlich fand die Frau Worte, und diese Worte fielen heftig aus.

»Ja, sind Sie denn verrückt, Pinsker? Sie tun, als ob Sie all das nichts anginge. Wenn die Senkgrube voll ist, dann kümmern Sie sich doch darum, dass sie geleert wird.«

»Ich empfange nur Befehle. Der Auftrag, die Senkgrube leeren zu lassen, ist immer von Frau Winkler gekommen.«

»Und dass Sie mich darauf aufmerksam machen, dass das notwendig ist …«

»… liegt nicht in meiner Kompetenz.«

»Wissen Sie was, Sie … Sie … Sie …« Wieder schnappte die Frau nach Luft, und Lia betrachtete fasziniert ihr rot gewordenes Gesicht, an dessen Oberlippe sich zart verästelte Fältchen abzuzeichnen begannen.

Diese Frau alterte mit jeder Minute, die sie im Waldviertel verbrachte. Und das war gut so. Fürs Landleben eigneten sich nicht alle.

»Wissen Sie was, Herr Pinsker«, konnte die Frau endlich den begonnenen Satz vollenden. »Sie verlassen jetzt sofort dieses Haus. Wegen impertinenter Renitenz.«

»Weswegen?«, fragte Max Pinsker scheinheilig.

»Ach, vergessen Sie es und rufen Sie jemanden, der die Senkgrube leert.«

»Wie jetzt?«, fragte Max, und Lia konnte sich eines Lächelns nicht erwehren.

»Sie sind nicht entlassen und werden gebeten, die Misere zu beseitigen.«

»Alles klar.« Max Pinsker griff nach seinem Handy und führte ein kurzes Gespräch.

»Das übernimmt der Grubendienst Heininger aus Horn. Sie kommen am Nachmittag«, verkündete er dann.

»Sie kümmern sich doch darum, lieber Herr Pinsker.«

»Natürlich, liebe Frau Berger.«

»Dann werde ich nicht mehr gebraucht.« Man sah Lia die Erleichterung an. »Ich mache einen letzten Rundgang durch den Garten.«

»Ich begleite Sie«, zeigte sich Irene Berger froh, nicht mehr mit Pinsker reden zu müssen.

»Der Bauerngarten ist der schönste Teil der Anlage«, versuchte sich die Frau nun in Lob. »Mein Gott, was für eine Pracht!«

»Und es geht so weiter, bis in den Herbst hinein«, zeigte sich nun auch Lia von ihrer freundlichen Seite. »Mit Phlox im Juli, mit Stockrosen in allen Farben. Auch im Juli kommen die Süßkartoffeln mit ihren dottergelben Blüten und die Gladiolen.«

»Wie heißen diese herrlich bunten Blüten?«

»Das sind Zinnien. Auch sie blühen den ganzen Sommer.«

»Die Frage ist, wer den Garten pflegen soll«, überlegte die Frau.

»Wir könnten Ihnen jemanden vermitteln. Wir haben Helfer aus Tschechien. Sie könnten allerdings auch Herrn Pinsker dafür einspannen. Ihn und Fiala. Sie kennen sich aus in der Gegend, sind an das Haus gewöhnt.«

»Das heißt, Sie sind gar nicht so heiß, die beiden zu übernehmen. Pinsker ist zu frech, Fiala zu alt.«

»Nun, das sind die Nachteile der beiden. Doch überwiegen die Vorteile in meinen Augen.«

»Und Sie? Sie brauchen die beiden doch auch.«

»Wir finden jemand anderen, wenn Sie sich entscheiden, die beiden zu behalten.«

»Oh Gott, das sind schwere Entscheidungen«, seufzte die Frau.

»Never change a winning team«, fügte Lia hinzu.

»Ich denke darüber nach«, sagte Irene Berger schließlich und griff nach ihrem Handy, das läutete.

»Ja. Ich bin gleich bei Ihnen, Fiala.« Sie wandte sich dann an Lia mit den Worten: »Sie scheinen recht zu haben. Fiala spricht von einer Verunreinigung des Trinkwassers. Mein Gott, ich dachte, hier gäbe es eine öffentliche Wasserleitung.«

So schlenderte Lia allein durch den Garten, hinunter zu den Resten des Staudenknöterichs, dem sie einen beinahe zärtlichen Blick schenkte.

Die Pflanze war schön, fand sie, und auch sie hatte Vorteile: den schnellen Wuchs, die Robustheit, das Aussehen. Und mit dem Nachteil musste man sich arrangieren.

Weil sie Zeit hatte, fuhr Lia nun nach Kollmitzgraben, dem Ort an der Thaya, der zu Füßen der größten Ruine Österreichs lag, und fragte eine Frau, die in einem Garten Wäsche aufhängte, nach dem Haus der Familie Brückner, ihrem nächsten Auftrag.

»Sind das die Wiener«, erkundigte sich die kleine, dicke Frau, »die das Gasthaus gekauft haben?«

»Gasthaus?«, fragte Lia erstaunt.

»Unser ehemaliges Gasthaus Jägerhaus. Ewig schade drum. Es war so etwas wie ein Kulturzentrum für uns, wenn Sie wissen, was ich meine.« Sie deutete auf ein Gebäude im Zentrum des kleinen Ortes.

Lia nickte vorsorglich und blickte Richtung Jägerhaus, das an einem kleinen Wasserfall lag, der in die Thaya mündete. Ein Wasserfall! Was für ein

Geschenk für einen Gartenplaner!, dachte sie und freute sich auf ihre künftige Aufgabe.

»Diese Leute, diese Wiener«, fuhr die Frau fort und verjagte eine Fliege, die sich auf der strahlend weißen Bettwäsche niederlassen wollte, »die passen nicht hierher. Sie reden mit niemandem außer ihren Handys.«

»Ich bin von der Gärtnerei Lamprechter in Raabs und werde den Garten gestalten«, erklärte Lia.

»Die Leute haben zu viel Geld, das sie dummen Menschen abknöpfen.«

»Ja, ich habe von Gerda Weghuber gehört.«

»9.000 Euro hat sie für ihre Gedichte gezahlt. Die Bücher liegen jetzt in ihrer Wohnung. Kein Mensch will sie haben. Jeder läuft davon, wenn sie eine Lesung ankündigt.«

»Die Arme!«, zeigte Lia Mitgefühl, dankte der Frau für die Auskunft und ging zum ehemaligen Gasthaus, das ziemlich verstaubt wirkte. In den Fenstern hingen alte, verblichene Vorhänge. Ein Blick in das Innere zeigte eine Wirtsstube aus den 50er-Jahren. Alles unverändert, auf den Kuss des Prinzen wartend, wenn man von Märchen ausging.

Nun, das Haus ging Lia nichts an. Interessant war der Garten dahinter, der bis zu einem Felshang reichte, an dessen rechter Seite der Wasserfall ins Tal rauschte.

Lia fand einen zusammengeklappten Wirtshausgartenstuhl, öffnete ihn und nahm Platz, in der Absicht, den von Unkraut überwucherten Garten auf sich wirken zu lassen, um in ihrer Fantasie ein Bild seiner zukünftigen Pracht entstehen zu lassen.

Doch kaum hatte sie die Augen geschlossen, sah sie das Gesicht ihrer Freundin Pia vor sich. Ihr ernstes Gesicht, das von ihrem dunkel gefärbten Haar eingerahmt wurde, den etwas schmallippigen Mund, der in Lias Augen die ehemalige Polizistin verriet.

Die Lippen Pias waren fest aufeinandergepresst, und wenn man genau schaute, sah man Tränen in den blauen Augen glänzen. Pia war sehr traurig, beinahe verzweifelt, aber sie wollte nicht darüber reden. Sie litt schweigend.

Lia war klar, dass Pias Zustand mit der Lösung der beiden Mordfälle, der Suche nach dem Mörder von Ruth Winkler und deren Stieftochter Hannah zu tun hatte.

Sie wollte Pia fragen, was sie herausgefunden hatte, was so furchtbar war, dass sie untergetaucht war, dass sie nicht einmal ihren Freundinnen verriet, wo sie sich aufhielt.

»Warum versteckst du dich?«, flüsterte nun Lia und wartete darauf, dass die Pia ihrer Fantasie die Lippen öffnen und antworten würde.

»Ich möchte euch nicht gefährden«, antwortete

Pia. »Mach dir keine Sorgen! Ich bin Polizistin und schaffe das.«

»Aber wir könnten dir helfen«, sagte Lia und erschrak, denn Pias Kopf, ihr graues Haar, wurde immer heller, begann zu brennen, schmolz wie Wachs, tropfte zu Boden und …

Lia öffnete die Augen. Dieses Bild war nicht zu ertragen. Sie fragte sich, woher diese beunruhigenden Visionen kamen, obwohl sie nicht rauchte.

Sie hatte lange nicht geraucht. Viel zu lange, fand sie und griff zu ihrer E-Zigarette, die sie in der Handtasche aufbewahrte, und rief zur Sicherheit Quentin zu sich, der, unwillig brummend, vor ihr zu Boden ging.

»Alter Grantscherm!«, schimpfte sie, sog tief den aromatischen Rauch in ihre Lungen und war erstaunt, als in ihrer Fantasie das Bild eines Mannes mit grauem Schnurrbart auftauchte. Eindeutig Bezirksinspektor Franz Mörtenhuber. Der Mann roch wie immer nach Zigarettenrauch und Alkohol, doch er stand neben Pia. In Uniform. Auch Pia trug Uniform. Zu zweit bewegten sie sich auf ein Haus zu. Wohl, um einen Verdächtigen oder eine Verdächtige zu verhaften.

Und dann geschah etwas, das Lia so sehr erschreckte, dass sie ihre E-Zigarette fallen ließ. Sie erkannte das Haus, auf das sich die beiden zubewegten.

KAPITEL 20

WIRD ES AUSGEH'N,
WAS ICH JETZT MÖCHT'?
WIRD'S GUT? WIRD'S SCHLECHT?

Kalter Schweiß stand auf Lia Sonnbergers Stirn, als sie sich hinter das Steuer ihres erbsengrünen Fiat Panda setzte. In diesem Zustand konnte sie nicht fahren. Sie brauchte dringend eine Tasse starken Kaffees und Wasser. Kühles Wasser zum Trinken und um damit ihre Stirn zu benetzen.

Also musste sie doch – vorsichtig – ein Stück weit fahren, nach Raabs, um sich im Eck-Café zu erfrischen, bevor sie zu Pias Tochter ging, deren Haus ebenfalls zentral am Hauptplatz lag.

Lia öffnete die Fenster des kleinen Wagens weit und schaltete die Klimaanlage auf höchste Stufe, sodass sie nach kurzer Fahrt zu frieren begann. Aber das half. Sie fühlte sich frischer und begann, sich über den verrückten Tagtraum zu wundern. Was für ein Unsinn! Wie sie nur auf derart abwegige Gedanken kommen konnte!

Sie musste den Stoff aufgeben, der ihr Bilder vorgaukelte, die absolut nichts mit der Realität zu tun hatten. Schließlich war sie nicht süchtig. Sie musste den Doktor fragen, ob man das Zeug einfach absetzen konnte oder ob man vorsichtig immer weniger nehmen sollte.

Sie hielt den Wagen an und rief in der Praxis von Doktor Ebendorfer an, um ihren Besuch anzukündigen.

Pias Tochter war am Telefon und lud Lia zum Mittagessen ein.

»Ich weiß nicht, was Heidi kocht, aber es wird schon genießbar sein«, sagte sie.

Nach Beendigung des Gesprächs sah sich Lia im Wagen um und bemerkte, dass etwas nicht stimmte, dass etwas fehlte.

Sie hatte auf Quentin vergessen. Quentin war nicht im Wagen.

In Kollmitzgraben lief Lia voll Sorge hinter das ehemalige Gasthaus, wo sie Quentin, friedlich ruhend, im Gras vorfand. Das Tier war durch nichts aus der Ruhe zu bringen. Nur das leichte Schlagen seines Schwanzes verriet Lia, dass er sich freute, sie wiederzusehen.

Gemeinsam nun legten sie die zehn Kilometer nach Raabs an der Thaya zurück.

Pias Tochter Gabriela war noch in der Arztpraxis, die im Erdgeschoss des einstöckigen Hauses auf dem Hauptplatz untergebracht war.

»Wir haben noch zwei Patienten«, erklärte sie. »Sie könnten in der Wohnung warten. Aber schrecken Sie sich nicht! Heidi kocht meist halbnackt.«

»Oh!«, zeigte sich Lia überrascht.

»Ihr wird leicht heiß. Meinen Mann stört es zwar. Mir und den Kindern ist es egal.«

»Oh!«, wiederholte Lia.

»Durch den Gang die Stiege hoch«, wies ihr Gabriela Ebendorfer den Weg.

Nachdem Lia an die Glastür im ersten Stock geklopft hatte, öffnete ihr tatsächlich eine äußerst leicht bekleidete Frau um die vierzig.

»Sie sind Frau Heidi«, stellte Lia fest und musste lächeln, als ihr das zarte Mädchen aus den Schweizer Bergen einfiel, deren Geschichte sie als Kind im Fernsehen verfolgt hatte.

Im Gegensatz zu jener hatte diese Heidi figurmäßig einiges zu bieten.

»Sie entschuldigen. Es wird so heiß beim Kochen.«

»Frau Ebendorfer hat mich gebeten, hier zu warten, bis sie die Praxis schließt.«

»Hoffentlich dauert das nicht allzu lang. Es gibt nämlich Lachsforellen, und die soll man nicht warmstellen. Damit sie knusprig bleiben. Nehmen

Sie inzwischen Platz im Wohnzimmer! Darf ich Ihnen Kaffee servieren?«

»Nein danke. Ich möchte Sie nicht vom Kochen abhalten.«

Lia betrat das helle Zimmer, dessen drei Fenster auf den Hauptplatz blickten.

Quentin war im Wagen geblieben, den Lia an einem schattigen Ort geparkt hatte, mit einem leicht geöffneten Seitenfenster.

Sie schaute, ob sie ihren Panda von hier aus sehen konnte und stellte befriedigt fest, dass alles in Ordnung war.

Sie setzte sich auf eine bequeme Couch und suchte in ihrer Handtasche nach der Abschrift von Pias SMS-Nachricht.

»Alles in Ordnung. Mach dir keine Sorgen! Verständige Lia und Maria! Und sonst niemanden. In Liebe Pia«, hieß es da.

Und sonst niemanden. Das konnte doch nicht bedeuten, dass sie Pias Tochter nicht davon berichten dürfe.

Um sich abzulenken, griff Lia nach den *Niederösterreichischen Nachrichten*, die auf dem Couchtisch lagen und studierte die Schlagzeilen, denen sie entnahm, dass die Bildungsreform auf der Kippe stand, in Schwarzenau ein Bahnhofsfest gefeiert wurde und einige kühle, regnerische Tage bevorstanden.

»Ah, da sind Sie ja, Frau … Ach, entschuldigen Sie. Ich weiß, dass Sie Lia heißen. Aber Ihren Familiennamen habe ich verschwitzt«, meldete sich Gabriela Ebendorfer vom Gang her.

»Sonnberger. Aber Sie können Lia zu mir sagen.«

»Danke. Ich heiße Gabriela. Und ihr wascht euch die Hände, bevor ihr esst. Verstanden?«, wandte sich die Frau nun offenbar an die Kinder.

»Wir sind eh sauber«, ertönte eine helle Stimme.

»Keine Widerrede!«, zeigte sich die Mutter gnadenlos.

»Nehmen Sie doch Platz am Tisch, Lia!«, bat die Frau nun in das Speisezimmer. »Hier, auf dem Ehrenplatz. Mein Mann kommt gleich.«

Die beiden Mädchen, die nach Lias Schätzung noch in die Volksschule gehen mussten, nahmen kichernd an der Längsseite des Tisches Platz.

Lia stellte sich ihnen als die Freundin ihrer Großmutter vor. »Wir arbeiten gemeinsam in der Gärtnerei.«

Die Mädchen verrieten ihr, dass sie Clara und Lisbeth hießen und sieben beziehungsweise acht Jahre alt waren, dass die Schule »urfad« und die Buben in der Klasse kindisch und dumm wären.

Doktor Ebendorfer und seine Frau nahmen gemeinsam am weiß gedeckten Tisch Platz, Reinhard Ebendorfer reichte Lia die Hand zum Gruß und stellte dann fest, dass es heute ganz schlimm gewesen sei.

»Es hat mit dem Wetter zu tun. So viele Leute mit Herzbeschwerden. Aber was will man machen! Man kann ihnen nur gut zureden und etwas nicht Schädliches verschreiben.«

Lia bedankte sich für die Einladung zum Essen und erbot sich, die Nachricht vorzulesen, die Max Pinsker von Pia erhalten hatte.

»Max Pinsker«, überlegte Reinhard Ebendorfer. »Den Namen habe ich schon gehört.«

»Er ist einer unserer Patienten«, erklärte Pias Tochter. »Zwischen den beiden läuft offenbar etwas.«

»Oh, das ist aber interessant. Erzähl!«, wandte sich der Doktor an seine Frau.

»Nicht vor den Kindern«, wehrte diese ab. »Nach dem Essen, beim Kaffee.«

»Darf ich die Suppe auftragen?«, fragte Heidi von der Tür her.

»Unbedingt«, antwortete Gabriela Ebendorfer.

»Nur wenn sie anständig gekleidet ist«, brummte der Mann, und tatsächlich, die Haushaltshilfe trug nun eine weiße Bluse und einen schwarzen Rock.

»Sie weiß, dass ich es nicht mag, wenn sie halbnackt durch die Wohnung läuft«, schimpfte der Mann weiter.

»Aber geh! Von der Praxis her müsstest du das gewöhnt sein.«

»Eben«, antwortete der Arzt. »Man kriegt sich genug an nacktem Fleisch. Was gibt es denn?«

»Fisch.«

»Aber keinen mit Gräten!«, jammerte eines der Mädchen.

»Natürlich. Heidi weiß das.«

Nach dem Dessert, das aus Erdbeeren mit Schlagobers bestand, liefen die Kinder übermütig aus dem Zimmer, und der Arzt, seine Frau und Lia genehmigten sich einen Kaffee.

»Sie haben also eine Nachricht von Pia erhalten«, begann der Doktor das Gespräch unter Erwachsenen.

»Ja. Es geht ihr gut, wir sollen uns keine Sorgen machen«, erklärte Lia.

»Aber Sie wissen nicht, warum sie plötzlich untergetaucht ist?«

»Mein Gott, Reini«, ermahnte Gabriela Ebendorfer ihren Mann. »Mutter ist kein kleines Kind. Sie kann tun und lassen, was sie will.«

»So ist es auch wieder nicht«, protestierte Ebendorfer. »Man macht sich doch Sorgen. Und Sie wissen, wo sie sich aufhält?«, erkundigte er sich bei Lia.

Diese verneinte und las einen Teil von Pias Nachricht vom Zettel ab. »Alles in Ordnung. Mach dir keine Sorgen! In Liebe Pia.«

»In Liebe?«, fragte Doktor Ebendorfer.

»In Liebe. An Max Pinsker gerichtet. Die beiden lieben einander«, bekräftigte Lia und fügte in Gedanken ein »Leider« hinzu.

»Und die Nachricht stammt tatsächlich von Pia?«

»Sie wurde von ihrer Telefonnummer gesendet.«

»Dann liegt es ja nahe, wo sie sich aufhält«, schloss Pias Tochter.

»Sie meinen, sie ist im Schlösschen der Winklers?«, fragte Lia.

»Unsinn«, widersprach der Doktor. »Sie würde doch diesem Mann keine Nachricht senden, wenn sie bei ihm wäre.« Dann fügte er kopfschüttelnd hinzu: »Das Ganze ist derart mysteriös, dass ich mir Sorgen mache, große Sorgen.«

Als sich sein Handy meldete, entschuldigte sich der Arzt, verließ den Raum und kehrte nach einigen Minuten in aufgewühlter Stimmung wieder.

»Ich muss weg. Eine dringende Sache.«

»Um wen handelt es sich?«, erkundigte sich seine Frau. »Doch nicht der alte Pfaffenbichler.«

»Genau der«, bestätigte Ebendorfer. »Er ist zusammengebrochen. Wir hätten ihn nicht gehen lassen dürfen.«

»Schick einfach die Rettung hin!«

»Nein, ich sehe mir das selbst an.«

Pia Hermann war in ihr Fischerhaus zurückgekehrt, um sich mit dem zweifachen Mörder zu treffen. Weil es zu kalt war, draußen zu sitzen, bat sie ihn in das Wohnzimmer.

»Du willst mit mir reden?«, fragte der Mann und versuchte zu lächeln.

»Ich muss mit dir reden«, bejahte die Frau. »Darum habe ich dich hierhergebeten. Und noch etwas: Ich habe mein Wissen nicht für mich behalten, sondern mit der Polizei geteilt.«

»Welches Wissen?«, fragte der Mann.

»Dazu komme ich noch. Also, die Polizei weiß, was du getan hast, und sie weiß, dass wir uns hier treffen.«

Der Mann schüttelte schweigend den Kopf. »Mit Polizei meinst du wohl dich selbst. Kein vernünftiger Polizeikollege würde dich in eine solche Situation schicken.«

»Du drohst mir?«

»Ich weise auf den Ernst der Situation hin«, sagte der Mann und fragte Pia, ob sie ihm nicht etwas anbieten wolle.

»Habe ich nicht vor«, lehnte die Ex-Polizistin ab. »Ich möchte mit dir reden, dir mitteilen, was ich weiß, und deine Antwort auf meine Fragen hören. Es ist kein gesellschaftliches Treffen.«

»Ich höre.«

»Du hast Ruth Winkler getötet.«

»Warum?«

»Weil sie dich bedroht hat. Weil sie gedroht hat, dein Verhältnis öffentlich zu machen.«

»Welches Verhältnis?«

»Dein Verhältnis mit einem anderen Mann.«

»Mit welchem Mann?«

»Mit Ruth Winklers Stiefsohn Simon. Ich habe dich in den letzten Tagen beobachtet und gesehen, dass du dich immer wieder mit ihm triffst. In seiner Wohnung.«

»Und wenn das so wäre?«

»Mir ist es kein großes Problem. Es kommt vor, dass Männer anderen Männern zugetan sind und dass Menschen einander betrügen, ich meine, was die sexuelle Treue betrifft.«

»Du redest wie eine Klosterschwester.«

»Dann hilf mir, es besser auszudrücken. Wie würdest du es nennen?«

»Ein Mensch kann mehrere Menschen lieben, auch Menschen des eigenen Geschlechts. Es ist nur unsere Gesellschaft, die eine künstliche Enge erzeugt, die Menschen in ihrer Entfaltung behindert, sie knebelt und unglücklich macht.«

»Warum hast du sie dann getötet?«

»Wer sagt das?«

»Ich.«

»Beweise?«

»Deine DNA in der Nähe des Tatorts.«

»Welche DNA?«

»Du hast dich nach dem furchtbaren Mord übergeben müssen. Ein Zeichen, dass deine Seele gegen all das rebelliert.«

»Lass meine Seele aus dem Spiel!«

»Sie hat gedroht, eure schmutzige Beziehung öffentlich zu machen.«

»Das ist nicht dein Ernst. Was soll daran schmutzig sein?«

»Das waren ihre Worte.«

»Sie war eine dumme Frau.«

»Wenigstens leugnest du nicht mehr.«

»Ich habe keinen Grund, zu leugnen.«

»Weil?«

»Vergiss es!«

»Und Simon Winkler und du habt die Frau ermordet.«

»Simon hat nichts damit zu tun. Er ist … Er hat mir nicht geholfen. Das war ich allein.«

»Ah ja.«

»Ja. Ob du es glaubst oder nicht.«

»Du hast deinen unbändigen Hass an Ruth Winkler ausgelassen …«

»Jetzt wirst du kitschig.«

»Du hast sie unter einem Vorwand in den Garten gelockt, sie betäubt, mit Benzin übergossen, sie angezündet, während sie noch gelebt hat.«

»Wenn du es sagst, wird es schon stimmen.«

»Du kannst mich korrigieren.«

»Ist es nicht wert. Sie ist tot. Und das ist gut so.«

»Und du hast die Tochter auf dem Gewissen, hast ihr ein Medikament verabreicht, das sie nicht vertrug, das mit ihren sonstigen Tabletten einen tödlichen Cocktail ergab.«

»Wie gesagt, Verrückten soll man nicht widersprechen.«

»Damit meinst du mich oder Hannah Winkler oder dich selbst?«

»Ich bin nicht verrückt.«

»Aber du bist im letzten Jahr ein anderer geworden. Nimmst du Drogen?«

»Die sind deiner Busenfreundin vorbehalten.«

»Lenk nicht ab!«

»Privatsache.«

»Nicht die Folgen.«

»Du willst mich also überführen. Und dann?«

»Verhaften. Dich für das, was du getan hast, zur Rechenschaft ziehen. Du meinst doch nicht, du könntest ungestraft mordend und brennend durch unser Land ziehen.«

»Sei doch nicht so unerträglich kitschig! Die Welt ist ein besserer Ort geworden, seit es diese Ruth Winkler nicht mehr gibt. Menschliches Unkraut. Das musst du als Gärtnerin doch verstehen.«

»Das sind unerträglich faschistische Worte«, protestierte Pia Hermann.

»Aber die Wahrheit.«

Als der Mann in seiner Tasche zu kramen begann, warnte ihn Pia: »Damit du nicht auf dumme Gedanken kommst: Ich habe es schon gesagt. Freunde sind informiert, dass ich mich mit dir hier treffe.«

Oh, dachte der Mann und konnte sich eines Lächelns nicht erwehren. *Madame Furchtlos bekommen Angst. Und das zu Recht. Sie wird das dritte und letzte Opfer sein, damit wir unser bisheriges Leben fortsetzen können. Notwendige Eingriffe, um das Wohl aller zu sichern, die sich nicht von herrschsüchtigen Weibern dirigieren lassen wollen.*

›Freunde sind informiert.‹ Was für ein Unsinn. Ihre Freundinnen haben keine Ahnung, wo sie sich aufhält, und ihr komischer Liebhaber ist weit, weit weg.

Ich werde sie, wenn ihr Misstrauen nachlässt, mit dem Spray außer Gefecht setzen und ihr dann eine Dosis Morphium spritzen. Sie hat sich einen sanften Tod verdient und den wird sie bekommen. Sie ist an und für sich kein negativer Mensch.

»Was ich nicht verstehe«, sagte Pia zu dem Mann, der ihr gegenüber auf der Couch saß und nun seine Hände von der Arzttasche entfernt hatte, »warum du das machst. Warum du Ruth Winkler getötet hast.«

»Du verstehst also, warum ich mich der Tochter entledigen musste.«

»›Verstehen‹ ist zu viel gesagt. Ich kann es mir jedoch denken. Sie wusste zu viel.«

»Korrekt. Ihr Tod war die direkte Folge des Todes ihrer Stiefmutter.«

»Deren Tod«, beharrte Pia, »ich, wie gesagt, nicht verstehe.«

»Sie wollte all das gefährden, was ich mir mühsam aufgebaut habe.«

»Aber das warst doch du selbst, Reinhard«, widersprach ihm Pia. »Du hast mit der Beziehung zu Simon Winkler deine Ehe gefährdet.«

»Sie hat mir gedroht, das öffentlich zu machen. Das hätte das Ende meiner Ehe und meiner bürgerlichen Existenz bedeutet. Ein homosexueller Arzt!«

»Da wärst du nicht der einzige. Du warst und bist zu feig, zu dem zu stehen, was du bist, und hast damit andere Menschen ins Unglück, ja, in den Tod getrieben. Ein mordender Arzt. Doktor Reinhard Ebendorfer. Ein Mörder.«

»Hör auf! Du weißt, dass das nicht stimmt.«

»Oh? Es stimmt nicht? Hat also jemand anderer Ruth Winkler bei lebendigem Leib verbrennen lassen und ihre Tochter getötet?«

»Stieftochter.«

»Man kann nicht alles haben im Leben. Du hättest dich entscheiden müssen zwischen Gabriela und den Kindern und Simon Winkler.«

»Wieso? Ich kann beides haben.«

»Wenn ich tot bin.«

»Wie du meinst. Und verschone mich mit deinen spießbürgerlichen Ansichten.«

»Spießbürgerlich bin ich also. Und du der Mann von Welt, der feige mit Hilfe seiner Medikamente Frauen tötet, weil er nicht mit ihnen zurechtkommt, der den Menschen um sich herum Familienglück vorspielt und … und … Ach, vergiss es! Jedes Wort ist zu viel. Ich hätte auf meinen Instinkt achten und Gabriela vor dir warnen sollen.«

»Du hast mich nie gemocht.«

»Das stimmt. Ein zurechtgemachter Schauspieler. Warum bist du nicht in Wien geblieben? Dort hättest du so leben können, wie es dir beliebt, wenn du schon meinst, die Provinz sei deinem Lebensstil nicht zuträglich.«

»Simon lebt hier. Und ihn liebe ich.«

»Und er hat dir bei den Morden geholfen.«

»Nein. Lass ihn aus dem Spiel! Er hat nichts – absolut nichts – damit zu tun. Er ist ein guter Mensch.«

»Im Gegensatz zu dir.«

»Kann sein«, sagte der Mann und klang dabei

resignierend, während er blitzschnell die Dose mit dem Narkosegas aus der geöffneten Arzttasche zog und gegen Pias Gesicht richtete.

Gleichzeitig befahl eine harte männliche Stimme dem Arzt, den Spray fallen zu lassen und die Hände zu heben.

Reinhard Ebendorfer ließ tatsächlich die Spraydose fallen und griff in einer schnellen Bewegung in seine Arzttasche nach der Injektionsspritze mit dem Morphium, die er in seinen Oberschenkel rammte.

»Lass ihn!«, sagte Pia Hermann zu ihrem Polizistenkollegen Franz Mörtenhuber, der den Arzt daran hindern wollte.

Sie beobachtete, wie ihr rastloser Schwiegersohn mit einem Mal zur Ruhe kam, tief ausatmete und entspannt lächelnd in sich zusammensackte.

»Du hast es geschafft, Pia. Du hast den Fall gelöst«, gratulierte ihr Maria Lamprechter im Café der Gärtnerei.

»Aber zu welchem Preis!«

»So hätte es nicht weitergehen können«, versuchte Lia sie zu trösten.

»Nein, so hätte es nicht weitergehen können«, stimmte Pia bei. »Trotzdem ist es schade, dass es so weit gekommen ist. Drei Menschen sind tot, meine Tochter ist Witwe, die Kinder sind Halbwaisen.«

»Du hast einen Mörder gefasst und überführt.«

»Wie bist du auf ihn gekommen?«, fragte Lia.

»Du weißt, die DNA-Probe.«

»Ja, schon«, wandte Lia ein. »Aber du hast auch von deinem Schwiegersohn eine Probe gebraucht, um sie vergleichen zu können. So etwas macht man nicht ohne Verdacht.«

»Du bist auf einmal so scharfsinnig, Lia.«

»Ich habe zu rauchen aufgehört.«

»Das höre ich gerne.«

»Und die Antwort auf meine Frage?«, ließ sich Lia nicht beirren.

»Meine Tochter hat schon eine Zeit lang von seiner Untreue gewusst und sich mir anvertraut.«

»Und sie hat nichts dagegen unternommen?«

»Leider nicht. Auch ich nicht. Wir wollten abwarten. Wegen der Kinder. Hätten wir ihn zur Rede gestellt, wäre das alles nicht passiert.«

»Das möchte ich nicht sagen«, widersprach ihr Maria. »Ehebruch, ob mit Frauen oder mit Männern, gehört leider zum Üblichen. Er endet nur in Ausnahmefällen mit Mord. Lia hat dich ja auch nicht getötet, als sie bemerkt hat, dass Max und du ein Paar seid.«

»Dich hätte ich sowieso verschont«, wandte sich Lia an Pia.

»Mich nicht?«, meldete sich nun Max Pinsker zu Wort.

»Nicht unbedingt«, sagte Lia und funkelte den Mann aus ihren grünen Augen an.

»Was mich allerdings maßlos ärgert, Pia«, zeigte sich nun Maria Lamprechter von ihrer strengen Seite. »Du hast uns dumm sterben lassen.«

»Ihr lebt ja noch.«

»Du hättest uns von deinem Verdacht erzählen müssen«, ließ Maria nicht locker.

»Ja, das hättest du«, stimmte Lia ihr bei.

»Ich wollte die liebsten Menschen, die ich kenne, nicht gefährden. Ich hab ja auch Max nicht verständigt.«

»Warum?«, fragte dieser.

»Weil ich nicht noch einen Mann verlieren wollte.«

Max senkte den Blick verschämt und erzählte zur Ablenkung von der Heldentat des Simon Winkler, der Irene Berger aus dem Schlösschen vertrieben hatte.

»Ich bin jetzt der Mehrheitseigentümer, hat er gesagt, und du bist gar nichts«, erzählte Max Pinsker. »Wenn es etwas zu verhandeln gibt, mache ich das mit meinem Vater aus. Und Pinsker und Fiala bleiben, wenn sie wollen.«

»Ja, wollen sie denn?«, erkundigte sich nun Maria Lamprechter.

»Fiala«, erklärte Max, »will zu euch wechseln. Ich bleibe im Schlösschen. Dort steht das Klavier, auf dem ich üben kann.«

Pia wirkte enttäuscht, doch Maria und Lia applaudierten. Max öffnete eine Flasche Champagner und füllte die Gläser, während er sich selbst mit Mineralwasser begnügte.

»Möchtest du uns nicht etwas vorsingen, Schubert?«, wandte sich nun Lia neckisch an Max Pinsker. »Aus dem ›Dreimäderlhaus‹?«

»Ja, bitte!«, riefen Pia und Maria, während Johnny stumm nickte.

»Ihr habt ja kein Klavier.«

»Aber du hast eine Stimme.«

»Der Text der Lieder ist so blöd«, versuchte sich Max Pinsker aus der Affäre zu ziehen.

»Aber geh! Zier dich nicht!«, drängten die drei Gärtnerinnen. »Sing!«

»Na gut«, sagte Max Pinsker, räusperte sich und begann:

»Es soll der Frühling mir künden:
Wo werd' ich sie finden?
Wann neigt sich die Eine,
Die Feine, mir zu?
Und trägt am schwellenden Mieder
Sie blühenden Flieder,
Sag' immer ich wieder:
Mein Frühling bist du!«

Dabei schaute er nicht nur Pia in die blauen Augen. Mit gleicher Inbrunst wandte er sich an Lia und Maria und sogar an Johnny und Quentin, sodass Lia sich fragte, wie das wohl weitergehen würde.

»Zugabe!«, rief Pia, und Max stimmte ein neues Lied an.

»Steht in Raabs wo an der Thaya ein Haus,
Da gucken drei Mädel heraus.
Eine schwarz, die anderen zwei blond und braun
Und immer bei fröhlicher Laun'.
Zeitlich früh, kaum bringt die Sonn' den Tag,
Wird's munter schon im Taubenschlag.
Da kann man Kichern und Schwatzen hör'n,
Das tun die drei Mäderln so gern!«

»Alle für eine, eine für alle!«, rief Lia, der der Champagner zu Kopf stieg, und wandte sich vorwurfsvoll an Pia: »Du hättest dir wenigstens Quentin ausleihen können, zum Schutz.«

»Ich komme auf ihn zurück. Das nächste Mal.«

QUELLENANGABE

Die Zitate aus dem Libretto der Operette »Das Dreimäderlhaus« von A. M. Willner und Heinz Reichert sind dem im Jahr 1916 bei Doblinger, Wien/Leipzig erschienenen Textbuch entnommen.

J. J. PREYER
Nahtod
Ein Fall für Wolf
GMEINER SPANNUNG

J. J. PREYER
Hassmord

978-3-8392-1681-1 (Paperback)
978-3-8392-4639-9 (pdf)
978-3-8392-4638-2 (epub)

»Ein psychologischer Kriminalroman voll Spannung und Tiefgang, der, auf der Jagd nach dem Mörder, tiefe Einblicke in das Seelenleben der beiden Ermittler gewährt.«

Norbert Schlader, der pensionierte Magistratsdirektor und dessen Geliebte werden in seinem Wochenendhaus erschossen. Christian Wolf und Chefinspektor Viktor Grimm verdächtigen anfangs den betrogenen Ehemann der Ermordeten. Doch die Ermittlungen geraten ins Stocken, als Wolf lebensgefährlich erkrankt und nur knapp überlebt. Sein Denken und Fühlen verändern sich durch diesen Einschnitt in sein Leben. Wolf sieht von da an die Welt und vor allem den Fall mit völlig neuen Augen …

Das Neueste aus der Gmeiner-Bibliothek

Unser Lesermagazin

Bestellen Sie das kostenlose Krimi-Journal in Ihrer Buchhandlung oder unter www.gmeiner-verlag.de

Informieren Sie sich …

www … auf unserer Homepage:
www.gmeiner-verlag.de

@ … über unseren Newsletter:
Melden Sie sich für unseren Newsletter an unter www.gmeiner-verlag.de/newsletter

f … werden Sie Fan auf Facebook:
www.facebook.com/gmeiner.verlag

Mitmachen und gewinnen!

Schicken Sie uns Ihre Meinung zu unseren Büchern per Mail an gewinnspiel@gmeiner-verlag.de und nehmen Sie automatisch an unserem Jahresgewinnspiel mit »mörderisch guten« Preisen teil!